公元787年，唐封疆大吏马总集诸子精华，编著成《意林》一书6卷，流传至今
意林：始于公元787年，距今1200余年

一则故事　改变一生

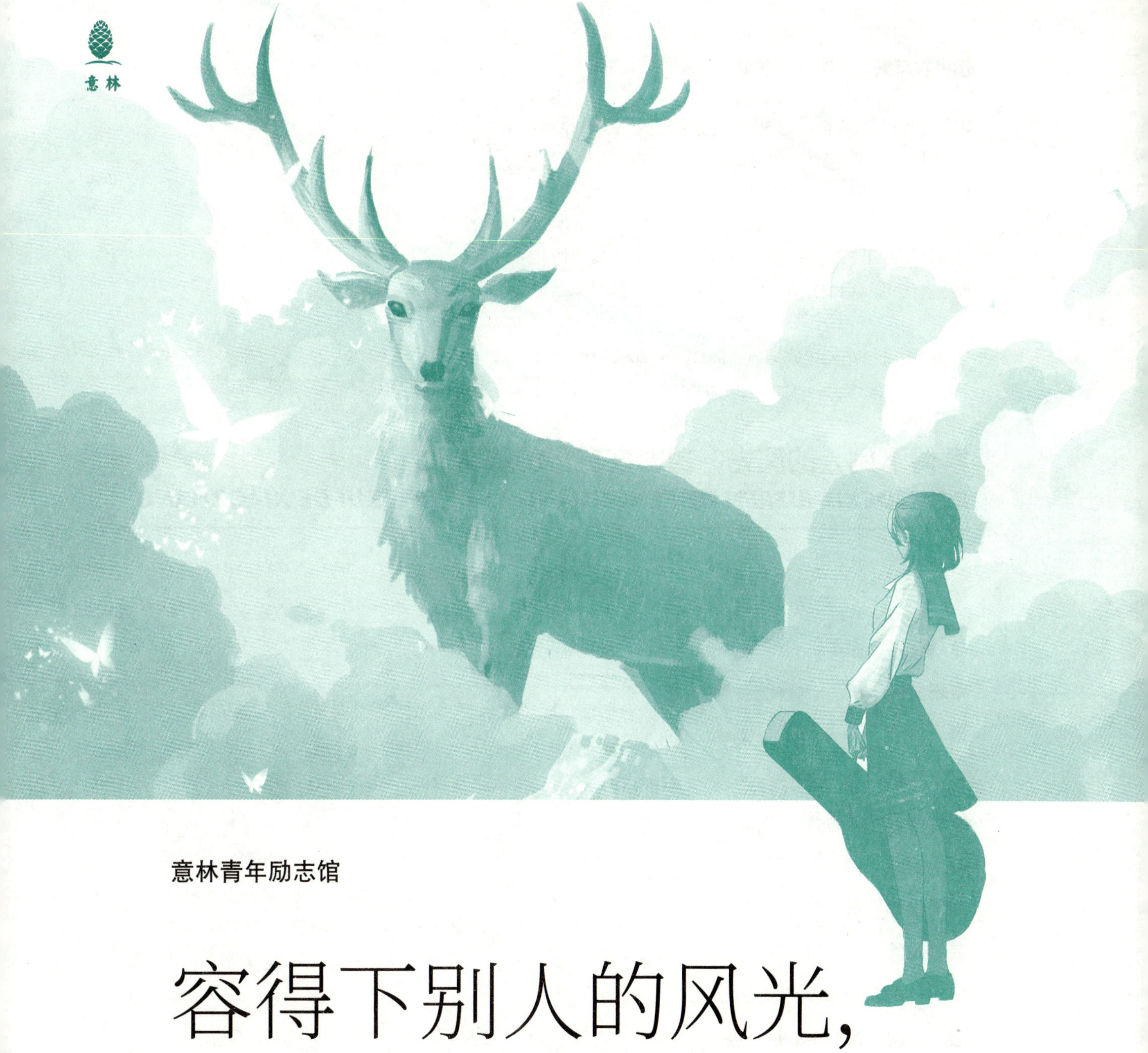

意林青年励志馆

容得下别人的风光，摁得住自己的嚣张

《意林》图书部　编

图书在版编目（CIP）数据

容得下别人的风光，摁得住自己的嚣张 /《意林》图书部编.
—武汉：长江出版社，2021.8
ISBN 978-7-5492-7761-2

Ⅰ.①容… Ⅱ.①意… Ⅲ.①短篇小说-小说集-中国-当代 Ⅳ.①I247.7

中国版本图书馆CIP数据核字(2021)第120828号

容得下别人的风光，摁得住自己的嚣张
RONGDEXIA BIEREN DE FENGGUANG,ENDEZHU ZIJI DE XIAOZHANG

出　　版	长江出版社
	（武汉市解放大道1863号）
总 策 划	徐　晶
市场发行	长江出版社发行部
网　　址	http://www.cjpress.com.cn
责任编辑	李　恒
策划编辑	吴珊珊
封面绘图	梨　花
封面设计	资　源
装帧设计	刘海燕
印　　刷	天津泰宇印务有限公司
版　　次	2021年8月第1版
印　　次	2021年8月第1次印刷
开　　本	889mm×1194mm　1/16
印　　张	11
字　　数	330千字
书　　号	ISBN 978-7-5492-7761-2
定　　价	36.00元

版权所有 盗版必究（举报电话：027-82926804）
（如发现印装质量问题，请与印务部联系退换，电话：010-51908584）

目 录
CONTENTS

1 成长，是一场和自己的较量

抢救室里的三次拒绝	范志伟 002
很老很老的鹰	徐仁河 004
回去，给老屋换片瓦	徐立新 005
被锁起来的暑假	王雯雯 006
白云可否随身带	刘荒田 007
那个教你说话的人，正在等你给她打电话	曹 值 008
鼓动人心的秘密	[日]内藤谊人 009
企鹅派克	方 园 010
如此惭愧	月如钩 011
我和妹妹的持久战	申 琦 012
外公是我的患者	佚 名 014
认真看母亲时，她就老了	南在南方 015
花满楼的九条命	孙 丹 016
教会孩子体面地"输"	清清茶 018
古建筑取名有什么讲究	李 莉 019
疯狂成人礼	张昕宇 020
你在读什么书	[美]威尔·施瓦贝尔 021
18岁独自远行	文 雯 022
幸福生活	[法]多米尼克·洛罗 023
为什么日本动漫里没有超级英雄	何 帆 024
每个大师都在小说里写自传	张佳玮 025
我叫《兰亭序》，今年1666岁了	佚 名 026
绅士运河上的"猫船"	佟才录 027
观音老师	马 良 028

2 总有一种柔软，让内心坚定从容

老发师	褚福海 030	无声的彻悟	叶嘉莹 044
麈尾指坐	月如钩 031	尝尝食人鱼	俞敏洪 045
外婆的狗没有名字	团子 032	小山羊和它的古丽娜妈妈	阿瑟穆·小七 046
世界上最孤独的树	施崇伟 034	君王撒娇	月如钩 047
柬埔寨的夜经济	赵益普 035	司马懿的两句话，够用一生	哈叔 048
狼和乌鸦的友谊	[德]埃莉·H.拉丁格 036	目的颤抖和稀缺占用	宗宁 049
《三国演义》教会我们做人的三个道理	李思圆 038	一个毒舌兽医的温情人生	居里 050
最温暖的地铁	毛丹青 039	文字有灵魂	李树德 051
一头怀孕的大象，站在河中死去	朱老壮 040	日本人的"幸福危险论"	[日]南博 052
没有发出的声音	岑嵘 041	"一遍"读书法	严耕望 053
我偷看了奶奶的日记本	酸酸姐 042	如何表达你的愤怒	曾旻 054
能与你活到最后一刻是幸福的	毛丹青 044	鲸跃	[日]须川邦彦 056

3 当你开始爱自己，全世界都会爱你

轮椅上的雄鹰	张昕宇 058	勇敢的人敢认怂	李松蔚 074
高智商的人懒于活动	未铭 059	最理想的父亲	毛丹青 074
居酒屋里的日本大叔	毛丹青 060	以鱼为镜	齐世明 075
凿井和塑像	陆春祥 061	山河故人	王太生 075
五个快递	周华诚 062	一只狗在瑞典的幸福生活	仙姑有话 076
缓慢地活着	薛舒 064	每一个人都是角	张桐 077
舍得夸人	月如钩 065	哈佛规则	武宝生 078
一个面团的魔法人生	袁楠 066	2000多只企鹅等你来	姜常红 079
左鞋和右鞋	常英华 067	岁月面前无壮士	陆小寒 080
有一种优雅，叫春秋贵族打架	西窗 068	狡黠	祁白水 081
目光和凿子	余秋雨 069	我还年轻，还要大声唱着时间的歌	潘云贵 082
不懂规范，别去古代吃饭	巫婆的葱 070	奇鸟来过校园	庞余亮 083
唐朝也有"八卦记者"	陈甲取 071	人生赢家贺知章	任思雨 084
以貌取人有错吗	郭晓强 072	幸福的倒数第一名	[韩]朴光洙 085
你已经成年了吗	李歪歪 073	预留原则	辛唐米娜 086

4 拼尽全力，活在当下这一刻

篇目	作者	页码
不抵抗，就能盛放	廖 智	088
搞卫生有什么用	罗振宇	089
老爸的菜园子	肖 遥	090
为什么赌场没有窗户	小 丽	091
野性的魅力	尤 今	092
懂得"割爱"	张 章	093
一万只夜莺	肖复兴	094
为什么明明是别人的选择，最后却变成你自己的了	菲尔普	095
30多年前的高考状元，后来怎么样了	田七喜	096
就在那里	[美]雷·布拉德伯里	097
不怕做最后一名	邱雷苹	098
乌鸦老大	唐辛子	099
一朵"香菇"的奇遇	马小铃	100
枯山水	王自亮	101
休一咖啡店	王征宇	102
书读不下去怎么办	张佳玮	103
终于，我又可以勇敢地面对死亡	纪慈恩	104
惜物即惜福	[日]枡野俊明	105
谁都觉得自己是苏东坡	易 之	106
想象的深处	张 炜	107
顶尖高中是为谁准备的	苗 炜	108
遗 愿	李冬梅	109
库克船长的酸菜心理学	梁水源	110
剪婆婆	聂鑫森	111
深陷痛苦时，你应该花钱买什么	周欣悦	112
你的口头禅有"但是"吗	[日]岸见一郎	113
追车记	梅艺璇	114
危机？也是转机	[美]亚当·加林斯基	115
霍格沃茨学校的禁书	苗 炜	116

5 想改变人生的价值，先改变你的心态

篇目	作者	页码
我怀疑瑞士人的脑子都装了一块表	老艺术家	118
等一等，问题也许就没了	李松蔚	119
在暗处的约束	卢继元	120
地球是活的	编译/王 隽	121
宋代舌尖上的节俭之风	戴永夏	122
麦当劳理论	[美]乔恩·贝尔	123
"懒马效应"的不同版本	木 木	124
人和香蕉是亲戚	尹贻坤	125
牙疼的时候，没有一颗糖是无辜的	果 舒	126
从《红楼梦》看移民经济学	张 麒	127
碗净福至	京 博	128
把花种在门外	魏 霞	129
曹操的两笔"投资"	陶康永	130
高峰和低谷	[英]马特·海格	131
"前院"与"后院"	杨德振	132
一次失败的离家出走	路 明	133
日本年入超千万者，反而不幸福	王 雪	134
动物如何看待死亡	[日]阿部弘士	135
匍匐在地，才会看到细节	董建昌	136
你要做东非的猴子还是西非的猴子	柴 可	137
残 蝉	胡竹峰	137
耳机：当代青年的社交保护伞	万物拣史	138
力争做一个发现之人	寇士奇	139
沙僧的道	崔岱远	140

6 持续努力的人，幸福感更强

吃 字……………………………………………郭华悦 142
耶鲁课堂为何拒绝电脑和手机………………………王 烁 142
《百家姓》为什么以"赵钱孙李"开头…………李 言 143
怪书"复活"……………………………………桂 涛 144
你是牧羊人还是羊………………………[美]凯蒂·兰登 145
你凭什么不能上北大……………………………王羽端 146
在瘟疫中求生和写作的莎士比亚………………张 薇 148
听故事的感受……………………………………徐云松 149
"心满意足的人生"不存在………………[日]河合隼雄 150
日本学生的"整理整顿"课程………………刘小新 151
我们与天气的"心理战"……………………何吴明 152
莫里哀的荣耀……………………………………祁文斌 153
高手与顶尖高手的差距…………………叫我以实玛利 154
礼物归谁……………………………[巴西]保罗·科埃略 155
日本年轻人："抠门"成习惯…………许黛如 文 竹 156
作家们各种古怪的创作契机………知书少年果麦麦 157
几种真正有效的学习方法………………………万维钢 158
异想天开………………………[荷]马蒂斯·范博克塞尔 159
清华神秘学院，为什么用外国人来命名…………说 姐 160
自律的人……………………………………………狄 青 162
边睡边学，真的能行……………………………领研网 162
暗处的尊重………………………………………忠毅村人 163
为什么锤子一定是锤子………………[德]卡尔·诺顿 164
被一条鱼改变的人生……………………………毛丹青 164
第二屏效应…………………………………………未 铭 165
历史上的"斜杠青年"…………………………娜 总 166
针锋相对的气度…………………………………顾 农 167
不努力学习的人是玩不好的……………………九 物 168
素以养绚……………………………………………沈长洪 170

成长,是一场和自己的较量

人生不是坐着等待,好运就会降临。真诚地面对自己,越困难越不能丢失本心,即使成长的道路不那么顺利,但是心怀梦想的人,终会无所畏惧,勇敢前行。当你回头审视那个跌倒却不曾放弃的自己,便会明白成长的意义。

1

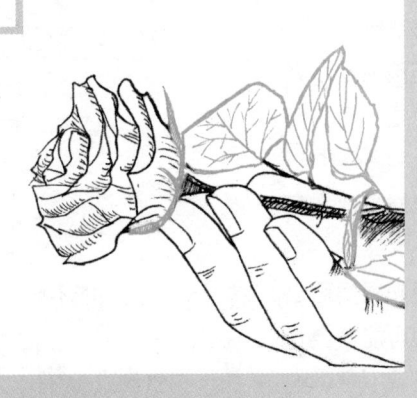

抢救室里的三次拒绝

□范志伟

1

三个小时前，他用轮椅推着一位老年女性患者来到了急诊室。

这位50多岁的家属直截了当地要求道："我们要求直接住院，以前就有心脏病。"

在我的仔细追问下，患者家属终于断断续续地说出了发生在老人身上的故事。

83岁高龄的患者常年患有高血压、糖尿病、冠心病、心房颤动，经常出现劳力性呼吸困难和心前区疼痛。三年以来，患者反复出现胸闷、下肢浮肿，自服利尿剂后可以缓解。

两天前，老人再一次突发胸闷气喘，并且休息后无缓解。

"病情这么严重，为什么拖了两天才来到医院？"我很不解地问。

家属并没有正面回答我，只是不好意思地解释道："开始不严重，晚上睡觉发现喘得厉害，所以才送到医院来。"

我拒绝了家属直接住院的要求，一是因为患者此刻病情危重，血压、心率、SpO_2等生命体征不稳，二是因为病房没有空床。

"医生，你看还能治吗？"家属第一次提出了这个问题。

听到这个问题后，我心中不由自主地盘算着："家属是什么意思？是要放弃吗？"

"肯定能治呀，最起码要稳定生命体征，不然老人很可能一会儿就没命了。"这句话是我下意识脱口而出的，也是实事求是的评判。

家属紧接着的话又出乎我的预料了："我们能不能不在抢救室里治疗？"

"为什么？你有什么想法？现在老人非常危险，别的不说，不到40次/分钟的心率就可能要命了！"

"抢救室里费用太高，去年我们也抢救过一次。"男子为难地说出了原因。

家属说出的原因让我在短时间内无言以对，他说得不错，对于如此病情的老人来说，治疗费用会达数千元。

这个世界上有一种病是无法医治的，那就是穷病。

看到我坚决的态度后，男子没有了话语，默认了当下的抢救方案。

2

经过一系列的对症抢救后，老人的生命体征总算勉强维持在及格线上。

但是，在胸闷气喘的症状得以控制之后，我们面临的问题便是：处理高钾血症和三度房室传导阻滞！

即使说了如此之多，对于没有医学常识的人来说，可能依旧不明白老人病情之重，情况之危急。

通俗地说，患者和家属面临的问题便是：患者随时会停止心跳呼吸，不花钱不治疗就注定要丧命，花钱也不一定能够百分之百保命，血液透析、心脏起搏器、急诊抢救治疗等是一笔不菲的费用。

在了解了以上这些现实情况后，这位男性家属第二次提出了问题："医生，你看还能治吗？"

决定老人命运的并不是我，也不只是这位50多岁的家属，而是钱袋子。

"虽然现在稳定了，但只是暂时的胜利。高钾血症和心律失常没有解决，就像两大定时炸弹一般悬在头上。花钱治疗会有一线希望，不花钱治疗就毫无希望！"

经过认真的沟通后，家属依旧拒绝了为老人进一步处理的建议，而只是要求："输液保守治疗，拒绝一切有创性操作，后果自负。"虽然家属已经明确表达了态度，甚至愿意后果自负，但是我依旧不能放松丝毫心情。

▶ 3 ◀

凌晨三点，老人已经在心电监护、无创呼吸机的警报声中迷迷糊糊沉睡了。

我趴在电脑前翻阅着那些挣扎在生死边缘患者的检查资料，如同看着每一个病人归去的场景一般。

"医生，你看还能治吗？"

他全身都散发着浓烈的劣质香烟味，30年前我曾经在爷爷的牛棚里闻到过。

家属第三次提出了这个已经没有意义的问题，让我心中有一丝不安、愤怒、嘲讽："既然你们已经做出了决定，又何必来问我呢？"

其实，我并没有心情同他继续虚伪下去，决定敷衍一下便赶紧结束这场让我心塞的抢救工作。

我只见过对子女无私付出的父母，却不常见对父母不离不弃的孩子！

没想到的是，这位始终与我沟通，毫不犹豫签字，三次反问我的男性家属在最终时刻向我透露了心声。

他的心声让我惭愧不已，让我伤心不已。

"我知道要是采取血透、放起搏器等措施的话，可以让她多活一段时间。但是，为了多活那么一段时间就必须要承受更多的痛苦。已经八十多岁了，没有必要了。"

我没有说话，该说的我早已说过。

"你知道吗？我也有病。我得白血病三年了，花了快一百万！"

我震惊了，我完全没有想到这位家属竟有如此遭遇。

还没有从震惊中缓过来，他说出了更加让人意外的事实："我只是她的女婿，她儿子都不管，也从来不掏钱！"

让我震惊的是我竟然全程忽视了鉴别家属的身份，他竟然直到最后才倒出真相！

我还在纠结着这份由女婿签下的沟通记录会不会在未来产生纠纷隐患，家属有一句话则让我瞬间泪目。

"岳父还躺在家里面，两年多不能动了。老岳母之前说过，如果有一天快要不行了的话，一定要走在家里，要看着老岳父才能走得放心。"

在厚厚的口罩下，我欲言又止，想安慰他一些什么，却始终说不出口。

我们看见的或许是事实，但不一定是真相。

我们不应该轻易去指责别人，因为我们根本无法感受别人的生活。

让我羞愧的是，我竟然几次冤枉了他。🌿

段子铺

字条

有个朋友过生日，我在网上给她买礼物，跟老板说："可不可以帮我写张条子，生日快乐！"朋友收到礼物后，给我打电话："张条子是谁？"

停车位

天黑了，晓菊老师坐在车里仰望美丽的夜空："月明星稀，乌鹊南飞。绕树三匝，何枝可依。'曹操的诗写得真是应景啊！"

驾驶座上的体育老师急得直擦汗："他老人家也是出去吃饭找不着停车位吗？"

很老很老的鹰

□ 徐仁河

一位农户租下了一片山场，在这片山场里栽下果树，并在林间放养了些鸡雏。随着鸡雏的长大，惊动了许久都觅不到食物的山林中的一只鹰。

这只鹰太老了，它只能在林间做些低空的蹿跃和扑腾。这时候，它瞄上了农户的那些鸡。

起先，农户并不知道他的鸡受到威胁。他每天早上把鸡从鸡舍里放出来到林间草丛里觅食，晚上再把鸡唤回鸡舍。他发现每日不多不少总是失踪一只鸡。

还是农户十一二岁的儿子禾崽细心，他在第九只鸡失踪的时候，发现了诡秘的鹰。那时，匍匐在草丛里的鹰刚把一只独自觅食的鸡摁在爪下。

禾崽举着鱼叉赶来解救。鹰张皇失措放弃到手的猎物，跌跌撞撞地扑入密林深处。

鹰并没有就此收手。但这一次，鹰就不太走运了。它刚刚潜入农户的鸡经常出入的草丛，就被一只设计精巧的钢丝笼套住了。

农户搔着头，不知道如何处置笼子里怒目而视的偷鸡贼。

儿子说，放家里养吧。农户说，养它干吗？你还嫌它吃我们家鸡少啊！

农户说，不如咱杀了吃。儿子撇撇嘴，喊，它也太老了。不过，好像城里人对野味都很有兴趣咧。

于是父子俩商量好，过几天把鹰带到集市上去卖。

鹰养在笼子中，每天都是禾崽喂水送食。为了喂鹰，禾崽特地每天放学后都去钓鱼、挖泥鳅。因此，鹰的毛色鲜亮了不少。

隔天就是墟集之日。禾崽跟父亲说，我突然舍不得这只鹰了，怎么办？农户劝慰道，听话，卖鹰换了钱，我给你买铁皮文具盒和带香味的橡皮。

逢集那天正好周末，禾崽和父亲一道进了城。被细钢丝绳束住双脚的鹰一动也不能动，鲜血顺着脚爪，滴滴答答流个不停。禾崽看了很是心痛，趁父亲不注意，偷偷将钢丝松了一个环。

集市上很是热闹，卖什么的都有。

买主很快就出现了。

买主是个城市来的动物保护主义者。他说这只鹰是国家级保护动物——猎隼。他从笼中抱出猎隼，责备农户太过心狠。之后他很细心地绕开钢丝，替鹰检查伤口。

农夫点着到手的钱喜不自禁，这么多钱，够买100只鸡雏的了。

就在农户数钱的同时，买主一声惊呼。鹰从松动的钢丝中挣脱出去，蹿入旁边的建筑垃圾、杂草堆中。农户心急地去追，但几个起落，鹰竟逃过了农户和旁人的眼睛，隐匿不见。

买主大度地挥一挥手说，我买它，本来就是准备放生的。

这时候，市场的另一端热闹起来了。几位山民背了两大篓野蛇来卖，许多人围拢去看。

一个少年顽性未除，他偷偷地打开了搁置一旁的山民的竹篓。

一条手杖粗细的竹叶青蛇游出竹篓。它飞快地顺着偷窥者的手背缠上手臂，向其喉管处进发。毒蛇一身翠绿、吐芯如飞，作势要咬。

眼尖的人们齐声惊呼，出自本能的骇异使人群哗地散开。

农户循声望去，霎时心急如焚——那玩蛇少年竟是他的顽皮儿子禾崽。

就在一刹那，一个身影奋身而

回去，给老屋换片瓦

□ 徐立新

最近，父亲总嚷着要回老家，说，老屋屋顶的瓦要换，多雨的天气要来了，碎瓦不换掉，房子会被雨漏倒的。

"等我有空再送你回去吧！"我搪塞道。父亲说："哪天有空？屋倒是不等人的！"我有些不高兴："倒了就倒了，我再帮你建一座小洋楼。"

父亲一脸不开心，说："新盖的房子，能跟老屋一样吗？你们的气息都渗到老屋的墙壁里去了。新建的，里面有吗？你们会对它有感情？屋子跟人一样，不处久了，哪来的感情？"

在父亲的催促下，前几天，我终于和他回了一趟老家。几个小时后，老屋便出现在我们的眼前。它似乎有千言万语要说，想问我们为何久不归来，但它终究什么也没说，就那么一直沉默着，沉默得让我心酸。

看到满屋子都是灰尘，父亲顾不上歇一歇，拿起扫帚，开始扫地除尘。我说："换完瓦，我们就走了，又不住，扫它有何用？"

"要扫的，"父亲边扫边说，"老屋是有灵性的，我们扫了，它就知道主人回来过，没忘了它，没不要它，它就会努力活得更久，在风雨中自我站立得更久。反之，它就会倒塌得很快。其实，老房子跟老人是一样的，需要被在乎，被关注。"

扫完屋后，他又在我的帮助下，爬上屋顶，逐一扫去瓦片上的枯枝败叶，拔去瓦楞边的杂草，拿掉冻碎的瓦片，再换上一片片新瓦……

"至少保一年不漏了！"换完瓦后，父亲高兴地说。

下来后，他又朝锅洞里点了一把火，将锅用热水洗了一遍，烟囱里又冒起了久违的炊烟。接着，他又找来水泥和瓦刀，将老屋裂开的墙砖重新勾缝、填好……他做这些时，心情异常愉悦，脸上散发出久违的容光。

回城路上，他告诉我，自己最近总梦见老屋被雨漏倒了，灶台也毁了，他回来时，没地方睡，做不了饭，饿得肚子生疼。这下修好，总算踏实了！

我终于理解了父亲，懂了他对老屋的那片深情：老屋，是他每每站在城市的顶端，不断眺望的方向；是他余生想留在那儿，但又无法留下来的无奈；是他一生无法剥离、不能失去的根。

我为自己对老屋曾经的不闻不顾感到羞愧，为自己触摸到了父亲内心最柔软的地方而醒悟。不少生在农村，后来进城的人，常喜欢唱衰人去屋空的乡村。我想，与其唱衰，不如去做些保护或振兴它的实事。比如，常回去看看老屋，像我父亲那般，帮它"梳洗"一番。老屋不消失，故乡就不会消失，游子就能随时满怀期待地归去。

青年励志馆 容得下别人的风光，摁得住自己的嚣张

被锁起来的暑假

□王雯雯

2020年的暑假来得比往年稍晚一些。老赵说，老婆要上班，娃放假没办法，只好先锁起来，一人在家。

锁起来？我乐了，好熟悉的感觉，听起来就透着亲切，瞬间觉得和老赵他娃有了灵魂上的亲近感。论被锁在家的经验，我是相当丰富的，我童年的假期基本都跟锁起来有关。

第一次被锁起来是我五岁的时候，幼儿园放暑假，爷爷生病，我爸把我从幼儿园接回来就跟我商量，要把我暂时送去姑姑家，姑姑家挺好，但不知道为什么，那天我就是不想去。我爸一番劝说不管用后，只能威胁我，不去姑姑家就只好锁起来一个人在家了。没想到，我点头同意了，锁起来好。我妈不同意，但我爸决定实验一天看看。

把娃锁起来简单，但是怎么不让娃遇到危险就比较难了，一般家长的做法是把危险的东西收起来，我爸不一样，他比较特别，他的做法是把危险降级，在不伤害我又足够让我引以为戒的范围内让我全部经历一次，就是俗称的肉体记忆法。

我还特别小的时候，我爸怕我扒拉热水杯，所以他倒了杯开水，把水凉到有点烫手又不会烫伤的温度，然后在我懵懂的眼神中拉过我的手按在杯子上……我哭得很惨，但是从那以后，我再也没有对任何盛东西的器皿伸过手。这事是我妈告诉我的，因为这事她拍了我爸一顿，生怕给我留下阴影，可是后来我伸手抓刚烧过水的炉盘子被烫伤后，看着我包裹圆润的爪子，她觉得我爸的做法其实挺对的。我一直觉得在这种恐怖教育下我还能保持好奇心，真的是心大胆肥。

言归正传，第一次要把我独自锁在家里，我爸很紧张，那天下午，他带着我模拟了各种我可能会遇到的危险。例如，他怕我为了开电视机去动电插板，就用电池当电源弄了一个简易的电插板，然后把我的手揣进去，让我知道被电的滋味；例如，他怕我从阳台的铁栏杆缝隙里掉下去，所以用我的头挨个测试了一下铁栏杆的缝隙宽度，以确定我真的钻不过去。在一系列测试后，我就被正式地锁在家里了。

早上爸妈离开后，我就起床了。那种突然而来的空旷感很奇妙，整个房间好像连空气都不一样了，平时熟悉的房间突然有点陌生，但并不令人感到恐惧，反而觉得很欢喜，我开始一点点地探索只有我一个人时房子是什么样的，就像探索一个新的世界——我的世界。

厨房是肯定要上锁的，毕竟我爸没有办法让我尝试菜刀和煤气罐带给我的伤害，擀面杖我倒是尝试过，但我爸又觉得那东西在我手里

破坏力太大。不过没关系，衣柜是向我敞开的，我拽出我妈那条我向往已久的裙子松松垮垮地套上，再穿上我妈的高跟鞋在家里来回趿拉着，觉得自己美得冒泡。还有我妈的化妆品，平时大人不让我做的事情，这时候就都可以做起来了。

我假装是一位公主，在镜子前面细细梳妆，给自己扎了两个小辫子，再抹上我妈的雪花膏，涂上粉，用口红在额头点个红点，再把嘴满满地抹上红色，然后学着电视里的古装美女，把纱巾裹在头上，床单披在身上，优雅地坐在沙发上跷起脚，小口小口地吃着包子，突然巫婆出现，我惊慌失措地钻进衣柜里瑟瑟发抖，然后被自己编的故事笑得从衣柜里滚到地上。

等玩够了笑够了，我搬着小凳子坐在阳台上，透过铁栏杆的缝隙看家外面的世界。纯粹以我的想法和眼光去看。我看着远处的马路上跑的汽车，每辆汽车都有表情。有的公交车就像一只乌龟，不紧不慢。双节电车拖着两条大辫子摇头摆尾，每次停车靠站的时候都小心翼翼面露惊慌，好像怕踩到什么。小汽车太快了，我来不及细看，只觉得它们像我看到的蚂蚁，木木呆呆的又很凶的样子。

对面楼下有同院子的小伙伴们彼此呼唤着出去玩，我居高临下地看着他们，看着他们幼稚的争执和游戏，很有些优越感，觉得他们是一群跟我之前一样幼稚的小屁孩。

再往近看，我看到了楼下花园的两棵树，这两棵白杨树一直长到了四层楼的高度，枝繁叶茂。我在五楼看着它们随风轻轻摆动的树叶，心彻底地安静下来。我发现它们的树叶随风摆动时会变换不一样的颜色，风吹过树叶向一面摆过去，一片碧绿，风再吹过，树叶向另一面摆过来，一片银白中带着淡绿，这个发现使我兴奋，好像发现了一个秘密。

风吹着树叶哗哗地响着，我就坐在小凳子上静静地听着，世界上其他的声音都离我远去了，只有大杨树不紧不慢的声音陪着我，像诉说，也像抚慰。整个下午，我就这样跟这两棵大杨树在一起，看着，听着，什么也没干，什么也没想，但心里满满的，很舒服。

晚上我爸下班，我坐在阳台上看着他冲进来抱我，满眼的焦虑，我兴奋地拉着他，跟他讲我当天发现的世界，我讲我早上编的故事，讲我看见的有情绪的汽车，讲我看了一下午的大杨树，跟他说我第二天也要这样过，他渐渐放松下来，笑起来。

后来我爸跟我说，那一刻他看到的我，花着一张小脸，明明只隔了几米远，却像离他很远，但我拉着他跟他说我发现的世界的时候，眼睛亮得惊人，他发现我是真的觉得一个人锁在家里很有意思，也第一次发现一个孩子的世界原来可以这么奇妙，他决定尊重我的想法，整个暑假都让我这么过。

只锁几天变成了一个假期，之后的三四个暑假也一样对待，直到我大到不需要被锁起来的时候。即使是不被锁起来，我一个人的暑假白天也很少出门。我就一个人在家里，编我的故事，看我的世界一点点地变得丰富，和那两棵大杨树吹一下午的风。锁起来过的暑假，绝对是我童年最好的回忆之一。

老赵说他娃锁起来一个人在家好像还挺自得其乐。我说，那当然，她一个人的时候看到的世界是你根本想象不到的精彩。

白云可否随身带 □刘荒田

袁枚所著的《随园诗话》里有一则，道及他如何从"村童牧竖，一言一笑"中汲取作诗的灵感。他举了两个例子。一个是，十月中，听到随园里的挑粪工在梅树下喜滋滋地说："有一身花矣。"他便作了两句诗："月映竹成千个字，霜高梅孕一身花。"

另一个是，他二月出门，送行的野僧说："可惜园中梅花盛开，公带不去！"他也作了两句诗："只怜香雪梅千树，不得随身带上船。"挑粪工和野僧不会写诗，但他们出其不意的发现令才子倾倒。

那个教你说话的人，正在等你给她打电话

□ 曹值

某一期《见字如面》主题是"生死"。

其中，黄志忠读了一封信《对不起，妈，我生病了》。这是华南农业大学患白血病的研究生李真写给母亲的一封信。信中，他提到了自己治病的种种经历和家人的付出。信的最后，李真写道："无母不成家，为了这个家，您得保重好自己。""愿您能收住泪水，笑看过往。因为我只是换了方式守在您身旁。"本以为自己这个年纪已不会再随意哭泣，看完已是泪流满面。夜里10点了，出租屋外万家灯火，我如同这个巨大城市的蜉蝣，整日奔忙，才想起已经快半个月没有给家里打过电话。

拨通电话，妈妈一秒就接起，有些吃惊却依然温柔："这么晚了，宝贝有事吗？""没事，就是想你们了。"

任时光匆匆流去青丝变白发，感激和爱，我不舍得留在最后的时光才说出口。所谓父子母女一场，只不过是渐行渐远。

记得母亲节那天，云音乐给我推荐了一首李健唱的《今天是你的生日，妈妈》。

把这首歌分享到朋友圈，旅居海外的堂姐留言："移民美国快10年了，每天上班、陪孩子几乎已经占据了全部的时间。昨天洗完头窝在沙发上，小女儿爬过来靠在我的肩上，说：'妈妈，你的头发真好闻！'忽然觉得一阵恍惚，小时候我也对妈妈说过这样的话，也是这样的夜晚，也是这样柔和的灯光。我从来都不敢想，时间都去哪儿了啊？"那些成长过程中的记忆依然鲜活，我们却已经急不可耐地长大了。

以一首《成都》火遍四方的民谣歌手赵雷，小时候是个"坏男孩儿"，调皮捣蛋，惹是生非。老师经常会请赵雷的母亲来学校谈话。而母亲也不恼，骑着那辆破烂不堪的三轮车来接他。对女生们告状揭发揪她们辫子的罪行，她说"我回去揍他"。每次放学后，淘气的赵雷总是扎进刺猬河，游上几圈再回家，老远就能听到母亲"雷雷，雷雷"的呼唤声。而游完泳跑回家，母亲总忘了嗔怪，备好饭菜，笑着看他狼吞虎咽。

年轻时的赵雷借了700块钱，独自去拉萨唱歌流浪。最终还是收到了千里之外母亲让父亲打来的一万元——她担心儿子吃不饱饭。2010年，赵雷母亲病重，大夫说病情会像定时炸弹一样随时爆炸。他无措又无助，写下了一首《妈妈》。母亲病逝后，他在一次专访中说："等你有一天，你想叫一声妈，你叫不出口的时候，才知道那有多伤心。我是一个很倔的人，无论以后我跟谁结婚，我都不会喊对方的母亲一声妈妈，我喊不出来，再也喊不出了。"

正如《山河故人》中的一句台词："每个人都只能陪你走一段路，人总是要分开的。"这天下所有的

感情都是为了相聚，只有父母和孩子，最终要分离。

年轻气盛的我们心里装着千百桩事情，千百种想法，但父母最在乎的，不过是一个你。演员斯琴高娃喜欢用"小老太太"来称呼自己的母亲，她说，自己的母亲特别坚强，从来不哭，但有一次流泪了。有一回"小老太太"去了《康熙王朝》的拍摄现场，看到女儿扮演80多岁的孝庄皇太后，化着老年妆，满头银发，她瞬间就哭了。斯琴高娃不解，问："你哭什么呀？"母亲说："看见女儿变得这么老，比我还老这么多，我心里接受不了，我知道这是假的，可是还是难过，不忍心看。"

上大学时，我一直是保持一周给家里打两个电话的频率。有时候一个人很无聊，或者遇到新鲜事，都会想给父母打个电话，大多数时间都是我在诉说，他们听着。

毕业后，独自在北京打拼，时间不再充裕，烦心事更多了。跟父母打电话的频率越来越低，从一周两次，每周一次，到大半个月才一次。后来有一天，微信上接到一个微信加好友申请，点开一看，竟然是我妈。我很吃惊，一直只用老年机的她竟然也开始用微信了。她听说现在年轻人都用微信，几乎不打电话了，所以换了新手机，想要跟上我的节奏。因为长大，父母努力靠近，我们却无意中把父母推开。

季羡林在《我的母亲》中说：直到耄耋之年，我仍然频频梦到面目不清的母亲，总是老泪纵横，哭着醒来。而人到了一定年纪，才发现很多苦苦追求的东西都如梦幻泡影。精力、梦想、欲望、物质，还有亲人，都会像梳子豁了齿一样，从手中滑落。

如微博网友所说："我吃东西越来越清淡，对待人情世故越来越宽容，不乱发脾气也学会了忍让，慢慢地有了一颗成长的心。也开始害怕听到任何与病痛有关的事，最大的心愿变成了全家人身体健康。相比一两年前迫不及待要去看远方的心，我更希望花十分之九的时间在温柔灯光下和妈妈吃完一餐饭。"

不要吝啬那点时间，不要嫌弃妈妈的唠叨。那个教你说话的人，正在等你给她打电话。

鼓动人心的秘密　□[日]内藤谊人

同样的事实，由于看待和选取的角度不同，得到的印象也会完全不同。心理学将这种"选取"称为"框架效应"，这是心理博弈中的基本技巧之一。

举一个大家都知道的例子：如果面前的玻璃杯中有半杯水，你是认为"只剩下半杯水了啊"，还是认为"还有半杯水这么多啊"？同样的半杯水，由于个人的观点不同、思维不同，对人的心理产生的影响大不相同。

达特茅斯学院经济系的普南·凯勒教授利用"框架效应"进行了一项以乳腺癌检查为中心的心理实验。在实验中，普南·凯勒教授对其中一组实验者进行了"若能在早期发现，将会提高治愈率"的积极说明，而对另一组实验者进行了"若不能在早期发现，将难以治疗"的说明，以引起其恐惧心理。最后结果证实，被引起恐惧心理的这组实验者更容易被说服。

你不也是这样吗？当你想买一块70%都是瘦肉的牛肉时，若旁边的阿姨说了一句："哟，30%都是脂肪呢！"你也会觉得不能接受，并下意识地把牛肉放回货架吧？

可见，语言的含义因个人看待的角度不同而千变万化，并且总的来说，人们倾向于接受消极的观点。

也就是说，鼓动人心的重要因素之一便是恐惧心理。当你希望对方应承己方的要求时，不妨利用这种恐惧心理来打一场心理仗。

企鹅派克

□ 方 园

自从苏伊士运河关闭以后，许多油轮绕道南部非洲航行。1960年4月，一艘油轮在非洲南端海面触礁沉没，溢出了一万五千吨原油，海面上到处漂浮着黑色的黏液，许多动物因此遭殃。

企鹅们身上沾上了油，不能游也不能潜水，死了一批又一批。这时，许多拯救动物的志愿者纷纷前来抢救企鹅。那些幸存下来的企鹅，只要一恢复元气，就被重新放回海上的小岛。

那年冬天的一个早晨，一只年幼的企鹅被带到开普敦郊区。很明显，它是石油污染的牺牲品，只见它目光呆滞，瘦骨伶仃。

好心的恩斯特夫妇收留了它，他们曾收留过许多同样的企鹅。

他们为这只小企鹅洗刷，耐心地喂各种可口的东西给它吃，并给它取了个名字叫"派克"。不久，企鹅派克适应了新的环境，迈动一双短腿，在恩斯特夫妇凌乱的园子里摇摇摆摆到处乱跑。

两个月后，企鹅派克变了样，长得又肥又胖，谁见了都说它已经完全康复，可以重返大自然了。于是，企鹅派克脚上被缚上一枚"640"号的标签，跟其他企鹅一起重新放回大海。一下船，许多企鹅毫不迟疑，纷纷冲向海浪游开了。企鹅派克回头望了一下站在甲板上的恩斯特夫妇。它在海面上转了一圈，终于也跟随着其他企鹅游向远方。

但是，十天以后，布里岛的一位妇女打电话通知恩斯特，说她在海滩发现一只企鹅，脚上号码是640。

恩斯特夫妇听了又高兴又担心：小企鹅居然朝他们居住的方向游来，会不会是它的身体还没完全复原呢？他们马上赶去，给企鹅派克仔细检查一遍：一切正常，它该重返大自然。

于是，派克又被送回大海。但是，一星期以后，布里岛上的居民再次通知恩斯特夫妇，640号企鹅又回来了。负责遣放企鹅的工作人员最后决定专门把企鹅派克送到更远的海域去，那里的海岛离布里岛有十多里远，这样，调皮的派克就不会那么容易游回来了。

但是，仅仅四天以后，恩斯特先生就接到了电话，布里岛上的玛莱太太说："我的两只卷毛狗今天有了一位同样是毛茸茸的胖朋友——你的企鹅从海里钻出来，越过海滩和草地，跑到我家，跟小狗一起玩耍起来了。"

恩斯特马上开车，把企鹅派克接了回来。

在恩斯特家，派克是熟门熟路了。只要一有客人，它就会像溜冰一样，飞快地滑过大理石走廊，然后"啪"的一个急刹车，站在房子中间好奇地盯着别人看。

其他企鹅都一批又一批地回到大海，只是企鹅派克去了又回到陆地上，似乎眷恋着恩斯特夫妇。到了又一年的十一月底，派克长得更胖了，走起路来摇摇晃晃，身上的羽毛变得稀稀拉拉，它在换羽毛，说明已从"青年期"进入"壮年期"。恩斯特夫妇有些担心，如果派克再不回到企鹅群里去，它会变成一只真正的"旱鸭子"，到时候，它再也不能适应海洋生活了。

如此惭愧

□月如钩

东汉第一名士郭泰问太学生仇览："你曾经有过什么过错吗？"仇览答："我曾经喂牛，牛不吃草，就抽了牛一鞭子，到现在心里还过意不去。"

明朝著名作家冯梦龙在《古今谭概》中将其归为"迂腐部"。窃以为，不迂腐。

不迂腐如鲁迅，也有埋藏在心底的愧疚。他在《风筝》中讲了自己的故事：

我向来不爱放风筝，觉得这是没出息的孩子所做的玩意。和我相反的是我的小兄弟，他大概10岁左右，多病，很瘦，最喜欢风筝，自己买不起，我又不许放，只得张着小嘴，呆看着空中出神。有一天，在一间堆积杂物的小屋，我发现小兄弟偷做了一只蝴蝶风筝，将要完工。我很愤怒，即刻折断了蝴蝶的一支翅骨，又将风轮掷在地下，踏扁了。

人到中年的鲁迅，忆及二十年前的这一幕，愧疚不已。有一回，早已有了胡子的两兄弟聊起儿时的旧事，鲁迅便叙述到这一节，检讨少年时的糊涂。"有过这样的事吗？"兄弟惊异地笑着说，就像旁听着别人的故事一样。过去的小兄弟、如今的老兄弟什么也不记得了，但鲁迅对自己深深的自责丝毫没有减轻。

人的一生，总有无数愧疚的事。著名诗人张枣在《镜中》一诗中说："只要想起一生中后悔的事，梅花便落满了南山。"诗人的厉害之处就在于，一句话切中要害，三两下窥破人心。譬如郁达夫，"曾因酒醉鞭名马，生怕情多累美人。"这不是小男生为小女生写的情诗，而是诗人深为以前走马章台、诗酒风流的生活而自责，表示要以国家兴亡为己任的心声。

仇览不是古代一线名人，但是，他以善于教化而闻名于当时。教育家人，别具一格。妻子儿女有过失，他不去责怪，而是除去自己的帽子，沉痛自责。妻子儿女站在院中，只有等到仇览戴上帽子，才敢进屋。可以说，仇览是道德楷模，能达至无咎。

做人要常怀愧疚之心，仰要愧于天，俯要愧于地。行要愧于人，止要愧于心。如果觉得自己一直无愧，恐怕会出大问题。

十二月底，新来了一只年轻的母企鹅。派克对它特别友好，它们常常一起在花园里溜达。一个温暖、静谧的夜晚，恩斯特被一阵嬉闹声吵醒，他起床一看，月光下的草地上，企鹅派克正和新朋友在甜蜜地尖叫，用翅膀互相拥抱，互相擦着嘴巴，如果没有听上去有点嘶哑的叫声，这场面真可以说十分温柔。从此以后，这对情侣形影不离。

不久，恩斯特决定把它们带到更远的丹森岛，很多企鹅在那儿栖息繁殖，它们一定会在那儿居住下来。但是，不到半个月，这对企鹅又出现在恩斯特家里。

"这一定又是企鹅派克的主意。"恩斯特夫妇都这么认为。它是害怕那石油污染重新席卷海面，还是对收留它的主人有了深厚的眷恋之情？这成了不解之谜。

青年励志馆：容得下别人的风光，摁得住自己的嚣张

我和妹妹的持久战

□ 申琦

1

我五岁时，妹妹出生。我趁大人不注意，悄悄溜进卧室，床上躺着一个粉嫩嫩的婴儿。她的皮肤皱巴巴的，少得可怜的头发湿漉漉地贴在脑门上，双眼紧闭。我伸出手挠了挠她的脚心，她张开嘴，哇地哭了起来，小小的五官挤成一团，口水顺着嘴角流到脸颊上。真丑！

家中有了妹妹，屋子里总是弥漫着一种特殊的气味，那是由奶粉味、屎尿味和汗味混合而成的怪味。阳台上总是晾着尿布。妹妹总是在吃饭的时候又拉又尿，害得我捂着鼻子大倒胃口。半夜从睡梦中惊醒，总能听见她狼嗥似的哭声。

这一切我都能容忍，我所不能容忍的是，我的生活里不由分说地多了一个人，要与我平分爸妈的爱。妹妹降临之前，我一直都是爸妈的宠儿，可现在，他们的注意力大部分都转移到了妹妹身上，这让我不免有些委屈。

我六岁时，妹妹一岁。

她心情好的时候会口齿不清地叫我姐姐，嘴里常常叽里呱啦地说着她自己的语言。有一次，妈妈把我俩打扮得漂漂亮亮的，准备带我们出去玩。刚走到门口，妹妹突然蹲下，稀里哗啦地拉了一地。妈妈赶紧把她抱到卫生间去洗，而我负责清理现场。看着那堆金黄的排泄物，我不由感叹："小孩真麻烦！"妈妈一边给妹妹换裤子，一边笑着说："你小时候也是这样。"我才不信呢，我想我小时候肯定比她强多了。

我八岁时，妹妹三岁。

妹妹变得越来越"能干"——她把我心爱的贴画撕得粉碎，把我喜欢的书泡到水里，把我崭新的存钱罐摔成两半，把我刚买的零食吃个精光。我一次次声泪俱下地跑到妈妈那里控诉，而妈妈每次都是那句"你是姐姐，要让着她"。

一个下雨的晚上，老师布置的作业很多，我一直熬到九点半才做完。洗漱完毕，我打着哈欠准备回房间睡觉，却看见妹妹趴在桌子上，手拿彩笔认真地画着什么。走近一看，她画的居然是我的语文作业本！我冲妹妹大吼大叫，好像要把妹妹出生以后我受的所有委屈都发泄出来。妹妹吓坏了，放开嗓子大哭起来，我也不争气地哭了。妈妈闻声赶来，拉走了妹妹。那个晚上，我一边抽泣一边赶语文作业，心中满是委屈和不平。

2

我十二岁时，妹妹七岁。

她读一年级，我读初一。早晨，我和妹妹一起坐巴士去学校。我先把她送到教室，然后去自己教室。下午妹妹比我放学早，她就在我的教室门口等上半小时，和我一起回家。

早晨我去送妹妹时，她会骄傲地向同学介绍："这是我姐姐。"

她的同学就对我肃然起敬，叫道："姐姐好！"我的同学也问我每天下午等我的那个小女孩是谁，"是我妹妹。"我回答，声音里是

掩饰不住的自豪。

妹妹的同学都不敢欺负她，因为她有一个亲姐姐。我的同学都羡慕我，因为我有一个亲妹妹。

上午第二节课有二十分钟的课间活动，有时妹妹"千里迢迢"地从小学部跑到初中部找我，然后我们一起冲到小卖部，盘算着怎样用零花钱买到最多的零食。锅巴、饼干、果丹皮、麦芽糖……走出小卖部的时候，我们一人手里拎着一袋零食，心满意足地笑。

放学时，巴士上人很多。看着瘦小的妹妹在人群中摇摇晃晃，我就禁不住伸手去扶她一把。好不容易有一个空位，我让她坐，她把我推上座位，然后一屁股坐我腿上。

下雨天，我们走在同一把小花伞下，手牵着手；下雪天，我们戴着相同的帽子和手套，边走边闹。

我十六岁时，妹妹十一岁。

我进了一所封闭式高中，所有学生都必须住校，只有周末中午家长可以探望。伙食糟糕加上思家心切，我第一个月就瘦了十斤。妈妈心疼得不得了，决定每个周末都给我送饭，星期三加送一次。于是，星期三送饭的重担就落在了妹妹稚嫩的肩上。

每个星期三，上午第四节下课我就冲出教室，跑到校门口眼巴巴地盼妹妹来。由于不让进出校门，我和妹妹只能隔着铁栏杆见面。我从铁栏杆内伸出手去接过饭盒，坐在草地上开始狼吞虎咽。我一边往嘴里扒饭一边说："我等你这顿饭等了一上午，连课都没上好。"妹妹哈哈大笑，说："我看你像监狱里的囚犯，而我就是探监的。"我一口饭差点没喷出来。

此后，我每个星期三都能吃上妹妹送来的可口饭菜。某个星期六，妈妈来看我，说妹妹星期三中午来给我送饭，在回家的路上被一辆单车撞了。我听到这话，饭盒一下子脱手，汤汁洒了一地。我抓住妈妈，问："妹妹没事吧？"妈妈捡起饭盒，叹了一口气，说："小腿骨折了，还好不严重，再过两天就能出院了。"

那天下午，我请假去医院看妹妹。推开病房的门，偌大的房间只有妹妹一个人。她躺在床上睡着了，脸色惨白。我把目光移向她的腿，不禁倒吸了一口冷气。妹妹的右腿打上了厚厚一层石膏，被细带吊在半空。我真恨自己，贪图家里的一顿饭，竟给妹妹带来这样的伤害。想着想着，眼泪涌了上来。

两星期后，妹妹的腿终于好了。我和妈妈说什么也不让她再给我送饭，星期三的午餐就此取消。

我十八岁时，妹妹十三岁。

高考结束后的悠闲假期，我终于可以和妹妹像朋友一样一起看电视、聊天、逛街。有时说起什么事，她还是会转转眼珠甩下一句："这是秘密。"我还是会不屑地撇撇嘴："小毛孩子，有什么秘密！"她眨巴着一双大眼睛说："可是，我已经不是小孩子了！"我点点她的脑门："在我眼里你永远是个小孩子！"

不经意间发现，妹妹真的长大了。我上高中这三年，妹妹的身高迅猛增长，才十三岁就到了我的鼻尖。她也有了带锁的日记本和带锁的抽屉，藏下花季特有的秘密。

屈指数数，妹妹出现在我的生命里已有十三个年头了。这十三年，我已经习惯了逗她笑惹她哭，习惯了在有人欺负她时挺身而出。而妹妹呢，也习惯了穿我的旧衣服，习惯了当我的"小尾巴"。

离开家去上大学那天，爸妈和妹妹拎着大包小包到火车站送我。火车开动了，我看见妹妹追着火车跑起来，一边跑一边抹着眼泪。突然记起，我十三岁那年妈妈出差，我也是这样，一边追着火车一边掉眼泪。蓦地明白，原来，妹妹就是我的影子，原来，纵然流年似水，我珍藏的过去却从未离开。

诗歌

十岁时我弄丢了一把锁
一把戴在脖子上的锁
它让我平安长大
也扣留了我的童年
多年来我一直向那些花儿草儿
打听它的下落
直到某个黄昏
一株芦苇
在秋风里弯下腰身
指给我看天边的一只雁
它细长的颈上
挂着夕阳

——郑伟《锁》

外公是我的患者

□佚 名

大学毕业以后，我正式成为一名肿瘤科医生。外公很开心，嘴里一直唠叨着"我们家养出了个医生"，竟然还从他屋子里掏出了一个发黄的本本，对我说："宝贝儿，你以后做医生，一定不要糊涂，这里面有些不能用错的药，你要好好看。"

虽然戒烟了，外公还是经常咳嗽，我问了问，外公咳的是黄痰，没有胸痛、咯血，自己吃点止咳药就好一些。我摸了摸外公的脉，脉象洪大有力，我告诉他也许是上火了，肺炎也有可能，要他到我的医院检查，老爷子嫌麻烦不去。

有一天我正上着班，舅舅给我打电话，说外公咯血了，还觉得胸闷气短。

我赶紧让舅舅把外公送来医院。体格检查、抽血、拍胸片、吸氧、止血、输液……经过一系列检查，最后发现外公左肺门处有个阴影，还有胸腔积液。接着又做了胸部CT，结合病史、肿瘤标志物等，我初步诊断外公患上了肺癌，病理不明确，却已经咯血和胸腔积液。主任对我说："你外公应该很早就有症状了，他吸烟史也长，现在年龄大，手术和放化疗我们都不建议做，还是对症治疗吧。"作为一名医生，我也经常这样告知家属，但是，现在我变成了一位家属。

我缩在角落，眼泪止不住地往下掉。接下来的日子，我们隐瞒着外公，我告诉他，他得了肺炎，有了胸腔积液，所以胸闷加重。外公总是很信任我，还笑着说："还好宝贝儿是医生，派上用场了。"外公的胸腔积液增长得很快，渐渐出现了呼吸困难，晚上不能平躺着睡觉，食欲也变差了许多。我继续瞒着外公，告诉他因为年龄大了，所以住院时间要长一点。

外公的病情不乐观，我已经逐渐接受，但是当我告知大家，看到亲人们难过、沮丧的表情时，我又被拉回了现实——我的外公确实病重了。

后来的几个月里，我不断地给外公引流胸腔积液，还试着往胸腔里打白介素-2，但是效果都不理想。

外公越来越不爱吃饭，胸闷气短也越来越频繁，我越来越不能假装忘却自己作为亲人的另一重身份，"医不自治"，也体现于此。没过多久，外公开始嗜睡，已经不能进食，心电监护也用上了。"血氧百分之多少"，和外公每天交流的只剩下心电监护的数字。突然有一天，"陈医生，18床的血氧掉到67%了，你快来看一下！"

听见护士的呼喊，我马上跑到外公床前："提高氧流量到5L/分，洛贝林、尼克刹米各入1支！"我紧急下了口头医嘱，主任也过来了，和我一起抢救。我忍不住泪水，他真的快不行了……我一边抢救，一边看着那些代表生命体征的数字，"一定要升上来！"我在心里对数字说话……不知过了多久，"心率、呼吸为零，血压、血氧测不出，颈动脉搏动消失，双侧瞳孔散大固定，宣布临床死亡。"我突然听见主任的一句话。外公去世了！

学医以来，我亲历过很多患者的死亡，死亡是每个人终将面对的结局。但当我们真正面对自己亲人的死亡时，他不只是患者，还是我的外公，我不愿失去他，却理性地知道我终将失去。医生这个职业可以让我如此亲密地陪伴外公走完他的人生，我已经知足。我会记住外公说的话，做个好医生。

认真看母亲时，她就老了

□ 南在南方

有位朋友问，你注意过更年期的母亲吗？

我想了这句话很久，母亲今年七十多岁，更年期已经过去了很久。印象中，母亲一直好好的，上有老，下有小，种了好多地，喂了几头猪……朋友说，不管多劳碌，更年期总是会经历。她说，她母亲正在更年期，脾气很大，看她爸不顺眼，看她不顺眼，见碗见盘子也不顺眼，总之，许多不顺眼。有一天还莫名其妙地流泪。有一回，她母亲说，这辈子算是完了，绝经了。她没心没肺地说，多好啊，不用痛经了嘛，惹得她母亲又哭一场……

我常常回家看母亲，因为她中风了。她头一次中风，恢复得还算好，两个月之后能做饭，从前能把土豆切得像丝一样，这一回，切得像棍儿，不过四个月之后，又切得像丝了。可惜一年之后二次中风，彻底做不成饭了，生活还能自理，却需要人来照应。

我看母亲，母亲也看我。好多年前，有一回我睡午觉，迷迷糊糊地半睁着眼睛，看见母亲坐在床边，一声不响地看着我，于是我赶紧闭上眼睛，假装睡着。母亲就那样看了很久，好像我浑身都是她的目光。在那样的目光里，母亲一定想起了我小时候，尿床，淘气，哭鼻子；少年时，贪吃，冒失，荒唐；青年时，木讷，喝醉，小老头似的背着手走路……现在，却睡得安稳。

后来，我在一篇文章里写道，要给母亲凝视你的机会，安静地让她凝视，让她回味你成长的片段，回味已经远去的年月。她就像洋葱，你水灵灵地长，她却就那么瘦下去，瘦下去……

腊月十九，我准备回老家过年，保姆眼巴巴地盼着。我回去那天晚上，她就回家了，年关了嘛，她得回家置办年货。母亲虽然中风多年，但是生活基本能自理，就是晚上起夜没办法，虽然也有尿不湿，但她不想穿，说是像尿床一样。她手脚使不上力，起不来，得有人拉一把，平常是保姆睡她旁边，起来拉她。保姆回家后，便是我睡母亲旁边。

母亲睡得早，我睡时，问她起不起夜，她一般要起来。扶她回来睡下，母亲要说几句话，我应着应着就睡着了。

我第二天起来问母亲，我打鼾你没睡好吧？母亲说，你打鼾也好听，一下子，像是打雷要下雨了；一下子，又不打雷下雨了。我干着急，翻不过身，我想捏一下你鼻子就好了……

母亲要起床，轻轻喊我，怪呀，我轻轻喊一声，你一骨碌就起来了！我却死都爬不起来。说着，母亲就笑。

母亲中风之后，爱笑。

母亲差不多六点半就要起床，我得帮着她穿衣裳，穿袜子，穿鞋，倒水让她洗脸，扶着她坐在客厅的炉边，然后给她倒水吃药，再泡一杯茶给她。那时，天才微微亮。

有天清晨，我醒来，窗外已经大亮，我看见母亲正瞅着我。她平躺着，歪着脑袋瞅着我，我赶紧闭上眼睛，接受凝视……只三分钟吧，我正式睁开眼睛。

我说，妈，今儿起得迟啊。母亲说，我看你睡得香……一晃，你的胡子都白了几根儿……

花满楼的九条命

□孙 丹

花满楼是我们家的猫,前日没了。它失明了,享有此次猫生七年有半。

第一次花花见兽医,医生也不知道说什么好,挠了挠头,开了瓶除虱药水:"养着吧,也是一条命。"他算得有些不对,花花到走,一共用了九条命。

我和它相遇在我二十八岁那年,六月一日。那天是儿童节,作为一个大龄儿童,我跑去给自己的内心小孩买了本漫画书。回到小区,就遇到了花满楼,它正用掉第一条命。马路上一声急刹车,银色车门打开,一位女郎皱着眉头从驾驶室下来,用手指小心翼翼地拎起车前方的什么东西,丢到路边的鹅掌楸下面。

在以前,我以为礼物都是这样,包装工整,光滑精致,系着红缎带。但是上天的这个礼物不一样:它才手掌大小,骨瘦如柴,抖个不停,两眼全瞎,浑身虱子,屁股没毛,好像随时都打算断气。

"养着吧,也是一条命。"医生说,它没被车轧着,眼睛一个严重白内障,一个根本没有水晶体,生来就如此。于是,它坐在漫画书上,跟我回了家。

我们叫它花满楼。一位武侠世界中著名的瞎子,功夫高强,心气宽和,善感幸福,境界高远。

因为有虱子,要和家里的健康猫孙小美隔离,花花被养在浴缸。初次给它洗澡,水是淡红色的,那是虱子们吸血后留下的痕迹。

所以,一个月后,当花花干干净净跳出浴缸,跳上我们床的时候,我们是多么惊喜啊!该瘦的地方瘦,该胖的地方胖,花花用了它的第二条命,奋斗成了我们家的健康小猫。

它背上黄黑,肚腹纯白,一条老虎花纹尾巴,粉红爪垫上镶几块调皮的黑斑。小脸也不错,上黄下白,眼圈框黑,倒有点像某种画眉鸟。小东西歪着头,睁着瞎眼看人,真是又纯洁又深刻。这是我从花花第二条命学到的,生命永远比它看起来更坚强。

几天后,花花用第三条命纠正了我们的人类中心主义。它直接从四米多高的阁楼楼梯的最高处摔了下来,我目睹了一切的发生,没来得及接到。我们才意识到,这个我们自己舒适自由的家,对于瞎猫,还需要特别的保护,比如不随意变动家具,比如给楼梯装上挡板和保护绳。花花摔下来,脊梁着地,艰难地翻个身,瘸着腿逃跑。但这只是吓吓我们而已,等保护绳装好,它又露面,上上下下在楼梯上活泼探险,腿不再瘸。

到现在我还觉得,花满楼和孙小美,可能不是一种生物。它们脾气不同,习性不同,语言不同,七年的相处也没怎么实现文化渗透。拿最直接的量化数字来说吧。贵族孙小美全身雪白,蓝黄怪眼,买来就三十八块,比普通小猫贵了十八。之后,它不停升值,扯碎一卷卫生纸升两块,打碎一个花瓶升一百,抠破床单和衣服若干,最厉害的是把高级音响的低音单元捅个洞,身价直接上了好几千。

而土猫花花则是平民,捡来就免费,从没有破坏过任何财物,常蹲在猫树上,尽责地抓猫抓板。它从厨房快速跑向厕所,中间绕过两把椅子,一尺宽的通道,它从容走过,身无挂碍。从效果上看,不知道哪个才是瞎猫。

小时候，花花很喜欢这个姐姐。我们的相册里，所有拍到的二猫相安、其乐融融的照片都是某种假象。都是太阳很好的时光，小美昏昏睡去，已经完全丧失智力，花花跑来，兴致勃勃地亲吻和拥抱它，被我们咔嚓一下记录下来。

小美可能从来没接受过花花。花花的眼睛有时发炎，散发出难闻的气味。心高气傲的小美尽量保持风度，凡是花花摸过的玩具一律不要，忍无可忍才给一巴掌。

小美的报复，花花没怎么领悟过。小美常在前方偷偷摸摸，做出鬼祟的响动。花花好奇心勃发，马上冲去追随，于是一逃一追，愈逃愈追，几趟快速去来，小美反身一扑，把花花扑到肚皮朝上，作势咬住喉咙，结束游戏。小美的满足当然在最后，花花却觉得前面好玩。于是我们家常发生这种情况：一只小瘦猫在追赶一只大肥猫，一只瞎猫在狂追一只明眼猫，楼梯上响声大作，上去又下来，地动山摇，真是奇景哪！

花花的第四条命就是这样，在和小美的错位中消磨而过。

第五条命是花花二见医生。我们带它去做绝育手术，手术很常规，恢复也不错，但拆线时少拆了一针，一星期后才发现。自此，花花消失了一些功能，比如不能像它母亲那样生养若干孩子；天性上有一些改变，减少活泼好斗，不再半夜嚎叫；获得了更多承诺，我们会抚养它直至终年。

普通的猫咪蹲着打盹，几分钟后倒伏，或趴，或盘，或侧躺，或仰面，看当时的温度和自在程度而定。花花就特别，它从蹲坐的姿态径直向前，慢慢埋下头，双耳贴伏，头顶摩地，身体竖弓，岿然不动，能保持个把小时。它就像一个极其虔诚的佛教徒，顶礼膜拜，长时间地修行和自省。

岁岁年年，朝朝暮暮。阳光慢慢移动窗棂的影子，长了又短，短了又长，花花均匀地呼吸，把这条命弹指而过。

第七条命，花花是实实在在和我们在一起的。花花有段时间胖墩墩的，脑袋从个面口袋中钻出来。加上嘴角上翘，好像年画中的和合童子。它蹲着的时候，不自觉有一只脚会轻微前弯，好像大象做瑜伽，逗得我们哈哈大笑。

普通猫喜欢肝和鱼，它却喜欢沾着肉汁的馒头，可能小时候在杂货店吃过。我们都会把童年的味觉保持终生。后来，它喜欢鸡肉味的猫粮，喜欢所有猫罐头。它从不掩埋自己猫砂中的臭臭，代之以赶快跳出来，把猫厕所一顿暴打，表示情义上已经履行职责。冬天的夜晚，它有时拱进被子，就睡在我们身边。

花花再一次病了。它一直还算健康，这次逐渐厌食，长达一月，开始衰弱了我们才发现。病来如山倒，强制进食就呕吐，走起路来转圈，我们又学了个医学术语：小脑共济失调。三见医生，医生也不知道说什么好。花花已经深度昏迷，"体温没有了，抱回去吧，安乐针都用不上"。

有时候我想，为什么花花没有在这次就离去？昏迷一天半后，为什么在我用热毛巾包着它时又恢复了体温？为什么在我们用管子喂了三个星期流食后，它又开始主动吃一点猫粮？是为了让我们有一些时间来适应死亡；是用这第八条命享受秋日最后的灿烂至极的阳光；还是仍然在说，生命永远比它看起来更坚强！

十一月十六日，寒流南下，气温陡降十摄氏度，花花体力耗尽，用完了它的九条命。

我们后来把它安葬在楼下的小松柏林。那里四面围栏，少有人迹。那里风声和缓，鸟鸣不断。

花花往生的这天，我腹中的孩子四个月大。我正对人类有了一些信心，开始敢于把我内心的小孩迎到这世上来。而花花，这个六一儿童节从天而降的礼物，七年以来，不断温暖地促动这个过程。这种促动，我想传递下去。它的九条命，上天暂时是全收回了，而生死轮回，我们还情系其中，谙于苦难，笑对坚持。

段子铺

我的姐姐

有一名学生参加即兴演讲，抽到的题目是《我的姐姐》。而他的一段开场白，深深吸引了所有人："我的姐姐说起话来'惊天动地'，看到吃的就'欢天喜地'，找起东西来'翻天覆地'，失恋了就'呼天抢地'，向我借钱时'求天拜地'。现在她总算出嫁了，真是'谢天谢地'！"

教会孩子体面地"输"

□ 清清茶

北京大学戴锦华教授说：人生的第一课，也是毕生之课，是学会输得起。很多时候，我们责备孩子输不起，而事实却是，每一个输不起的孩子背后，都站着输不起的家长。

孩子输不起，大多缘于家长输不起

今年初，我家隔壁搬来了一家三口，夫妇俩热情好客，却太过强势，凡事都喜欢争第一。即便是孩子间的游戏，他们也不允许自己的孩子输。

我印象最深的一次，是四个年龄相当的孩子骑自行车比赛，他家孩子因为开小差，起步比其他孩子晚了点，所以落在了后面。孩子们都不以为意，女邻居却一脸的不高兴。

几天后，孩子们约着再战。这一次，他家孩子每一轮都铆足了劲往前冲，轮轮夺魁，随之而来的，是邻居夫妇笑逐颜开的赞赏。

后来，他家孩子渐渐被孤立了，没有孩子再愿意跟他一起玩。对此，孩子们说："他每次都要赢，还总要当警察，从不愿意当坏人……"

就如作家刘震云所说：生活本没有输赢，但如果你一旦有了胜负心，那便是输家。父母的胜负心理，实则藏着孩子对待输赢的态度：输不起的孩子，往往缘于输不起的家长。

小时候输不起的孩子，长大后也赢不起

武志红在《为何家会伤人》中分享过一个故事：他在北大读大二的一天夜里，从梦中惊醒后，发现窗外有一个全身赤裸的男生，边跑边喊：我是北大的，我是北大的。

原来，这个男生是数学系的，在上大学前一直都是学校里成绩最好的，但上了北大后，发现自己只能考中等成绩。他无法接受，就变得越来越自卑。而在最近的一次考试中，因有一门数学课没及格，于是他彻底崩溃了。

在北大就读，这是多少人一生都无法企及的高度，而他仅仅因为自己成绩中等，就自卑、抑郁、变疯，真是令人唏嘘不已。

还记得那起刷爆朋友圈的"杀了第一名，我就是第一名"的惨案吗？山东淄博某校的初三男生秦某，只因马同学一直考第一，而自己屈居第二，就伏击在马同学家小区楼道口，将其残忍杀害。渴望好成绩本是学生的正当心理，秦某却因自己不是第一名，而做出如此极端的行为，这难道不是输不起导致的恶果吗？

有句话说，想赢，是成功者的特质；而输不起则是失败者的通病。人生哪能十全十美，教孩子学会认输，是为人父母的必修课。

会让孩子输，家长要先学会输

经济学家蒂姆·哈福德说过：任何事情都不可能一蹴而就，人

类的发展就像生物进化一样，是在不断适应、试错的过程中缓慢前进的。

无论家长还是孩子，输的本质其实就是一个不断试错的过程。要想让孩子学会输，作为家长要先学会输。

吴尊曾发微博说，女儿neinei一心想赢得亚洲芭蕾舞比赛，结果却输了。于是neinei伤心地哭了。随后，吴尊为了让女儿开心起来，不仅带她去游泳，还跟女儿分享了自己在篮球比赛中以26∶128输了的故事。很快，neinei就从失败的情绪中走了出来，愉快地吃了晚饭。

在孩子面对失败时，父母的共情与接纳就显得尤为重要：与孩子一起伤心，既认可了他的努力，也体恤了他的情绪；与孩子分享自己失败的经历，不仅能够有效地减轻孩子的负疚感，还能言传身教，让孩子明白输不可怕，不站起来才可怕。

没有比较就没有伤害，没有比较也就无所谓输赢。不拿孩子与他人做比较，也不拿自己与他人做比较，才能以最漂亮的姿态面对输赢。

教会孩子坦然地接受输和教他去赢，一样有意义。

自孩子出生开始，我们便倾其所有为孩子创造赢的环境，生怕一不小心他就被时代抛弃。遗憾的是，输赢乃人生常态，一如战场上没有常胜将军，人生路漫漫，我们不可能永远都是赢家。

告诉孩子，凡事尽最大努力，无论输赢，他只管去努力。爸妈对他的爱，无论成败，都不会少。

古建筑取名有什么讲究

□ 李 莉

"楼"从何而来

一种说法是，《说文解字》曰："楼，重屋也，从木、娄声。"也就是说，楼指的是两层以上的大建筑。另一种说法，《释名·释宫室》解释："楼，言牖户诸射孔娄娄然也。"射孔，指门窗上可以照射进阳光的孔格；娄娄，空疏也。多层建筑门窗射进的光线更多，室内更显"娄娄然"（空明敞亮），故称"楼"。

顶棚为何称"天花板"

天花板即室内顶棚，因特征而得名。

"天"，指房子的顶棚位置；"花"，即花纹，说的是房顶的装饰。古代建筑的顶棚多呈棋盘格布置，上绘龙凤、花卉、几何纹样，或做成浮雕图案，故名"天花板"。

"祸起萧墙"的"萧墙"指什么

萧墙即门屏，是指古代宫室作为屏障的矮墙。古代宫室内当门处有一小墙。客人来时不会直接见到室内的主人，而需要绕过小墙，方可见到。那堵小墙即为萧墙。

藏书楼为何称"阁"

古代收藏图书的房子，多称"阁"，著名的有文渊阁、天一阁等。"阁"本义指门开后插在两旁用来固定门扇的长木桩。后引申出"置放"的字义。清代朱骏声在《说文通训定声》中解释说："凡止而不行皆谓之阁。"图书进入藏书楼，是为了收藏，处于搁置不动的状态，故此类建筑物多称为"阁"。

"阙"是什么样的建筑

苏轼的"不知天上宫阙，今夕是何年"，大家都耳熟能详。阙本指宫门、城门两侧的高台，中间有道路，台上起楼阁。其得名，清代汪中在《述学·释阙》中说："天子诸侯宫城皆四周，辟其南为门，城至此而阙，故谓之阙。"

"亭"之名因何而得

亭子有顶无墙，是一种常见的小建筑物。古代的亭子常建于路旁或园林之中，以供行人驻足休憩。亭因功能而得名，"亭，停也，亦人所停集也"。

疯狂成人礼

□ 张昕宇

在赴巴西之前做功课的时候,我得知丛林深处藏着一个很奇怪的部落,部落里的每个男性,必须要经过一场被子弹蚁尾刺针蜇的成人礼,才能留在部落里,否则就会被驱逐出村子。

子弹蚁是世界上最大的蚂蚁,也是蜇人最痛的蚂蚁。它到底有多厉害?蚁如其名,被蜇仿佛中枪般。据说除了部落里最爷们儿的勇士,没有人能经受得了这种考验。

这个部落不难找,倒是第一眼看见酋长,就让我印象挺深刻。酋长是个胖子,得知我们的来意之后,一脸的蔑视,也斜着眼睛撇着嘴,脸上似乎写着:胖子你吹牛吧。

部落里有人告诉我,此前有两个老外来挑战过子弹蚁,结果瞬间就崩溃了,失声大哭大叫。

我觉得自己是个特别能忍受疼痛的人,当年车祸腿折了做手术,护士没打麻药我都咬牙挺过来了,难道还怕几只蚂蚁不成?

酋长一脸不屑地说,他们不是随便就让人挑战子弹蚁的,刚好今天赶上他儿子的成人礼,可以让我一起挑战一下。那语气里全是轻蔑。

第一步是去捕蚂蚁。原来部落里没有蚂蚁,需要先坐船,然后徒步去很远的地方寻找子弹蚁的巢穴。我们跟着部落里的几个男人,小心翼翼地在丛林里寻找着。在亚马孙,最危险的不是那些看得见的大动物,而是那些看不见的昆虫,一不小心就致命。

终于找到了一个蚁窝,这蚂蚁的个头就吓了我一跳,差不多有常见的大黑蚁三只那么大,梁红看着当场脸色就暗了下去,她说一见着这些蚂蚁浑身鸡皮疙瘩就起来了。

土著朋友们捕蚁的方式也很特殊,用一根小棍靠近,引蚂蚁爬上去,然后迅速把小棍放到竹筒里,转动棍子。全程没有人敢用手去触碰蚂蚁。他们说,平时他们遇到子弹蚁都会避开,这辈子也就在举行成人礼的那天才会和它"亲密接触"。

子弹蚁有了,接下来一步,就是麻醉它们。土著们把腰果树的树叶撕碎,放到盆子里,倒上水,然后把子弹蚁倒进去,搅拌。这种叶子能够麻醉子弹蚁,不一会儿,蚂蚁们就都"醉了"。

然后,几只藤条编制的手套被拿了出来,有人捞起睡着的蚂蚁，一只一只地别到手套上，脑袋朝外，尾刺往里，外面再别一个竹罩。手套上的蚂蚁密密麻麻，有密集恐惧症的人，估计看到这只手套就已经晕倒了。

尽管早已有些心理准备，但是看到这儿我还是有点儿愣，原来不是被一只蚂蚁蜇，而是要被一百多只蜇。被一只蜇一下像中弹，被一百多只蜇，那还不得被扫射得千疮百孔了。我心里不禁有点儿发怵了。

酋长的儿子是今天的主角，才11岁，在他的脸上我能看到畏惧，但也透着坚毅。在这个部落里，子弹蚁这一关是每个男人必经的关卡，危险而神圣。

我和酋长的儿子手上被分别涂上了一层黑色的东西，说是能防止被蜇之后手肿胀起来。接着，我俩就被带进了"神堂"——其实就是一间小茅屋，里面摆着各种动物的头骨、骨架，还有巨蟒蜕下来的皮。在这里将举行一个仪式。

酋长拿着一个炉子，里面生着火，他撒进去一些粉末，炉子里开始冒烟。酋长拿起我俩的手，让烟熏一圈，然后嘴里念念有词，像咒语般，让人更心慌了。这些莫名的仪式，就是各种烘托气氛，让人感觉很不好。我再豪情万丈，被这么一番折腾下来，都有点儿气短了，脑袋上冷汗直冒。

直到这个时候，酋长还在一直劝说我，让我放弃挑战，一副"胖子不想为难胖子"的姿态，哥是为了你好。

接下来，我们被带到另一间屋子——"礼堂"。部落里的人都来了，盛装打扮。别着子弹蚁的手套，就挂在屋子的中间。酋长对我说："你想清楚了吗？你现在放弃还来得及，手套一旦从那上面取下来，你就必须戴上，而且不准流泪，否则就是失败。"

我摇了摇头，虽然此时心里已经有点儿发虚了，但他越是这样，我就越是要坚持。

酋长的儿子一脸坚毅地走上前，取下了手套。一个司仪给他戴上。我目不转睛地盯着他的脸看。这孩子抽搐了一下，马上咬着牙，尽量让自己镇定下来。他紧紧地咬着嘴唇，还不停地跺脚，以减轻疼痛。

这只手套不是戴上后很快就可以摘下来的，而是要等到子弹蚁释放完毒素。蚂蚁不像蜜蜂，只能蜇人一次，一只子弹蚁可以重复十数次蜇人。

酋长挽起了自己的儿子，所有人都围了上来，手挽着手，开始唱歌、跳舞。孩子依然戴着手套，在人群中他在咬牙坚持着，不停地跺着脚。

过了十几分钟，手套被取了下来。让我们没想到的是，手套取下之后，小男孩脸上的表情却更加痛苦了。原来子弹蚁的毒素还留在他的体内，这会儿向全身扩散了。他开始有点儿颤颤巍巍了。但是小男孩表现得特别坚强，没有流泪，也没有喊叫。

人们开始鼓掌、欢呼，然后开始又一轮的载歌载舞，庆祝这个孩子成人礼挑战成功。从今天开始，他就是部落里的又一个男子汉、一个勇士了。🌱

你在读什么书
□［美］威尔·施瓦贝尔

我们经常互相问候："你最近有去哪里旅游吗？""你睡得怎么样？""工作还好吗？"还有一个问题，我觉得大家应该相互多问一下，那就是："你最近在读什么书？"这是一个简单却有力的问题，它可以改变生活，为被文化、年龄、时间和空间分割的人们创造一个共享的宇宙。

当我们问别人"你在读什么书"时，有时我们会发现与他人的相似之处，有时我们会发现不同的地方，有时我们会发现隐藏的共同爱好，有时我们会打开思索新世界、新想法的大门。当怀着真诚的好奇心时，"你最近在读什么书"并不是一个简单的问题，这其实是在问："你现在是谁？你正在变成谁？"🌱

青年励志馆 | 容得下别人的风光，摁得住自己的嚣张

18岁独自远行

□ 文 雯

我永远都记得第一次离家远行的情形。

因为考了全县的文科第一名，所以校长为我争取了一张西南航空公司赞助的机票。但其实那一年高考我考得不好，历史发挥失常，成绩刚过及格线，因此总分刚刚超过北大的录取线而已。但这也足以成为我所在中学的荣耀了。

很多年来，这所中学有人偶尔考上过清华，还没有人考上过北大，而那一年一共出了两名北大生，一文一理。学理科的男生因此跟我变成了唯一的从小学到大学都是校友的哥们儿。而我作为女生，能取得这样的高考成绩，似乎更要轰动一点。或许是这个原因，校长把唯一的一张免费机票给了我。

因此，我就只身去北京了。那是20年前，我家所在的西南小镇还只有一条马路。外出上大学的孩子们，通常都要坐半天的长途汽车，再坐30多小时的火车，才能到达北京。当时，坐飞机还是一件很稀罕、奢侈的事儿。

为了这件事，我们家表现得很隆重，我爸、我妈、我堂姐和堂姐夫都出动了。堂姐夫在跑到成都的客运，他不开车，只是跟车，类似于押车吧。我们提前一天晚上，搭他负责的夜班卧铺客车，半夜12点出发，晃晃荡荡、迷迷糊糊，到成都的时候，天刚好亮。

堂姐夫带我们吃了一顿车站附近的早饭。按说车站附近的小吃是最无法保证口味和质量的，但那是我记忆中非常美味的一餐。

本来我们打算坐公交车去机场。但飞机是上午11点的，怕来不及，堂姐夫果断地包了一辆面包车，把我们送到了双流机场。

这是我第一次坐这么远的长途汽车，第一次来到成都这样的大城市，第一次见识机场是什么样子，还要第一次离开家，去遥远得没法想象的北京……各种陌生感让我应接不暇。

现在我已记不起一路上和爸妈都说了些什么话，大概是因为很早就习惯了分别。记忆中是上二三年级的时候，有一天天还很早，路上没有什么人，我跟着我妈走到镇上的长途车站，她要去我爸所在的单位探亲。我爸在听起来就很远的林业局工作。家里将剩下我一个人，要度过一整年。好在外婆会来照顾

成长，是一场和自己的较量

我。说不出来的不舍，变成了不说出来的沉默。因为要上学，我甚至都没能见到我妈上车就离开了。这样的送别，还会在我爸回家探亲的时候发生，两三年一次。习惯了也就没什么特别的感觉。我不哭不闹，看起来很懂事的样子。

机场对我们来说都是陌生的。不过我妈很厉害，她很擅长沟通交流，大方得很，我的登机手续办得很顺利。在托运行李的时候，她还和旁边的人攀谈上了，原来那也是送孩子上学的。那孩子正好跟我是同一趟航班，而且去同一所学校。看到有人做伴，爸妈的神色明显轻松了。

随着登机时间临近，我就要通过安检口，真正跟家人分别了。

在托运了一个箱子之后，我还有一个背包，以及一个拎在手里的包，都装得满满当当的。经过那道安检门，我就将一个人踏上未知的旅程。此时此刻，每走一步，都离全然的未知靠近了一步。背着重重的行李，倒会让人感觉踏实一点。

无法清楚表达出来的各种感情在心里发酵。我只是很坚定地朝前走去，没有回头。我害怕一回头我的勇气就没了。爸妈、堂姐、堂姐夫，都在后面看着我，我不想让自己哭。

后来我妈告诉我，我爸当时都掉了眼泪，而我居然连头都不回就走了。我没有告诉她，其实那时候我已经用尽全部的心力让自己变得勇敢，而没有力气来伤感了。

现在的孩子一定无法想象，不就是出趟门吗，怎么会紧张成这个样子？但20年前的我就是这样的。我一直在小镇上长大，去过最远的地方是车程半个小时的县城。小镇依山傍水，面对的河，我只去过一次对岸；背靠的山，我则从来没有翻过去。在方圆不过十里的小世界里，我安安稳稳地成长了18年。

幻想着山那边的模样，河水流向的下一个地方，我在填高考志愿的时候，恨不能填上最遥远的学校。因为担心东北太冷，最后便选了北京。那时候唯一的念头，就是想走出去看看。小镇上安稳的日子，让文静的姑娘多少也有些厌倦了。

因此在离开的时候，既担心又盼望的两种情绪纠结交织，我实在是来不及体会与家人、家乡分离的感受。少年不知愁滋味。少年的眼中，只有前方看不见的路，来不及回望身后放不下的牵挂。

第一次坐上飞机，我竭力想让自己不显得笨拙，努力地模仿着身边乘客的举动。偶然间，我注意到机场的地面上有几块砖头。过了一会儿，我透过机窗往下一看，还能看到几块砖头。再后来，砖头越来越多，我这才在慌乱中意识到，原来我现在看到的早已不是砖头，而是从空中俯瞰到的房屋。多年后想起来这段往事，我还会为当年的傻气感到好笑。

几经波折，当我终于抵达北大时，已灯火昏黄。因为飞机晚点，也因为机场大巴半途抛锚，还因为我们要从北大本部被送到昌平的分校。总之，我应该是我们班最后一个报到的学生，班主任还差点以为我不来报到了。

在昌平园的黄昏中，风尘仆仆的一个短发女生拖着一个大箱子、背着两个大包，大概这就是我留给燕园的第一印象。

接过我最沉的包、送我到宿舍安顿下来的男生说的那一口地道的京片子，就是燕园给我打的第一声招呼吧。

那天晚上，我排了半个小时的队，才轮到使用宿舍楼下唯一的长途电话，给家里报声平安。拿起电话，只喊了一声"妈"，我就泪如雨下。爸妈守在电话机旁，等了整整一下午加一晚上。我没有跟他们说，当我在宿舍里打开背包的时候，发现奶奶给我装的20个皮蛋，因为路途上的折腾，全都被压碎、挤烂了。那些好看又美味的金黄色的皮蛋，我在北京找了好多年。这个秘密，直到奶奶去世，她都不知道。

幸福生活

□ [法] 多米尼克·洛罗

幸福生活离不开微小事物，要做到自由、谦卑、善解人意和融入社会。
幸福是身体和精神上每时每刻的操练，是不停歇的战斗。
要懂得如何保护自己免遭任何事物的侵害，让生活成为自己的庇护所。
要懂得这个道理：能够生活下去的地方，就能够生活得幸福。

为什么日本动漫里没有超级英雄

□ 何 帆

我的儿子是个日本动漫迷。一放学回家，他就钻进自己的房间，开始看日本动漫和轻小说。为了了解他的内心世界，我从图书馆借了一大堆漫画书，打算认真研读。

我读书速度算是很快的，但一个小时下来，也就翻了十几页，而且看到第十页的时候，我已经记不得第一页是什么故事了。

想来想去，我还是不愿放弃，最后找到一本《动漫与哲学》。说是动漫与哲学，其实很多内容跟哲学没啥关系。如果一定要扯上点联系，只能说，他们提的问题都很怪。比如，有一章讲，为什么日本的动漫人物看起来都像欧美人呢？答案是，你看错了，那只是因为日本动漫的独特笔法：画女孩的时候，要把眼睛画得大大的，鼻子和嘴巴画得小小的，并不是刻意要画成欧美人的样子。

还有个问题是，为什么日本动漫里很少有超级英雄？作者说，你到漫画书店看看，欧美的漫画书大部分都是关于超级英雄的：超人、蝙蝠侠、蜘蛛侠、金刚狼等。日本动漫的类型则广泛得多，而且主角很少是欧美类型的超级英雄。离我家不远处就有个动漫书店，我去过，的确如此。这也是让我一直很费解的问题，我看儿子那么喜欢动漫，也会给他介绍一下好莱坞的动画、欧美的魔幻小说，但他一点也不感兴趣。为什么他喜欢《海贼王》，不喜欢《哈利·波特》呢？

作者说，这跟东西方的文化差异有关。在西方的文化中，终极的价值观是善恶之间的较量。道德是一种普适的准则。不管你相信康德，还是相信边沁，你都得承认，道德是一种抽象的、逻辑上一致的规则。在西方人看来，你首先是一个个体，然后，你必须思考自己作为一个个体，应该走哪一条人生道路。超级英雄和平凡人最大的不同在于："超级的能力意味着超级的责任。"（蜘蛛侠语录）

在日本的动漫中，主人公之所以要打败反面人物，往往不是因为要拯救世界，而是为了复仇，因为他们受到了侮辱。这完全是人与人之间的冲突，不是道德准则与道德准则之间的冲突。欧美的超级英雄，像蜘蛛侠，也被引入日本动漫，却做了很多改动。在日本动漫中，蜘蛛侠穿上紧身衣的时间比他在欧美动漫中少得多。为什么？一旦你穿上了紧身衣，你就很难再融入家庭、朋友的社会网络，而这会让东方人感到很不自在。

就拿其他的通俗文艺来说吧，很多人感慨，为什么科幻小说在中国没有那么流行？一种最直观的说法是，因为中国人没有科学意识。细想并非如此。有一些其他类型的通俗小说，如犯罪、惊悚、侦探，在中国也不是那么流行。为什么呢？或许，在科幻、犯罪、惊悚、侦探小说的背后，往往都有一条善恶较量的主线。什么是善，什么是恶，需要到人性的幽暗深处探险，需要对熟知的价值观进行拷问。当然，最后一定要让正义战胜邪恶，这样普通人的内心才能得到慰藉，好比坐了过山车之后，才感到地面是如此踏实。但东方人对此不感兴趣，他们感兴趣的，是人与人之间复杂而暧昧的关系。

都是通俗文艺，难说有什么高下之分，一种是刺激人的感官，一种是麻醉人的灵魂，都是"中有足乐者，不足与外人道也"。但作为旁观者，或许，我们能够发现，你喜欢什么样的文艺，跟你的社会背景、文化传统，有着影影绰绰，但难割难舍的联系。

每个大师都在小说里写自传

□ 张佳玮

1957年一个下着春雨的日子，马尔克斯初次见到海明威——那时，马尔克斯未及而立，只出版过《枯枝败叶》；海明威年将58岁，三年前刚得了诺贝尔文学奖。

也就是1957年，马尔克斯写完了《没有人给他写信的上校》，在一个没有暖气的房间，冻得发抖。按照他自己的说法，这部小说修改过九遍之多。写一个退伍上校，一直在等军队给他寄抚恤金，一直没等到。为什么他要写这个？马尔克斯的父亲加布里埃尔是药剂师，母亲路易莎是军人家的女儿。他的外祖父是个……上校。一个保守派、参加过内战的上校，一个被人视为英雄的上校。他曾经带幼儿时的马尔克斯去"联合水果公司"的店铺里去看冰。他曾经对"香蕉公司屠杀事件"沉默不语。他曾对马尔克斯说"你无法想象一个死人有多么重"——这些故事会出现在《百年孤独》《枯枝败叶》这些小说里。此外，这位老上校，一辈子都在等政府的抚恤金。

1885年，D.H.劳伦斯生在诺丁汉一个矿工家庭，母亲莉迪亚是个女工，此前当过教师。父母关系并不算好，一如他的成长环境：噪声、幽暗、肮脏、机械、英格兰的群山、森林与荒野。1910年，他25岁，出版了自己的处女作小说《白孔雀》，同年他母亲逝世。有传说他亲手将安眠药递给母亲，以成全那可怜的妇女。1912年3月，劳伦斯遇到了他未来的妻子，大他六岁的弗里达·维克利。弗里达本是劳伦斯的现代英语教授恩斯特·维克利的妻子，她与劳伦斯私奔逃去德国。1914年，弗里达得以与丈夫离婚，后与劳伦斯正式结婚。十四年后，劳伦斯出版了《查特莱夫人的情人》，描述一个男爵夫人，住在矿井附近，跟一个猎场看守私通，小说结尾，男爵夫人依然在等丈夫答应跟自己离婚，好跟猎场看守结婚。这剧情看着眼熟吗？——不就是他自己吗？

菲茨杰拉德生在一个天主教家庭，12岁之前在纽约度过，之后搬去中西部的明尼苏达过日子。在普林斯顿大学读书时，他梦想当个小说家。24岁，他认识了小他四岁的泽尔达，地道的美国南方姑娘。对菲茨杰拉德而言，泽尔达是"黄金女郎"：她美貌、富贵而任性，16岁时就是学校的舞会皇后，集万千宠爱于一身，会在毕业照上写："当我们能借到一切，为何要工作终日。让我们只想今日，不要为明日担忧。"菲茨杰拉德搬到曼哈顿西侧一个单身公寓里，以便看得见泽尔达家的灯光；他一边向泽尔达求婚，一边为一家广告公司打工。泽尔达答应了他的求婚，然后，又毁弃了婚约。菲茨杰拉德从天堂掉进地狱，穷困到必须去洗汽车。那年他23岁，在如此的绝望之中，他写了《天堂的这一边》——这部小说描述了一个中西部青年，如何热爱一个姑娘，被弃；如何参军；如何又爱上一个纽约富家千金，但因为穷困，只能坐看该千金嫁了旁人。小说结尾是一段自嘲："我了解我自己，但也就如此了。"这是他的自传。

每一个作者翻来覆去写的情节里，一定有他自己的某一点经历，某一点郁积的心气。所以某种情况下，没错：每个小说家，都在翻来覆去，写一部自传体小说——只要你读得认真，总可以感受到的。

这剧情看着眼熟吗？——不就是他自己吗？

我叫《兰亭序》，今年1666岁了

□ 佚名

我叫《兰亭序》，出生于公元353年。那是东晋的永和九年。

那日，王羲之在会稽山阴的兰亭，组织了一场风雅集会。清幽的山水、秀丽的风景吸引了司徒谢安、辞赋家孙绰、矜豪傲物的谢万、高僧支道林等社会名流的捧场。

多亏了那场微醉的风雅，我出生了。

江南的三月三，通常都是在细雨绵绵的雨季。但是这天的天气，却格外晴朗，远处崇山峻岭，眼前茂林修竹，清流激湍，惠风和畅，潺潺水声听得人神清气爽，山间的景色更是恬静宜人！

为应上巳日的习俗，大家用香薰草蘸水洒身上，或沐浴洗涤污垢，在春意绵绵的大好时节里，祈求着消除病灾与不祥。为了活跃气氛，有人想出了流觞曲水的玩法。

大家散坐在溪水两旁，然后由书童将斟酒的羽觞放入澄澈的溪水中，让其顺流而下，若觞在谁的面前停滞了，谁得赋诗，若吟不出诗，则要罚酒三杯。

途中，觞在王献之面前停了下来，不满十岁的他憋了半天，愣是没作出一句来，也被罚了酒。清代诗人还曾作打油诗取笑王献之："却笑乌衣王大令，兰亭会上竟无诗。"

这次兰亭雅集，有十一人各成诗两首，十五人各成诗一首，十六人作不出诗各罚酒三杯。四十二人的风流集会与美好时光，不知不觉就在曲水流觞和饮酒作诗中悄然流逝。

为了把这些酒后佳作保存下来，大家打算把诗汇总，编撰成集，纪念此次盛事，也给后人留个念想。可光有诗，谁来作序呢？于是有人起哄推举聚会召集人、德高望重的王羲之写一序文，记录这次雅集。

半醉半醒的王羲之也不推托，乘着酒兴，用鼠须笔在蚕纸上，即席挥洒，心手双畅，写下了二十八行，字字遒劲、有如神助的三百二十四字。我，就是在那文人狂欢的一刻，出世了。这就是我，被后人誉为"天下第一行书"的《兰亭集序》。

在《兰亭序》开篇，我们读到的尽是美好愉悦。天也清朗，风也和畅，宇宙是那么大，万物是如此盛，眼前的一切都是如此美好。而到了《兰亭序》后半段，羲之再也抑制不住心中的那抹忧愁。他说：人与人相交往，很快便度过一生。每当看到古人对死生发感慨的原因，和我所感慨的像符契那样相合，没有不面对他们的文章而感叹悲伤的，不能明白于心，那种把死和生等同起来的说法是不真实的，把长命和短命等同起来的说法是妄造的。后代的人看现在，也正如同我们今天看过去一样，这真是可悲呀！

1666年过去了，在我324个字的笔触里，依旧能闻到，那遥远的时代飘出的阵阵浓重且蕴含三分喜悦一分哀愁的酒香、淡淡温雅香薰味儿，看到附章在行云流水中的畅快与凝重之情。

1666年过去了，王羲之对生命无常的惋惜，依旧飘零在这悲喜交集的篇章里。

绅士运河上的"猫船"

□佟才录

在荷兰首都阿姆斯特丹，有一条内陆河流叫绅士运河。在这条贯穿城市的运河上，常年漂移着一条古典的红色游船，吸引着沿岸行人的目光。这条游船上承载的不是观光游客，而是上百只慵懒的猫咪。因此，当地人也称这条红色游船为"猫船"。

有人不禁问："'猫船'是阿姆斯特丹市旅游部门特别设立的景点吗？"并非如此。那"猫船"又是从何而来？

赫芮特太太60多岁了，她的丈夫在多年前就去世了，但她拒绝了女儿请她搬去同住的邀请，独自生活在阿姆斯特丹的一所小房子里。赫芮特太太心地善良，在去菜市场的路上，她看到了一只流浪猫卧在栅栏下奄奄一息，身旁还有一只幼崽饿得嗷嗷叫。她把流浪猫和小猫崽抱回了家，并请来兽医为它治病。在她的精心照料下，流浪猫日渐痊愈，猫崽也一天天长大。此后，无论赫芮特太太做什么，大猫都会领着小猫跟在她身后，形影不离。

赫芮特太太因此成了社区名人，于是便有人把自己不要的猫咪丢弃在她家门口，但她每次都"照单全收"。渐渐地，家里的流浪猫越来越多，屋里已经装不下了，但依然有流浪猫不断地被丢弃在她家门口。

怎么办呢？一天，赫芮特太太到绅士运河边散心，发现河岸边停着一条破旧的游船。她走上船去，发现游船还算完好，只要修缮一下就能继续使用。经过打听，她得知这是一条无主的游船，废弃在岸边已经有段时间了。赫芮特太太想，把游船修缮一下，作为流浪猫的家是再合适不过的了。于是，赫芮特太太请木匠对游船进行了修缮，安上了木格窗，刷上了紫红色的油漆，风格非常古典。

赫芮特太太把家里的流浪猫都搬上了游船，她每天到游船上给猫咪送吃的，打扫船内卫生，清理猫咪的尿液和粪便。因为有了更大的空间，赫芮特太太不但把丢弃在自家门口的流浪猫收养起来，连在大街上看到的流浪猫也会捡回来收养。随着收养的流浪猫越来越多，她的开销也越来越大。赫芮特太太并没有工作，完全靠政府补助和女儿给的生活费生活。因为要给流浪猫买口粮，她只好节衣缩食，即使生病，也舍不得去医院。

她的爱心行为引起了媒体关注，有记者在"猫船"上采访赫芮特太太和她的猫咪们，并发表在荷兰最大的报纸《电讯报》上。很快，阿姆斯特丹的市民都知道了赫芮特太太和她的猫咪们，并纷纷为猫咪们捐款、捐猫粮。阿姆斯特丹市政府也下拨了一部分资金，还特地为这条特殊的游船颁发了"猫船"的称号。更有爱心志愿者自发来到猫船上，帮助赫芮特太太喂猫和打扫卫生。

解除了后顾之忧的赫芮特太太心情大好，在晴天里，她喂过猫咪、打扫完船上卫生后，就会高兴地驾着游船，带着猫咪们沿着绅士运河航行，领略沿岸风光。上百只猫咪一字排开蹲坐在甲板上，或仰头惬意地晒着太阳，或低头俯视河面，或迷离地看着河岸上的繁华都市。很快，"猫船"便成了绅士运河上的一道风景，很多游客都会到"猫船"上看看，与那些憨态可掬的猫咪拍照留念，并买上一些猫粮犒劳它们。

如今，赫芮特太太已经80多岁，身体已不能负担照料"猫船"上的猫咪们了，但她的爱心火炬已经传递下去，一名叫艾弗森的志愿者自愿接管"猫船"的事务。现在，依然有流浪猫会被送到"猫船"上，也会有一些猫咪陆续被市民从"猫船"上领养走，而绅士运河上"猫船"的故事，也感动了世界各地的人。

观音老师

□马 良

俞老师是教数学的，也是班主任。她是一位慈眉善目的老太太，当时她不到五十岁，一头齐耳长的花白头发梳得特别整齐，上面"三七分"，下面"一刀平"，一边少些的头发别在耳后，另外多些的用两枚黑色的细发卡在额边别得妥帖，垂下的那部分稍微有些晃动。我妈有段时间也梳这个发型，所以我也常常对俞老师生出一些无赖小儿般的依恋。

我小时候特别不爱干净，虽然不是那种特别调皮的孩子，但是什么地方都敢钻，垃圾堆、煤栈仓库、废弃的屋子，甚至废弃的屋子里床上多年都没人动的被窝。我好像对脏是没有概念的，而且那时候洗澡也不是很方便，尤其天凉以后，洗澡要去公共浴池，一两周才能去一次。还没等到洗澡，我全身已经脏得不行了。我姐姐每天都不让我进门。我在外面野了一天，回去吃晚饭前，必然会被她拉扯到水池边，用刷衣服的那种猪鬃做的硬毛板刷，狠狠地刷手，直到刷出一盆黑水才放我进屋。

俞老师是我读三四年级时才调过来教我们的，第一天点名，她盯着我看了又看。课上到一半，她给全班同学布置了一些课堂作业，便把我叫了出去，牵着我的手就去了她的办公室，然后叫我拿了毛巾、肥皂和脸盆，去操场边的水池，不管三七二十一就给我洗了手、擦了脸，还仔细搓了脖子。洗完后，她又牵着我，把我带回教室。这一路，我既对自己那么脏感到很羞愧，也有几分得意，因为全班那么多同学，老师只给我洗脸、洗手了。没想到的是，那天之后，经常性地，俞老师只要看我哪天足够脏了，就会叫我去办公室拿脸盆、肥皂、毛巾，还叫我去打水，再当着全班同学的面把我洗刷一遍。那时候真是天真，我竟然没有觉得羞耻，反而每次都得意极了。

其实我不但脏，还爱撒谎，并且不爱做作业。现在想来，因为我早上了一年学，是全班最小的孩子，估计脑子不及别的孩子发育充分，功课根本就学不会，即使认真学了也学不会。后来我干脆自暴自弃，也不做家庭作业了。别的严厉的老师布置的作业我不敢老是不交，所以就借来同学的誊抄一番，或者以帮别人做美术作业为条件，委托别人代我做了。然而在俞老师这里，我因她的宠爱变得有恃无恐，从来都不交作业。每次她问我，我便会编一个瞎话来搪塞，有时说作业本掉在井里了，有时说作业本被风吹到别人家的院子里了。我还编过家里厨房着火，烧掉了作业本，写完了作业可是字迹自动消失了等瞎话。有一次，家里新买了缝纫机，我对缝纫机肚子下面的那个洞产生了浓厚的兴趣，第二天对俞老师说的话便是："我想在那个洞里掏东西，够不着，就拿着作业本去够，结果作业本掉进那个洞，再也找不到了。"在俞老师面前编瞎话，成为小小的我在失败的人生里，重新找回自信的最重要手段。而她从来没有戳穿过我，总是微笑着听我说，每天都等我给出一个一本正经的说法。

如今，每次回忆起这些小小的片段，我就特别想哭。我上初中时，爸妈知道她喜欢我，命令我去看她。后来，等我长大了，自己回味过来她的好，再去那所小学的时候，俞老师已经退休，离开了学校。之后待我年纪再大一些，明白了一些事理，我想起来也许可以通过学校找到俞老师的家庭地址。可当我再回去找时，不料那所小学已经被拆除，那地方一栋贴满丑陋瓷砖的大楼，阻隔了我通向童年、通向我亲爱的俞老师的所有道路。

后来在庙里看到观音菩萨的时候，我总是会想起这个慈眉善目的老太太。这世间如果有一种守护神，会毫无理由地为笨拙的小孩守护着童年，守护着一份天真，那我的守护神一定就是她。

2

总有一种柔软，让内心坚定从容

有一种温暖，不是可以设计或营造出来的，它储藏在寻常人们所过的寻常日子中，偶一闪现，转瞬即逝，却让人感动。从芸芸众生的酸甜苦辣中，体悟人生哲理，守护好内心的柔软情感和回忆，让我们获得坚定前行的力量。

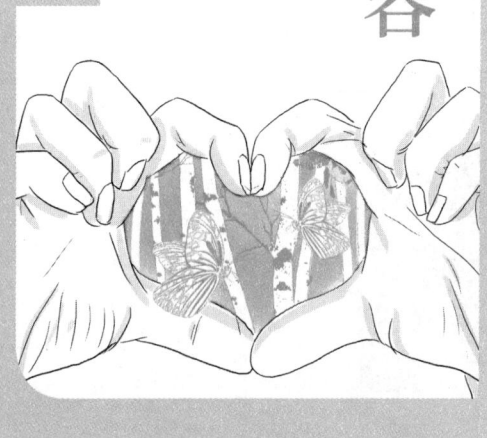

李记发屋约14平方米，开在小镇一大桥堍的引坡旁，局促而偏僻。店极简陋，除了墙面留有刷过涂料的痕迹，地上铺了瓷砖外，其他都"原汁原味"，看着跟主人一样素朴。

店主姓李，人清瘦，白净，目光如炬，讲起话来柔声细语，凸显出苏南人的秀雅温儒，给客人理发时总是略弯着腰，目不斜视，手中拿捏着梳子、剪刀如鱼游水中，操作起来若风掠树梢。

那店就在我家前面的马路斜对面，我倚窗眺望，能依稀看到出入他店内的绰约人影。

已记不清持续多少年了，本人及我的家人，倘有需要，都会钻进他店里剪头理发，一来路近、便捷；二来李师傅技术纯熟，会因人塑型；三来服务细致周到。当然，我不否认自己青睐他的价格优势，普通人过日子，该省则省，自当细水长流。

孟春。午后。围着雪白围裙的我，坐在那张斑驳的理发椅上，他则不疾不徐地"咔嚓，咔嚓"给我修剪头发。我见他生意不太忙，便乘隙与他攀谈起来。

十六岁那年，他刚读完初中，便进理发店拜师学艺。既是徒工，自然什么都得做，装卸门板、生煤炉、洗头、拧毛巾、扫地。好在他早有心理准备，咬着牙，忍辱负重，从最低贱的活干起。

说是学徒，实则就是给师傅当下手，师傅要忙营生，哪有辰光跟自己细说，仅偶尔粗略指点二三，能否消化领悟，全凭自我的造化。为早日独当一面，他发憨劲琢磨，在夜间拿鸡毛掸子、扫帚当模特，学造型，练刀法，一次被他妈瞥见，他等着挨骂，孰料母亲居然没责备自己。就这样，他最终练就了能针对不同年龄、不同职业、不同头型设计发型这手绝活。还掌握了掏耳朵、拔眼毛、剪鼻毛、捶背等技能。三年后，他满师了，继续留在店里工作。所不同的是，之前只管肚皮，而此时他每个月能领到十几元薪水。

靠着一把剪刀，一柄梳子，他没日没夜地"咔嚓、咔嚓"，操天下头等大事，做人间顶上功夫，愣是把清晨剪成了黄昏，将青葱的自己打磨成了中年、壮年。虽说那会儿多做事并不多拿工钱，可自己浑身有力气，不用也白费，故碰到来客总是笑脸相迎抢着干。仲秋某日晌午，店里来了位头部畸形的客人，活本该挨到师兄做，可见师兄面露难色，他立马上前解围，先仔细端详了一番，接着三下五除二，把那人的头给打理好了。那年除夕，从开门到打烊，他接连剪了十五个头，一天站下来，两条腿像注满了铅，僵硬得步履变样，两只手悬空不停动作，到夜里麻酸难忍。

20世纪八九十年代，他的三个师兄弟、十六个徒弟嫌吃苦，又不挣钱，纷纷改了行，唯有他脑子不转弯，固守着那份执念，梳去了冬夏，剪开了春秋。

辛辛苦苦熬到退休，本该享受清闲晚年了，孰料竟有多位熟客找上门请他剪发，盛情难却，他便在自己的商住房楼下，开了间理发店。没租金，成本低，无压力，再则，他有养老金，不靠赚钱过日子，便尽量在价格上让利于民。百姓剃头修发，只图实惠，何况他功力深厚，技艺超群，聚拢了

老发师

□褚福海

麈/尾/指/坐

□ 月如钩

座位是稀缺资源，给谁不给谁，学问大了去。

晋武帝司马炎有意把帝位传给儿子司马衷，司马衷的老师卫瓘认为太子蠢笨，总想奏请废掉他。一天，晋武帝在陵云台设宴，卫瓘假装醉酒，跪在武帝面前，用手拍着武帝的座位说："这个座位可惜了！"武帝当然明白他的用意，因而笑着问："您醉了吗？"

谏奏不成，司马衷还是坐上了帝位，是为晋惠帝。王夫之评论："惠帝之愚，古今无匹，国因以亡。"

座位的远近也有玄机。东晋高僧支道林要离开南京，当时的名士一起去送行。蔡子叔先到，就坐到支道林身旁；谢万石后来，坐得稍远。蔡子叔去上洗手间，谢万石就移坐到蔡子叔的座位上。蔡子叔回来，一见此景，就拉着坐垫使劲一扯，将谢万石拉倒在地，自己再坐回原处。谢万石摔得头巾都掉了，慢慢爬起来，拍干净衣服，回到自己座位上，丝毫没有生气，神色很平静地对蔡子叔说："你真是个怪人，差点儿划破我的脸。"蔡子叔说："我本来就没想给你面子。"其后二人俱不介意。为了离学问大的人近点，打上一架也不在乎。

何充美容英姿，才识渊博，善能文章。有一次何充去拜访丞相王导，王导以麈尾指着自己的座位叫何充共坐，曰："此是君坐。"王导很器重何充，有意让他辅助自己并准备让他接班，所以常借机露出此意。有一次王导修建扬州的官署，他在视察修建情况时说："我只是替何充修建这个官署罢了！"何充果然不负所望，辅政晋朝两任皇帝，担任宰相，独自掌权，可以"甲杖百人入殿"，可见权势显赫。但是何充临朝正色，以社稷为己任，凡所选用，皆以功臣为先，不以私恩树亲戚，故得善终，年五十五岁。

铁打的座位流水的官，关于职位，上位的人比下位的人明白。

一大帮中老年顾客。但开店容易守店难。每天太阳刚跃出地平线，他就开门迎客，烧水，扫碎发，工具消毒，做好准备。忙碌时，连喝口茶、吃碗饭的工夫都挤不出，硬撑着连续干到晚上七八点钟，人的骨头就像散了架，话都懒得说。不过看到有那么多回头客信任他，他觉得流再多的汗、吃再大的苦也值了。

有人曾给他算过一笔账，按日均八人计，55年来，他剪的头已有15.8万多人次，等同于给全镇所有的人理过一次发。惊愕之余，他欣慰自己不枉此生。

那日黄昏，刚从阿尔卑斯山旅行回来的刘玉林神秘兮兮地对他道，兄弟，快趁现在跑得动，带家眷去外面见识见识缤纷的大千世界。他停住握在手里的梳子剪刀说，你不晓得，店像桩，拴着我的心，我哪能舍得下客人哟！

外婆的狗没有名字

□ 团 子

外婆的狗没有名字。她也不唤它,只要她端着碗下楼,那只通体黑色的小土狗一定会准时出现在那里。

本以为外婆只是固执地保留着农村里吃饭时端着饭碗串门的习惯,没想到她端着饭碗下楼把一半的饭菜都分给了一只黑狗。被我撞见时,黑狗一边夹着尾巴盯着我,一边伸长脖子谨慎地吞咽着地上的饭菜。外婆看着它,一边敲了敲碗口,好像是在告诉它我无恶意,一边小声对我说:"上去别告诉你妈啊!"外婆的语气里有几分请求,也有几分命令。

原先,外婆一直独居在农村,身子本就单薄,又大病小病缠身无人照顾。五个儿女又各有难处。最后,赋闲在家帮姐姐带孩子的母亲把外婆接到了我们这个回迁房小区来。初住进小区的外婆整日面对四周高楼,难免不适应。她总说在屋里待着憋得慌,走远了又怕不认路,所以就经常在单元楼下转悠。她的日常活动半径也仅止于此。

母亲很快便发现了外婆喂流浪狗的事,试图阻止的结果是一个年过80和一个年近60的一对母女大吵一架。母亲不只针对狗,也劝外婆少下楼,虽然只有二楼,但上上下下对老人来说总归危险。外婆不听,还执意要从她每月几百块的低保里抽出钱来给狗交伙食费。母亲自然不要。可外婆变着法地把钱塞给母亲,她也好挺直了腰杆下楼给黑狗喂吃的。

一到饭点,外婆只要敲敲碗,它总能从垃圾桶后、无人修剪的齐腰深的乱草丛中或是被居民开了荒种了菜的侧面墙根处钻出来,摇着尾巴,张着嘴向外婆献媚。

外婆把一半饭菜拨到地上,便坐在单元楼门口一张皮子斑斑驳驳破开,露出发黑的海绵的破沙发椅上,和黑狗一起开饭。我在家的时候,经常在外婆下楼后再盛半碗饭端下来给她,黑狗也不再警惕我,反而冲我"敷衍"地甩几下尾巴,外婆便笑着指着它跟我说:"你看,神得很。""神得很"是我们那里的方言,外婆是在夸黑狗机灵、聪明。

那年六月,我去了外地工作。偶尔在和家人通电话时,他们会把电话给外婆,让我和她说几句话。实在无话可说时,我就提起"她的那只黑狗"。外婆总会迟疑,也许她始终没有把黑狗当成她的狗。

有一段时间,黑狗不再准时出现,有时两三天也不来一趟,外婆也试着敲着饭碗在单元楼附近找过它，但好在它后来又出现了。

有一次，外婆敲了半天碗，直到快要放弃时，它才从侧墙根的角落里一跛一跛地钻出来。原来，它的一只前脚受伤了，悬在身下不肯触地。外婆不懂医治，也无从下手，只得多给它些吃的，看它躺在地上舔着受伤的前脚。好在它渐渐痊愈，又能潇洒地来无影去无踪了，用外婆的话说，"野狗，命大"。还有一次，在消失好几天后，黑狗居然带着三只小狗出现在外婆面前，而她则兴奋地把一整碗饭都给了它们。

那次以后，我才知道原来黑狗是只母狗。我问外婆想不想把它们带回家养，外婆却冲着电话里"嘘"了一声，"不养不养"地说着，"我自己都要烦别人养了，还养它们"。我想，即便没有收养它们，那段时间下楼前，外婆的饭碗里一定实实地压着满满当当的饭菜。即使在离家一千多公里的地方，我也能看见，看见破沙发椅上的外婆，看见从角落里钻出来的黑狗，他们各自沉默着，又互相需要着。

江南的冬天湿冷难熬。旧年里，日子才往冬天深处走了几日，外婆在楼梯上不慎摔裂了髋骨，出院后只得每日萎在床上。等我回家见到外婆时，她已能拄着拐杖走几步了。外婆见我回家，高兴地朝我招招手，唤我坐到她的床边，从床头柜里捏几袋姨娘们买来的零食塞进我手里。她问了几句我在外地的情况，就把话头转到了黑狗身上。原来，她卧床很多天，还一直惦记着那只黑狗，怕它少了吃的，失了对她的念想。"可怜哪……"外婆望着我叹道。我却不知她是在可怜黑狗，还是在可怜自己。

于是，我只得答应她替她喂几天狗。第一天，我端着饭碗敲了很久也没有等到黑狗出现。它没有名字，我不知怎么唤它，只得在小区里转来转去碰碰运气。回去向外婆交差时，她不愿相信黑狗不在了，反而埋怨我偷懒没出力。第二天，我拗不过外婆执意要自己下楼的要求，只得背着她下了楼。那是我第一次感受到外婆的重量，她轻得就像个孩子。

神回复

问：护照上盖满戳是什么样的体验？
神回复：师父，前面就是大雷音寺了。

问：人被逼急了什么事都做得出来吗？
神回复：数学题不行。

问：如何证明你是一个吃货？
神回复：生的反义词不是死，是熟。

问：生活中有哪些充满仪式感的事？
神回复：推开书本玩手机。

问：有哪些主角颜值低、穷、能力弱，配角颜值高、富、能力强的影视作品？
神回复：我的人生。

我放她坐在破沙发椅上，自己又上楼端了饭碗下来。结果，这一次没敲多久，黑狗就不知从哪个角落窜了出来，浑身的狗毛打着绺，邋里邋遢却异常精神的样子，用力地冲外婆摇着尾巴，又谨慎地盯着我手里的饭碗。外婆一看见黑狗，脸上就堆满了笑。她转而望向我，脸上的皱纹挤在一起，稀稀拉拉的牙齿露出来，又用拐杖点点地，示意我给它吃的。这次，黑狗吃完没有离开，直到我背起外婆上楼时，它才从身后消失。

江南的冬天太过漫长，漫长到很多老人再也走不进下一个春天。第二年春天就在眼前了，可外婆又一次摔倒了。这次，外婆的状态却一天不如一天。我在外地接到姐姐的电话时，外婆已经走了，我的这趟回家，成了一次奔丧。外婆在去世前两天已经被送到了舅舅家，在离我们回迁房小区不过八公里的一个小火车站旁。舅舅是小火车站的工作人员，小站附近的联排平房，他分得了一间。表哥结婚后，他和舅妈便一直以小站为家。舅舅是外婆唯一的儿子，按老家的风俗，母亲要死在儿子家。

第三天清晨是出殡的日子。

远处的天边开始泛起白来，我在模糊的视线里见到了外婆常下楼喂的那只黑狗。它独自一个，一动不动地站在国道边，远远地盯着这一行披麻戴孝的队伍。眨眼间，它的模样肿胀起来，似乎还冲我轻轻甩了几下尾巴。在我揉眼的工夫，它却消失不见了。我想要唤它一声，张嘴的瞬间再次想起，它连个名字也没有。

世界上最孤独的树

□ 施崇伟

1895年的一天，植物学家约翰·梅德利·伍德在非洲南部的诺耶森林散步。他漫不经心地路过一棵棵大树和小草。他对这些草木兴趣不大，他更专注于那些稀有的植物。收集稀有植物，是他的职业。

一个陡峭的斜坡上，一棵与众不同的植物闯进了伍德的眼帘。清晨的霞光里，那粗壮的树干透出一种力量。伍德来到树的身边，深情注目，细细抚摸。

这棵稀有的树，伍德从来没有见过。他像是一个在茫茫大海上发现新大陆的航行者，兴奋极了！当时，他就拔下了这棵树周围的几株嫩芽，并将其中一株寄往了伦敦，他要弄清这棵奇树的前世今生。

最后确认，这是一棵铁树，是苏铁家族的一员。它是当时世界上从来没有人见过的铁树的一种。随后，这棵树就以发现者伍德的名字命名，称为伍德苏铁。

最早的苏铁类化石记录可追溯到2.8亿年前的二叠纪。那时苏铁曾经繁盛一时，每三种植物中就有一种属于苏铁家族，它与恐龙一起称霸地球。所以，我们才会看到，现代的恐龙艺术想象图和复原图的背景，就有苏铁。甚至可以说，画恐龙不画苏铁也是一种不完美。

伍德想，既然能发现一株，会不会还有其他的同类？他开始"贪心"地寻找伍德苏铁的同伴。

但想不到的是，他搜遍了整个南非，用一生去寻找它的同伴，这棵以他的名字命名的树，都没发现另一棵。直到现在，它依然孤独。

以"全世界最孤独"为名片的这一种（棵）树，得到了人类特殊的关注。伍德苏铁是雌雄异株的植物，这也意味着它们都需要另一半来传宗接代。而这棵仅存于世上的伍德苏铁，是雄性。

科学家、植物学家们急切地想为它寻找伴侣，繁衍后代。

在环境适宜的条件下，苏铁雄株在每年的固定季节都会开出鲜艳的橙黄色圆柱形"雄球花"，长达20~40厘米，也叫小孢子叶球。而雌株长出的"雌球花"则叫大孢子叶球，形状更像一个球。

在野外，那些喜欢苏铁树花粉的昆虫，也会做个顺水人情帮忙传授花粉。只是这株伍德苏铁无论开多少次花、产多少花粉，它送出去的情书永远都不会收到回信，也无法形成种子。

在伍德最初发现伍德苏铁时，这棵树看上去是数量可观的四株。但事实上，这四株其实是同一棵，均属于主树的克隆体。这是苏铁树营养繁殖的一种，以分蘖的方式向四周分出新芽。那些分离后形成的新植株，它们的基因与母株几乎一模一样，属于无性繁殖。现今在全球范围内，虽然已有超过500棵伍德苏铁，数量不算少，但这些植株是同一棵雄树的克隆体。

怎么办？科学家终于有了破局的办法，帮它跨种找伴侣。

在非洲，伍德苏铁还有一种亲缘较近的铁树，名为内尔塔苏铁。伍德苏铁与内尔塔苏铁杂交后，便可获得大量的雌性后代。而杂交所得的雌性后代，与唯一的伍德苏铁雄株杂交。之后重复上面的操作不断地"回交育种"，理论上获得的雌株将会无限接近原始物种。

事实上，这也是个极其漫长的过程。要完成一代苏铁的传宗接代，需要十几年的时间。据估算，要完成五代的杂交，至少要75年。

不过于拥有2.8亿年生命力的伍德苏铁而言，75年只是一瞬间。我们相信，连恐龙灭绝时代都能度过的伍德苏铁，一定能在人类的帮助下，再一次绝处逢生。让我们为伍德苏铁祈祷吧！

柬埔寨的夜经济

□ 赵益普

不久前，我去柬埔寨贡布省采访，正好赶上了当地的海洋节，海内外游客纷纷慕名前来。

白天，主办方组织了海上摩托、帆船等比赛；到了晚上，可容纳数万人的贡布省体育场搭建了炫目的舞台，主办方接连三天都安排了多场来自不同国家的歌舞表演。当地的小商小贩一看人流量这么大，顿感商机来临，于是在贡布小城的大街小巷都摆满了小摊，吃喝玩乐应有尽有，俗称"夜市"。

于是，夜市的风头完全盖过了海洋节的两大主项目——海上运动比赛、陆上歌舞表演。除了开幕式吸引了一点儿人，其余时间的比赛现场和舞台均显得人气不足。反观夜市，则是摩肩接踵，热闹非凡，颇有喧宾夺主的意思。主办方贡布省政府对此则显得很淡然，因为这种情况已不是第一次发生了。

"柬埔寨人不习惯规规矩矩地看比赛或者看节目，更喜欢自由、热闹的夜市，买点儿东西坐在河边吃吃喝喝，这是大家最大的爱好，其他的都是辅助选项。"贡布省一位官员说。

柬埔寨人对夜市的热情有多高呢？

我深夜两点钟离开酒店，打算出去逛逛再回来写稿，刚到楼下就被震惊了：大街上居然还是挤满了人，甚至还有不少年轻人三三两两从家里走出来，继续加入夜市队伍。如果不看表，估计没人敢相信这是后半夜的柬埔寨小城。

夜市和气候有很大关系。我曾听一位学者分析，东南亚普遍炎热，以前人们没有空调，到了晚上只能出来乘凉，一堆人聚集在一起，"吃吃喝喝"的商业便随之形成了。

久而久之，以吃喝为主的集市也加入了衣裤鞋帽、锅碗瓢盆和手工艺品，人们在这里解决所有的生活物资需求。这便是东南亚夜市的由来。

相邻的泰国也是一个热衷夜市的国家。同泰国相比，柬埔寨纬度低，气候更加炎热，人们对"深夜消费"的需求更加旺盛。和上述的海洋节一样，柬埔寨无论办什么活动，最终的形式都会"回归"到夜市上，一位朋友开玩笑说："有柬埔寨人的地方，就一定会有夜市。"

夜市也给柬埔寨人带来了夜生活和夜经济。从首都金边到旅游胜地暹粒、西港，经常可以看到柬埔寨人深夜坐在路边喝酒；湄公河、巴萨河、东萨河沿岸总少不了带着"吴哥啤酒"前来纳凉的年轻人，大家铺上草席，打开迷你音响，放上劲爆的"土嗨"音乐，盘腿而坐，尽情畅饮，还经常上演"尬舞"。我曾在暹粒的一条小河边喝过啤酒。河边租赁草席、售卖啤酒和冰块的大妈说，一晚上就可以收入100多美元。

随着经济的发展，柬埔寨也像其他东南亚国家一样，建起了许多大型室内商场，比如金边的永旺购物中心，是柬埔寨第一家达到国际水准的现代化商场。但是大型商场并未抢走夜市的生意，反而需要学习夜市的经验。金边民众认为"大商场东西太贵""不接地气"，小摊小贩的东西虽然质量一般，但便宜实惠，"买了就有赚到的感觉"。鉴于此，"国际范儿"的永旺购物中心也不得不在通常卖奢侈化妆品的一楼，摆起"大排档"和廉价购物超市，以契合柬埔寨老百姓的消费习惯。

狼和乌鸦的友谊

□ [德] 埃莉·E·拉丁格

我带团在黄石公园内观察野狼。我告诉游客："如果你想寻找狼，那就抬头看看天。"我指着山谷的某处，那里有数不清的乌鸦，高高飞起又落下，而草地上正躺着一只死鹿。

我对游客说："耐心等会儿，看看接下来会发生什么。"

这时，乌鸦还没有开始"享用"鹿肉，一是因为鹿的皮毛太厚，它们用喙啄不破，需要"外人"的帮助；二是因为乌鸦属于胆小怕生的鸟类，它们会反复试探，以确定死鹿确实无害。所以我们看到的是，乌鸦会小心翼翼地在鹿的上方盘旋，或者紧张地在尸体旁跳来跳去；有的乌鸦一边飞跳下来，一边拍打着翅膀；有的飞快地啄一下，然后又赶紧跳开；还有些家伙就在那儿转圈，穿着"黑西装"，趾高气扬，就像商务人士。最后，一只老乌鸦落在鹿的尸体上，这一动作相当于"宣布"：鹿确实死了。伴随着它的召唤，整个乌鸦军团飞落下来。

通常遇到这种情况，不需要等太久，就可以看到狼群现身。乌鸦的召唤声就像拉响警报一样，让狼群在最短的时间内，从森林里赶过来，而这一举动让它们那些长着羽毛的朋友开心不已。

贝恩德·海因里希是研究乌鸦的专家，他把狼和乌鸦间的这种信任解释为"基因固定"：在上百万年中，狼和乌鸦两个物种是一起进化的。乌鸦关于食物的叫声，最初可能只是单纯地表示受挫，因为它们根本无法剖开死去的动物尸体。而一只偶然路过的狼却因此知道了，乌鸦的这种叫声意味着它们发现了死尸。接下来，乌鸦又意识到，如果它们一直这样叫，就会有狼来咬食尸体，从而帮助自己。

咬死猎物后，狼群会马上大快朵颐，而乌鸦也"毫不客气"地冲进四条腿的家伙中间偷吃。为了不被乌鸦"妨碍"到，狼会大口大口地埋头去吃，而乌鸦啄食的速度与其不相上下。

一只乌鸦一次大概可以吃掉两斤肉，它还会藏起一些以备光景不好的时候吃。所以，平均29只乌鸦就能消灭一只猎物，那可是好大一堆肉啊！如果狼吞得不够快、不够多的话，那么转过头来，猎物可能就所剩无几了。

现在，接着讲我带领游客看到的景象：乌鸦开始和野狼玩"捉迷藏"了，乌鸦无时无刻不在观察狼的动向，当某个家伙偷藏鹿肉的时候，乌鸦就站在它旁边，仔细地盯着。然后，等狼一走开，乌鸦就飞快地把肉刨出来，放到高高的树杈上去。

紧接着，食物争夺战拉开了帷幕：一头灰熊径直奔向死鹿。狼群赶紧吞下几口肉，跑到几米外，卧在草丛中躲起来。其实，在夏天的黄石公园里，几乎所有被狼群猎杀的动物，最后都会被熊霸占。

这期间，有二十来只乌鸦试图偷食。与狼对乌鸦尊重、冷静的态度比起来，熊老大明显十分厌恶这些"小麻烦"，为了赶走这些讨厌的乌鸦，熊老大不停地挥打着它强有力的前爪，就像人们驱赶苍蝇一样。

人们把乌鸦称作"狼的眼睛"，因为它们站在高高的树枝上，能更快地察觉险情。乌鸦能发出250种声音，这其中有一些野狼可以听懂，就好像这两种动物精通同一门"语言"。乌鸦用"我——发现——食物——啦"的叫声引起狼的注意，告诉它们哪里有死掉或受伤的动物。乌鸦还会用"前方——有——危险"的特殊叫声警告狼群，有熊或美洲狮正在靠近它们的洞穴，让狼群有足够的时间将幼崽转移到安全地带。

我和游客们继续观察：山谷中，死鹿躺着的地方又恢复了平静，灰熊吃得圆滚滚的身影渐渐远去。这时，野狼从藏身的草丛里走过来，接着吃剩下的碎肉。乌鸦显得有些无聊，开始玩它们最喜欢的游戏——"调戏狼"：有一只狼正卧在那儿，慢悠悠地啃着碎肉，两只乌鸦却合伙把它气成了神经质。只见这两个家伙总是跳来跳去，叼食狼正在吃的小肉块，其中一只乌鸦还跳到那只狼的后面，扯它的尾巴。狼不得不扭过身来，另一个同伙就迅速叼起地上的小肉块，飞走了。

乌鸦熟悉猎食者的肢体语言，会对不同的狼做出不同的反应，它们招惹四条腿家伙的"战术"是经过计算的。乌鸦很少招惹动作强势的野狼，但会飞着撞击或者用喙啄击那些靠近动物尸体后，对肉格外渴求的家伙。显然，乌鸦知道哪些狼会"容忍"它们的不良行为。

野狼和乌鸦之间的信任是从小培养的：为了能直接看到野狼生产的洞穴，每年乌鸦都会把新巢直接筑在狼穴附近，这使得小狼和小乌鸦从各自的社会化过程一开始就互相影响，它们之间的关系也历久弥坚。

早在幼狼还生活在洞穴里的时候，人们便可以看到成年乌鸦跳到洞口，好奇地朝里面张望，或是忙着捡起野狼的粪便、吃剩的骨头带回鸟巢。

羽翼渐丰的小乌鸦们也总是在洞穴附近逗留，像是在等着看小狼爬出洞穴，或者是等着成年狼带着食物回家。

三四周大的狼宝宝会跌跌撞撞地爬出洞穴，而外面是密切注视着它们的乌鸦。小狼学习认识狼群成员的时候，先是认识爸爸、叔叔、姑姑，然后是兄弟姐妹，接下来认识的就是家里的宠物——乌鸦。从那时起，小狼就会一直和乌鸦在一起，不仅能识得它们的样子，更是在脑海里留存了它们羽毛的味道。

对于狼来说，乌鸦不仅是警报器、烦人的"同桌食客"、年少无知时的玩伴，还是洞穴周围的"清道夫"——乌鸦会捡食野狼的粪便，成年狼的粪便中含有未消化完的骨头和皮毛，乌鸦可以从中挑出并享用，而幼狼的粪便更是会被乌鸦整个吃掉。

野狼与乌鸦之间也会上演感人的一幕。一次我看到拉马尔狼群在吃饱喝足后，躺在雪地里午休。突然，我看到一匹母狼的两只爪子中间有一只死乌鸦。我并没有看到是谁杀死的乌鸦，也不明白死乌鸦怎么会出现在母狼的怀里。但当狼群准备离开的时候，我看见母狼叼着死去的乌鸦向河边跑去。它把乌鸦放到一块冰面上，尸体开始慢慢地往水里滑，母狼站在那里看着，它歪了一下头，然后出人意料地将头探入水中，当它出来的时候嘴里叼着乌鸦的尸体。母狼这是在做什么呢？很明显，它在给乌鸦寻找安葬的地方。最后，母狼找到一个小雪洞，它小心地、轻柔地将乌鸦放进雪洞，并用鼻子拱来积雪把洞口掩盖上，之后才跑去追赶狼群。在我看来，它真的像是在埋葬一位挚友。

在大自然中，不同物种的动物可以成为朋友，并利用彼此的长处生活在一起。乌鸦从野狼那里得到的包容就是最好的证明。

诗歌

黑夜是由一大群
懒猫掌管着的吧
它们白天睡懒觉
到了晚上，开始执勤
它们睁开绿宝石般的眼睛
忽闪忽闪的
它们用软软的肉垫子
踩着很轻很轻的步子
悄悄地在屋顶巡逻
生怕吵醒熟睡中的人们

——山叶《黑夜》

《三国演义》教会我们做人的三个道理

□李思圆

1. 人到最后，拼的是人品

在《三国演义》第五十七回中，曹操门下的侍郎黄奎的妻子李春香，与黄奎的弟弟苗泽私通，两人相好，但苦于无计可施。

有一次，李春香见黄奎商议军情回来后，非常气愤。

于是苗泽就对她说："汝可以言挑之曰：'人皆说刘皇叔仁德，曹操奸雄，何也？'看他说甚言语。"

到了晚上，黄奎到李春香房中。李春香以言挑之，黄奎乘酒醉对她说了第二日在点兵时杀曹操的秘密。

李春香告诉了苗泽，苗泽向曹操告密，原本苗泽以为自己立了功，主动对曹操说："不愿加赏，只求李春香为妻。"

曹操笑着说："你为了一妇人，害了你哥哥一家，留此不义之人何用！"便将苗泽、李春香与黄奎一家老小并斩于市。

有一句话说："人品不过关，别的都免谈。"

一个人的人品是立世之本，做事之基，如果人品不好，那么无论他有再多好处和用处，也会对自己有害无益。

2. 你的善良，就是你的福报

《六祖坛经》里有言："一切福田，都离不开心地。"

在生活中，一个人越善良，越不会吃亏。有时，你放别人一马，是放自己一马。有时你救人一命，是救自己一命。

在《三国演义》第五十三回中，关羽原本跟黄忠决一死战。

有一次，两人斗五六十回合，胜负不分，两军齐声喝彩。鼓声正急时，关羽拨马便走，黄忠赶来。

关羽想用刀砍去，忽然听脑后一声响，急回头看时，见黄忠被战马前失，掀在地下。

关羽见后急回马，双手举刀猛喝曰："我且饶你性命！快换马来厮杀！"

原本他可以趁黄忠之虚，轻而易举地杀了他，但他并没有这样做。

后来黄忠再次出战，他寻思：难得云长如此义气！他不忍杀害我，我又安忍射他？若不射，又恐违了将令。于是他冒着被问斩的风险，想了一个权宜之计。

次日天晓，关羽两日战黄忠不下，十分焦躁，抖擞威风，与黄忠交马。战不到三十回合，黄忠诈败，关羽赶来。

黄忠想着昨日不杀之恩，不忍便射，带住刀，把弓虚拽弦响，关羽急闪，却不见箭；关羽又赶，忠又虚拽，关羽急闪，又无箭；只道黄忠不会射，放心赶来。将近吊桥，黄忠在桥上搭箭开弓，弦响箭到，正射在云长盔缨根上。

前面军齐声喊起。关羽吃了一惊，带箭回寨，方知黄忠有百步穿杨之能，今日只射盔缨，正是报昨日不杀之恩也，此时关羽才看出彼此实力悬殊，不能再冒进，于是领兵而退。

《菜根谭》里有言："待人而留有余，不尽之恩礼，则可以维系无厌之人心；御事而留有余，不尽之才智，则可以提防不测之事变。"

其实，人与人之间的关系是相互的，你对别人有仁，别人就对你有义。你对别人有恩，别人就对你有情。

有时我们出于善良，看似给别人留退路，又何尝不是给自己出路？有时我们出于善良，看似帮别人，又何尝不是帮了自己？

3.越优秀的人，越谦卑

有一段话说："当一艘船在水中之时，载物越重，入水越深，照样，一个谦卑的人，才能承载更多。"

在这世上，当你学会待人和善和谦卑时，才能得到高手和智者的点拨和扶持。

在《三国演义》中，张松为益州牧刘璋别驾从事，被派遣至曹操处献策兴兵取汉中。

但张松到了许都等候了三日，才得见曹操，当曹操见他相貌不齐且言语冲撞，于是拂袖而去。

张松本是有大谋略之人，也颇有几分傲气，他在气愤之下离开曹营，在怏怏而回的路上他准备经过荆州，同时试探一下刘备的为人。

张松还没有到荆州，就有五百余人远远在等候，刘备当时不在营中，却令赵云热情接待，不仅令人为其远涉风尘，还令洒扫驿庭，以待歇宿。

第二天一早，张松上马要走，不到三五里，只见刘备赶来说："闻大夫高名，如雷贯耳。恨云山遥远，不得听教。今闻回都，专此相接。倘蒙不弃，到荒州暂歇片时，以叙渴仰之思，实为万幸！"

后来刘备热情款待张松三天后，张松准备走时想："玄德如此宽仁爱士，安可舍之？不如说之，令取西川。"

于是刘备就因为谦卑待人，不仅轻而易举得到了一计良策，也几乎不费吹灰之力，积攒了实力。

古话就说："水低为海，人低为王。"

一个人越是懂得放低自己，同时包容他人的缺点，欣赏他人的长处，就能令自己如虎添翼。

相反，一个人越没有容人之心，越是骄傲自大，越是小看他人，反而越容易让自己孤立无援，甚至失去大好前程。

最温暖的地铁 □毛丹青

一次，有个日本学生问我怎么看日本的公共交通，我反问她为什么问这个问题。她说她想当列车员，因为她的爸爸就是列车员，从小看着爸爸的背影长大，受到很大的影响，她觉得列车员都是英雄。

我不知该如何回答，干脆说说我遇见的两件事。

有一回，我在车站看见一名年轻的女子赶路赶得过急，一下子把高跟鞋甩到站台下了，结果她抬起一只脚压在另一只脚上，不知所措。此刻，列车停在站台上正等待发车。见此情景，列车驾驶员一下子冲出来，先脱下白手套给女子垫脚，然后用一根事先准备好的长杆夹，把站台下的高跟鞋夹了上来。他一边递还女子，一边说："今后要小心哦。"

还有一回，那是30年前，我在东京筑地鱼市打工。有一天傍晚，我坐地铁时，正是下班高峰时间，有个小学生手捧一个很大的纸箱挤了上来。他生怕别人挤坏他的纸箱，左躲右闪，但还是不敌汹涌的人潮。他看着大家，眼睛红了，大声说："我爸爸今天过生日，这是我送给他的蛋糕，能不能不要挤我呀？拜托大家了。"听了小学生的喊话，人潮逐渐停止波动，在他的周围形成了一堵围墙。小学生双手紧紧地捧着纸箱，泪水一直在流，但他无法擦，一边用泪汪汪的眼睛看着大家，一边深深鞠躬。这是我所坐过的最温暖的地铁。

学生听后说："我今后也要当一个能让人记住的列车员，同时也要坐最温暖的地铁。"

一头怀孕的大象，站在河中死去

□朱老壮

前不久，一头怀孕的大象死在了印度Kerala地区的一条河中。

人类生活范围不断扩张，生态环境不断恶化，导致越来越多的野生动物开始向人类生活区觅食，这头怀孕的大象就是其中之一。她选择来到人类居住的Malappuram街区觅食，但等来的是一颗装满自制爆竹的菠萝，在她吞下去的一瞬间，爆竹在她的口中爆炸。

剧烈的疼痛让她开始四处奔跑。当地的森林管理员表示，在大象奔逃的途中，她并没有因为受到伤害开始攻击周围的人类，也没有损坏周边的房屋设施。最终，可能是为了防止虫子吃咬她的伤口，也可能是在水中可以缓解疼痛，这头大象站在丛林深处直至去世。

"比起饥饿，它可能更担心腹中的孩子再一次被人类攻击。"参与救助的森林管理员表示，当救助人员试图靠近大象提供救援时，母象的反应相当激烈，甚至出现攻击人类的迹象。最终救援以失败告终。之后尸检，人们才发现是一尸两命。

这件事情在社交媒体上引起了诸多愤怒。

大象，作为陆地上最大的动物，几乎没有天敌，一直扮演着生态系统的保护者的角色。

对于很多喜欢旅行的人来说，如果去泰国有一件事一定要做，那就是骑大象观赏当地美景，欣赏大象用鼻子画几朵小花。能与这种神奇生物亲密接触，无论预算多少，对于游客来说都是值得的。

在泰国，人工驯养的大象绝大多数被用在了旅游业，乖乖背游客赏玩，供游客戏谑。看似听话的大象，背后却是地狱般的痛苦与折磨。小象在很小的时候，就要被迫和母象分离。

大象是群居动物，雌性大象会一辈子和自己的母亲生活在一起。不幸的是，人工驯养的小象在很小的时候就会被迫离开妈妈，被锁在一个木质的围栏当中。围栏狭小，小象不能蹲也不能躺，只能一直保持站立姿势。一点点食物和水只够维持他们的基本生命需求。

与母亲分离，迎接小象的是惨无人道的"驯象"。

象夫骑在小象背上，每天早晨和晚上用特制的"驯象"工具象钩不断地虐打小象，这种特制的象钩能够很轻易地穿透小象的皮肤。如果你仔细观察你乘坐的"象骑"，你很有可能会发现它们身上的斑斑血迹。与此同时，象夫还要拿音响制造巨大的噪声来让小象保持清醒。

这样不断地鞭打折磨，使得小象言听计从，这种"驯象"方法被称为"PhaJaan"，意思就是"彻底断绝"，摧毁了小象的意志。日复一日，从不停息。直到小象承受不住，精神完全崩溃，跪倒在象钩之下。接下来就是无尽的工作，取悦游客。

驮着数不尽的人类在森林观光旅游。从小大象的脊背被架上铁质的座椅，年复一年的负重和跋涉，使得大象的脊椎变形，膝盖也不能弯曲。

大象画画更是毫无人道可言。靠着四肢行走的大象只能用鼻子来绘画。然而绘画的笔并不是用鼻子卷起来，而是活生生地将特制的画笔插进他们的鼻孔，再用交叉的木棍别在鼻口，防止掉下来。大象的鼻子异常敏感，每画一笔，大象们感受到的不是自豪的成就感，而是无尽的不适和疼痛。

保护动物还有很长的路要走，但至少我们迈出了这一步。我们意识到了每一个生命都值得尊重，每一个物种都是大自然的奇迹，尊重自然的一切才是人类生存的基本条件。

总有一种柔软，让内心坚定从容

没有发出的声音

□岑嵘

在柯南·道尔的小说《银色马》中，有这样一个情节。

夏洛克·福尔摩斯说："在那天夜里，狗的反应是奇怪的。"巡夜人的报告说"那天晚上，狗没有什么异常反应"，福尔摩斯指出："这正是奇怪的地方。"狗向入侵者咆哮是很正常的，但是它没有咆哮，这并不能说明没有入侵者，也有可能说明入侵者是狗熟悉的人。因此，福尔摩斯进一步缩小了调查范围。

我们在生活中，通常都会关注那些听到的声音和看到的事件，而很少去关注那些没有发出的声音、没看到的事情，这就会导致我们形成错误的决策。

在打字机刚刚普及的时候，美国一家报社刊登了这样一则整版广告："调查显示，购买一台打字机可以提高一个人的学习成绩。"我们即便假设这则广告中的调查是真实的，但它仍然存在我们没有看见的一幕：在美国，购买了打字机而获得较高学业成绩的学生，往往来自比较富有的家庭，而这样的家庭对学生的学习更为关注。家境普通的孩子在这项调查中并没有发出声音。

人们常说猫有9条命，于是有人对纽约市宠物医院接收的从高层公寓楼坠落的115只猫咪进行了调查，发现从9层及以上楼层坠落的猫咪死亡率为5%，从9层以下的楼层坠落的猫咪死亡率为10%。

很多医生推测，这是因为从较高楼层坠落的猫咪能够将身体展开，形成一种降落伞效应。这种解释听起来颇有道理，我们似乎看见了猫咪伸展四肢滑翔的画面。然而这不是真相，真正的原因是因坠落而死亡的猫咪不会被送到医院，许多人会放弃那些从高层坠落后奄奄一息的可怜的猫咪，而从较低楼层坠落的猫咪的主人往往更加乐观，更愿意花钱把它们送往医院。

我们在书店里能看到成百上千名作家的作品，于是你对写作成功有一种乐观的想法。其原因是我们所能够看到的都是成功的作家，却无法看到更多失败的写作者。一家著名书摘网站的创始人罗尔夫·多贝里说："每位成功的作家背后都有100个作品卖不出去的作家，每个作品卖不出去的作家背后又有100个找不到出版社的作者，每个找不到出版社的作者背后又有数百个抽屉里沉睡着刚动笔的手稿的写作爱好者。"

事实上，那些没有发出的声音往往才是最重要的。当家长满怀希望花重金让孩子们学习钢琴、网球，他们往往只看到了李云迪、郎朗、李娜，却没有看到金字塔庞大的塔身，成千上万的孩子在这些道路上半途而废，很多人穷尽一生也无法站上顶峰。这些人，很少发出声音。

□酸酸姐

我偷看了奶奶的日记本

1

奶奶名字叫瑞华，今年72岁，文化程度是小学毕业。从小到大，在我的世界里，"奶奶"是瑞华永恒的代号。我对"奶奶"之外的她没有好奇心，有时候甚至想不起来她的名字。很偶然的机会，我在奶奶床头柜第二层抽屉里的一堆针线下，发现了她的日记本。在这个日记本里，她是那样鲜活。

日记本里夹着许多封永远也不会寄出去的信。这些信是写给她的独子，也就是我爸的。

更多的信则是写给我的。她在我20岁生日那天给我写信，祝我生日快乐。她写道，"人生最多就是5个20年"，然后就像怕来不及一般，一口气写完了她对我的人生剩下的4个20年的不同祝福。信的末尾，她写下对我的终极祝愿："20年前的今天我欣喜，20年后的今天我欣慰。最后希望你：自尊自爱，自强自立。"

偷窥到这篇"生日祝福"时的我，早已过了20岁的年纪。我努力回想却怎么也想不起，20岁生日那天，我有没有给奶奶打一个电话。

奶奶从不会主动给我打电话，她生怕打扰到我。而20岁的我，很有可能因为沉浸在生日约会聚餐唱K玩闹的欢乐中，连一个亲口对我说"生日快乐"的机会都没有给奶奶。她也许在那天，期待了很久我的来电。她坐在她的小房间里，看着天色暗淡下去，最后决定将心里酝酿了许久的祝愿，全都写下来。

我意识到：奶奶的精神世界已无人问津。唯一的儿子嫌她唠叨，唯一的孙女正忙于追求自己的人生，她只能将情感全都藏进这日记本里。

有些信，写在和我通话后。好像接到我的电话就是她这个月最值得动笔的大事。

还有的信，写在我每年难得几次的回家之前。字迹看起来比平时要潦草一些，也不知道是因为匆忙还是激动："听到你爷爷的电话里说，你也（已）经在回家的动车上，要不了几小时就到家了。我在盼。""一个女孩子在他乡，会遇到很多困难，一定注乙（意）用清醒的头脑去应负（付）。"

2

但日记本里更多的字句，是奶奶写给自己的。

她写下自己看完新闻后的感想："今年是怎么了，有的人跳楼，有的人出了车祸，一个一个的就这样消失在了人间。"

她写自己回忆里的家乡和童年，文章名字叫《我的家乡数最美》："美在每年大水后冲来许多大小石头。到了九月九成群结队的九香虫飞来藏在石缝里。熟悉的我们去搬开石头获得宝贝，回家做出来可以和海参、燕窝比美。"

她的句子有时很朴实："家乡美得让两岸的姑娘拌嘴，能力欠缺的小伙也能娶上媳妇，至今没有一个光棍。"

有时却又文绉绉起来："我的故乡说不尽的美，有我的青春流淌过。二十几年前无奈地离开了你，让我至今依然后悔。"

她写自己终于舍得放下母亲逝世带来的痛："由（尤）其是我母亲，直到去年我才想通了，我都要进坟墓了又何苦这样继续折磨自己呢！"

当我偷看完奶奶的日记，感觉就像一本打开许久的书终于"啪"的一声被合上了一样——奶奶不再仅仅是奶奶而是成了一个完整的女人。"奶奶在成为妈妈、成为奶奶之前，是怎样的一个女人呢？"这是一个我永远也不会知道答案的问题。

我拍下这些奶奶的日记，哭着在手机备忘录中给自己写：不要忘了，奶奶远比你想象的要寂寞。可我知道我会忘记的。在年轻的我的生活里，奶奶只能占据一个很小很小的部分，我们已经渐行渐远。我正经历着一个女人最繁华自如的阶段，而奶奶已经老成了一个失去了女性身份的人。

3

有次回家，我发现她的床边立着一张塑封的照片，照片上的年轻女人穿着旗袍站在花园中。而这个身材曼妙的旗袍姑娘的脸，是张满脸皱纹、眼睛浑浊的老太太的面孔。原来，奶奶花了50元钱，在菜市场的某个路边摊上，让人把她的头P到了旗袍姑娘身上。拙劣的PS技术，看起来既恐怖又可笑，我却盯着这张照片，心酸到不行。

段子铺

母爱

我拿到试题集时，对妈妈抱怨："这也太厚了吧？"妈妈说："那我让它变薄四分之一，怎么样？"我大喜。谁知，妈妈翻到试题集最后，麻利地把参考答案全撕了！

请家长

老师："明天再叫你家长来一趟。"

小明："我爸说他这个月都来十几次了，他想休息几天。"

老师："太不像话了，晚上我去你家！"

奶奶72岁了，眉毛掉没了，头发也快秃了，乳房垂到了肚子处，整个人又矮又胖。但她还是和所有女孩一样，想要拍一张美美的照片，摆在自己的床头。

于是平时买双鞋只舍得花30元的奶奶，为了一张这样的照片，花了50元。

当我偷窥了奶奶的日记后，我开始旁观这个叫"瑞华"的姑娘，并且发现她的可爱。

她会在我给她画眉毛时一边骂着自己"老不正经"，一边乖乖地任由我给她涂上口红；她会在我拉着她自拍时，赶紧去衣柜里翻出只有过年时才戴的假发，对着镜头露出她认为最完美的"露8颗牙齿"的微笑；她的枕头是粉色的，拖鞋是碎花的，她给自己做的手提包是带花边的，香囊是五彩的。

她会背着我淘汰下来的小包包出门，在她那些小姐妹面前"啪"的一声打开锁扣，掏出老年机看时间。

她过惯了苦日子，吃穿用度从不挑剔，却在我给她买新的老年机时，小心翼翼地跟我说："可不可以买一个红色的？"

她有时很可爱，我领了工资带她去买新衣服和鞋子。她像个小女孩，认真挑选着颜色花纹和款式，在镜子前转来转去，很纠结地问我：

——"我穿这件会不会被别人笑话？"

——"不会，谁敢笑话你，你穿这件好看得很。"

瑞华72岁了，我再也不准有人欺负她，我想把世界上最好的一切都给她。

能与你活到最后一刻是幸福的

□ 毛丹青

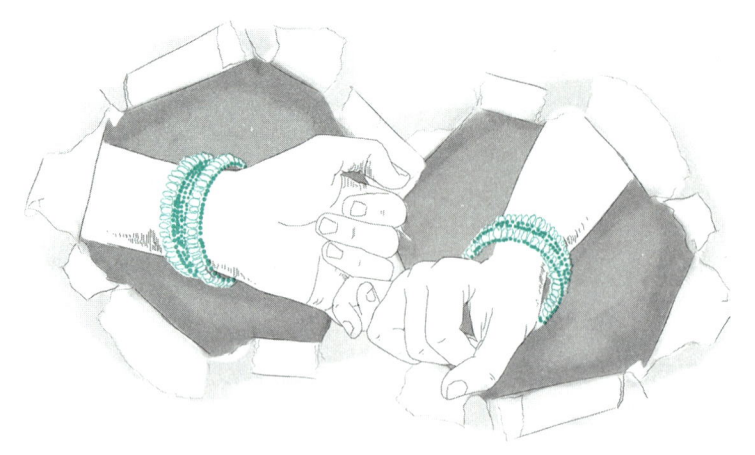

一个日本熟人，方程式赛车选手、冒险家片山右京，有一年年末在富士山登山探险，天气突变，导致一同登山的其他两个伙伴死亡。当时，只有片山一人幸存，但他无能为力，只能眼睁睁地看着伙伴死去。

最后，他本人被紧急救援队救下山，并得知死者父母发来的慰问："我们的孩子能与他们一直尊敬的你活到生命的最后一刻是幸福的，深谢！"片山右京听罢，泪流满面。

冰镇西瓜

这是40年前的记忆，当时我参加高考，考场是雅宝路中学，我是跟同学一起走到考场的。我父亲骑自行车赶到了考场外。他一直等我，等到我中午出来时，把我拉到一旁。这时，我才发现他的自行车后座上，有一块很大的布盖住了一个盆，原来里面放了一个大西瓜，而且有冰水。父亲不问我考得怎么样，开口就说："这是冰镇的，很好吃，很甜。我现在切，你先吃吧。"然后一边切西瓜，一边笑着看我，不再说话。

那一年，我考上了北京大学。

结婚一周年礼物

参加日本毕业生的忘年会。席间说起今年最让我感动的事，一个做白领两年的女生说："我结婚一年多了，办婚礼的时候，上司也参加了，还致了词。

今年有一天，加班到了晚上，大家都忙得不可开交时，上司突然让我送封信到另外一家公司。路上，我才发现信封上写着：'恭喜你结婚一周年，快回家吧。算我送你的礼物。'"

他活着

和歌山县靠太平洋的一处温泉，空气极好，清酒很暖，天边有几朵白云。此地的高野山是日本的一处佛教圣地，开山的和尚叫空海，是当年到中国留学的高僧。上千年过去了，一直到现在，日本老百姓还觉得他活着，每天两顿饭，天天有人送到供奉他的殿堂里去。

无声的彻悟 □ 叶嘉莹

我的老师顾随先生说："我们要以无声的彻悟，来做有声的事业，这样才能不被这些利害物质的欲望所迷乱。要以悲观的彻悟，乐观地去工作、去生活。"有的人悲哀，就对世界都痛恨了、都悲观了，也有的人盲目地享乐了。可是，有一些有修养的人、有情操的人，他们虽然认识了人生可悲慨的一面，但是，他们仍然能够看到人世间可欢喜、可赏玩的一面。自其美好者而观之，天地之间有不少美好的事物。

尝尝食人鱼

□ 俞敏洪

在亚马孙河里,最可怕的是两种动物,一是鳄鱼,一是食人鱼。刚到亚马孙河边,连水边都不敢去,怕鳄鱼袭击,怕食人鱼咬。

下午,当地导游说安排去钓食人鱼,我想这是了解这种令人恐惧的鱼类的好机会,于是拿着钓竿和大家一起开船出去了。钓鱼的地方是著名的黑水河,也叫内格罗河,是亚马孙河最大的一条支流。河水泛黑,是热带雨林大量的树叶长期泡在水中所致。钓竿就是一根小竹竿,上面挂着鱼钩,和我们小时候钓鱼的方式几乎一样。

食人鱼也不是那么好钓的,要碰到鱼群才行。水流急的地方一般不会有,食人鱼常常待在水面平静的地方,但这样的地方也不一定有鱼。我们最初试了几个地方,一条都没有钓到。艳阳高照,临近赤道的太阳直射下来,一会儿就把皮肤晒坏了,又痛又痒。想想要是一条都钓不着,这一趟实在太不合算,又换了两个地方,结果在快要放弃时,鱼钩突然开始上下浮动,明显有鱼在咬钩。估计有一群鱼刚好游到这里。但食人鱼也很狡猾,把钩子周边的肉咬掉,却不上钩。我们不断更换新的牛肉,耐心等着,最后终于有几条笨鱼连钩子一起咬了,钓上来几条食人鱼。食人鱼看上去很小,20厘米都不到,黑背红肚,有点像我们的武昌鱼,除了尖利的牙齿,一点都不凶狠的样子,甚至有点可怜巴巴。在最初的兴奋过后,我建议重新把鱼放回河里,结果向导说食人鱼是印第安人的常用鱼类,就像中国人吃鲫鱼一样,一定让我带回去尝尝。

我和向导说,我把食人鱼带回去吃,万一这些食人鱼吃过人怎么办呢?向导说,其实食人鱼的日子并不好过,它们游的速度比其他鱼慢,视力又不好,所以单独攻击其他鱼类几乎没有成功的希望,这也是它们成群结队的原因,一旦碰到猎物,集体行动成功的概率就会高很多。电视中看到的食人鱼一哄而上,把一只动物几分钟吃完这样的场景,是很少见的。

向导的一番话,让我放下心来。最后我们把两条小的放生了,剩下的带回了丛林中的度假村。度假村很乐意加工食人鱼。不一会儿,一盆香喷喷的食人鱼美食就做出来了。食人鱼刺不多,肉质鲜嫩,吃上去细软可口,果真是下酒的好菜。

我曾经看过一部电视纪录片,讲的是食人鱼在丰水季节,藏在水里,成群结队对来水边休息的鸟类进行攻击,常常几秒钟就把一只鸟吃得只剩羽毛;但等到枯水季节来临,河水变成了一个个浅水坑,没有来得及撤退的食人鱼,反过来成了鸟类的美食。大量的鸟飞过来,慢悠悠地、报复性地把一条条食人鱼撕开吃掉,最后留下满地的鱼骨头。这也许就是大自然循环的力量,你我之间的生死搏斗和生死依存,就这样千万年上演着。

可是,我既不是鱼也不是鸟,我吃食人鱼,除了嘴馋,没有别的理由。因此,我对自己生出了很多鄙视,觉得自己加入了破坏生态平衡的行列。正在自己看不起自己的时候,向导过来救了我。他说:食人鱼是一种繁殖速度很快的鱼类,也没有太多的天敌,常常把老百姓的牛吃掉,你们来吃掉一点食人鱼没有问题。听了向导的话,心里那点吃鱼的内疚感也就烟消云散了。

青年励志馆 | 容得下别人的风光，摁得住自己的嚣张

小山羊和它的古丽娜妈妈

□阿瑟穆·小七

春季转场的路上，山羊妈妈难产，生下小羊羔不久就死了。那只身上沾满黏液的小羊羔蜷缩在一块毛毡里，比小孩的手臂大不了多少。

"早产一周，"扎特里拜对他的妻子古丽娜说，"看起来很难存活，留下来也是个大麻烦。"

古丽娜好像没听到他说话，蹲在地上，用毛巾轻轻擦拭小羊羔的身子和湿漉漉的小脑袋。

扎特里拜低头观察一阵小羊羔后，碰了碰妻子的肩膀，又说："嗨！你看它的脖子，一点劲儿都没有，恐怕活不过今天了。"

"我们不能眼看着它死去，"古丽娜坚决地说，"我去拿毛毯包着它，给它热些牛奶喝。明天上路时，我会把它裹在我的棉大衣里！"

扎特里拜只好无可奈何地说道："好吧，好吧，你想照顾它，随你去吧！不过，你可要想明白，我们的年龄都不小了，带着这样一只小羊羔转场，实在很不方便。"

古丽娜把小羊羔抱在怀里，低着头，跟着扎特里拜往临时搭建的房子走去。

扎特里拜夫妇都是60多岁的老人，孩子们在城里上班。转场又遇到大雨，这对于两位老人来说，可想而知困难有多大。更何况，还要在前行的马背上抱着一只奄奄一息的小羊羔。

不过，在古丽娜的悉心照顾下，小羊羔慢慢缓过来了，转眼长成一只活泼可爱的小山羊，并且把古丽娜当成了自己的妈妈，跟前跟后，寸步不离。如果古丽娜在它没有发现的时候，离开毡房去附近提一桶山泉水或是捡拾一些柴火等返回时，它便跳跃着扑过去发出欢迎的尖叫声，每一声都比前声更高亢，像是在喊叫："去哪儿了？为什么不带着我？不知道我在找你吗？"它用后腿弹跳着，一下下撞击着古丽娜的腿，就像好久没见到妈妈的孩子。

转入春牧场两个多月的时间里，古丽娜的关节炎越来越严重，行走起来腿部的关节疼痛难忍。

返回牧场的途中，扎特里拜夫妇在聊天中想起，其实在几天前他们就发现古丽娜在久坐站立时小山羊就会主动靠近古丽娜，让她扶着自己不太强壮的身体，慢慢站直身子。他们似乎明白了什么……为什么小山羊时刻跟在古丽娜身后，即便在古丽娜妈妈睡觉时，也会伏在她的身边。还有，看到古丽娜妈妈醒来时，小山羊会立即站立起来，靠近她。就算有时贪玩，稍稍跑远了，它也时不时跑回来，探望古丽娜妈妈，牵挂着她。

扎特里拜夫妇忙着牧场上的活儿，转眼间，小山羊长得高高大大，那身白色的毛发也变得健康而有光泽。

在一个晴朗的天气里，扎特里拜去对面山坡放

牧，古丽娜坐在毡房外的草地上晒太阳，绣花毡，小山羊在不远处安静地吃草。这时，从毡房后侧的松树林中，突然蹿出一匹灰色的狼。那狼大概是饿极了，所以闯进牧场的生活区，想要弄点吃的。见到古丽娜，那狼先是愣了一下，接着俯下身子朝古丽娜直扑过来。古丽娜被这突然发生的状况吓蒙了，等明白过来，灰狼已经扑到她的跟前，与她对视着。那架势，绝对高过坐着的古丽娜，就连黄色的牙齿都看得清清楚楚，还有它抓着草地的利爪，张开着，尖锐而弯曲。此时，古丽娜站立起来反抗已经来不及了，更何况手中没有任何抵抗的工具。那一瞬间，她脑袋上的头发都竖起来了。

正在这危险时刻，一团白影从旁边直射过来。原来是小山羊低着头，快速冲了过来。灰狼还没反应过来，就被山羊角挑着肚皮，掀出三米远。灰狼打了个滚，还未站稳，小山羊又快速后退几步，低头飞奔过来。这阵势，杀得灰狼措手不及，灰狼站稳脚步后，赶紧转身逃走。

这场惊心动魄的搏斗平息之后，古丽娜妈妈更加疼爱她的小山羊了。"你看看，我的小山羊竟然懂得如何打败敌人。"她见人就夸，"与狼搏斗前，它还知道先后退几步，找到一个最佳方位，冲过去时又猛又准。"她还处处炫耀正是因为小山羊有充满智慧的脑袋，才能顺利战胜饿狼。

也就在这时候，扎特里拜夫妇才意识到，原来每天傍晚，小羊总是跟在古丽娜妈妈身后，把她朝毡房的方向又顶又推，他们以为那是小山羊爱瞎胡闹，但是现在想一想，这其实另有原因。

扎特里拜夫妇开始佩服这只小山羊。它未经任何训练，就知道想方设法帮助和保护自己的古丽娜妈妈。显然，古丽娜妈妈为小山羊付出的爱，它早都记在心里了。

君王撒娇　□月如钩

撒娇这事，还是女士专业。

李清照："蹴罢秋千，起来慵整纤纤手。露浓花瘦，薄汗轻衣透。见客入来，袜刬金钗溜。和羞走，倚门回首，却把青梅嗅。"这应该是与赵明诚初见时吧，少女的娇羞全在此。

新娘子撒娇，欧阳修写得好："凤髻金泥带，龙纹玉掌梳。走来窗下笑相扶，爱道画眉深浅入时无？弄笔偎人久，描花试手初。等闲妨了绣功夫，笑问鸳鸯两字怎生书？"闺房内新嫁娘黏人，这个应该是第一。

李逵也会撒娇。话说李逵上山之后，宋江的父亲宋太公被接上山来，公孙胜也要回乡看望老母。众头领金沙滩送别公孙胜，黑旋风李逵放声大哭起来。宋江连忙问道："兄弟，你如何烦恼？"李逵哭道："这个也去取爷，那个也去望娘，偏铁牛是土掘坑里钻出来的！"要回家接老娘，至于哭吗？再看看他自称"铁牛"时的做派，既不称李大，也不称黑爷爷，称起自己的小名了，毫无疑问，这是撒娇的哭、装憨的哭。作家鲍鹏山说，看起来粗鲁且笨头笨脑的李逵，其实是个很会撒娇的人。板斧与撒娇，是李逵的两大法宝：板斧对付敌人，撒娇征服朋友。

君王也撒娇，而且撒起娇来，无敌。

晏子上朝，乘弊车，驾驽马。齐景公发现了这种情况，惊讶又自责，就派人给晏子送来四匹马拉的豪车，来回送了好几次，晏子都不肯接受。景公很不高兴，立即召见晏子，说："夫子不受，寡人亦不乘。"齐景公说，先生不接受我的马车，那我也不乘车了。看看，撒娇了吧？你不吃，我陪你挨饿。你不喝，我陪你受渴。你不乘车，我陪你走路。你要走了，我倚门回首，却把青梅嗅。

司马懿的两句话，够用一生

□ 哈叔

司马懿的一生无疑是成功的，魏蜀吴三家，曹操、刘备、孙权这三位大佬争斗了大半辈子的天下，结果被他司马家族给捡漏了。这其中有机遇，更有实力，而司马懿就是司马家族的头狼。

司马懿做人做事，有两句比较经典的话。

第一句：一路走来没敌人。

司马懿的特点是忍，也可以说是城府深、能装，他这个人一般人猜不透。

在《军师联盟》里，杨修是司马懿的死对头，两人一个是曹植派系的，一个支持曹丕。杨修多次想置司马懿于死地，但在杨修因为鸡肋事件被曹操处斩时，司马懿向曹操请示去探望杨修。曹操便问他："为何要去看杨修？"司马懿说："臣一路走来，没有敌人，看见的都是朋友和师长。"也就是说，我司马懿不会和杨修计较，他虽然想整我，但我不会将他当作敌人。曹操听到这话以后，对司马懿打心眼里产生喜欢和欣赏。

司马懿前期的对手主要是杨修，后来与诸葛亮也较量了好几次。对于诸葛亮，司马懿很是尊重。诸葛亮病逝于五丈原，骗了司马懿。蜀汉大军撤离，司马懿来到诸葛亮病逝的营帐内，以水代酒祭拜诸葛亮。他说："非淡泊无以明志，非宁静无以致远，你这一生就像这水一般，清清白白，虽然你我为敌六载，但我一直视你为知音。孔明，让我尊称你一声'先生'。"

即便面对将死之人，司马懿也会给予对方尊重。曹叡有个男宠叫辟邪，在曹叡死后，辟邪就被下狱了，司马懿是唯一去看他的人。辟邪得势时没少找司马懿的麻烦，但司马懿去狱中时给他带了一件衣服，保全了他最后的尊严。

做人做事，留有余地，对对手和敌人保持尊敬和敬畏，这就是司马懿混迹职场的哲学。

第二句：败而不耻，败而不伤。

司马家族之所以能够捡漏成功，和曹氏家族的短命有一定关系。曹丕其实很优秀，但无奈短命，继位的曹叡也是如此，都活得不够久。但不可否认的是，司马懿的儿子们也十分优秀，这和司马懿的教育有关。

司马懿给他们灌输的理念是：不拒绝失败，并从失败中汲取营养。在与诸葛亮对阵失败被抢了陇上小麦后，魏军将士十分不满，明明魏军兵力是蜀军数倍，居然输给了诸葛亮。司马懿的两个儿子也坐不住了，去找父亲。他们到了大帐，却看到司马懿正在和管家淡定地打五禽戏。司马懿说，想要打好仗，先要学的就是善败，败而不耻，败而不伤，才能笑到最后。

这也是今天我们所说的逆商。人在一生中会遭遇很多失败，面对挫折和逆境，应该以一种健康的心态面对，多点耐心。

司马懿一生中打了不少胜仗，同样吃了不少败仗，最后却是人生大赢家，靠的正是这一点。儿子在他的言传身教下，自然也差不到哪儿去。

其实，人生就是如此，这么长的一段人生路，某个时段的失败并不代表什么，所以别过早放弃自己。

目的颤抖和稀缺占用

□ 宗宁

小时候课本里有个故事，是欧阳修写的《卖油翁》。讲一个射箭的人很骄傲，遇到一个卖油翁，卖油翁在油瓶口放了一枚铜钱，然后一勺油倒下去，油从钱孔中穿过，一点儿都没有溅到铜钱上。射箭的人很惊讶，卖油翁说了一句话："无他，但手熟尔。"

如果你有过穿针引线的经验，就会发现，你盯针孔盯得越紧，手就会越使劲，抖得也越厉害，这就叫"目的颤抖"。换句话说，目的性太强的时候，你就会开始颤抖，无所适从。

所谓"当局者迷，旁观者清"，大概就是这个道理。因为你身在其中，别人在旁边看。离得远一点儿，也就看得清楚一点儿。你离得越近，越专注，越看不清周围的东西，就可能陷得越深。所以，专注是好事，但是不要太专注，有一点儿高度和全局意识，有一点儿系统的价值观，会事半功倍。所以每当我看到那些像打了鸡血一样，扬言一定能成功、一定能赚钱、一定能火起来的人，虽然我比较欣赏他们的自信，但更多的还是怀疑最终的结果。目前的经验是，墨菲定律还是最有效的，就是如果倒霉事可能发生，那么最后就一定会发生。

哈佛大学有一项研究表明，稀缺的资源会占用你大量的注意力，然后导致这种资源对你来说更加稀缺。比如，贫穷的人缺的是金钱，而混得不错的人往往缺的是时间。二者惊人的一致性就是，你给穷人一些钱和给富人一些时间都无法彻底改变这种情况。因为在资源长期匮乏的情况下，人们对这些资源的追逐，已经完全吸引了他们的注意力，以致忽视了更有价值和创造性的东西。比如，在你特别穷的时候，你会把大部分精力放在如何省钱上，研究一些穷游攻略、如何在某某地方花多少钱生存的攻略、怎么生活更省钱攻略等。很多的省钱攻略，都会让人花大量的时间去研究，从而丧失更多的时间去研究如何能赚更多的钱。最可怕的是，他们还会扬扬得意地认为自己占便宜了。那些苦心研究手机性价比、无限对照参数的人，都会买一些"发烧"的手机；而对此不太在意的人，直接就会去买苹果或者三星手机，他们可能不懂手机，但肯定要比懂的那帮人会赚钱。时间宝贵的人情况也类似。比如有太多的事情要处理，就只能忙着一件一件去处理，而无法有一个宏观的思想去安排长久的工作，工作也就成了一种应急的模式。这种情况我体会蛮深的，我喜欢看电影的原因是，我可以在两个小时内什么也不想，专注地做一件事情，从而挽救我日益碎片化的注意力。

所以，古语有云，救急不救穷。因为你就是给穷人钱，他花掉之后还是会穷。大家缺的不是钱和时间，而是需要正常的思维和心智，减少过多的干扰和焦虑，淡定地对待，然后长远地思考。

所以，老爹一直告诉我，钱永远只是附加值。后来我一路实践过来，发现确实是这样的。当你开始踏实地去做一件事之后，坚持下来，慢慢你就会发现，价值有了，钱也就随之而来。

青年励志馆 容得下别人的风光，摁得住自己的嚣张

一个毒舌兽医的温情人生

□ 居里

二谦和二妹

尹铁垣的名号在宠物界如雷贯耳，他的毒舌在北京城自成一派。

作为宠物医院院长，老尹最看不得矫情，最不耐烦眼泪，你哭得越狠，他骂得越凶。

一张嘴，舌灿莲花，不留情面。主人哭诉狗狗吃自己便便还拉稀，老尹嘲笑："嘻，多环保的狗啊！"主人问狗狗能不能不吃药，老尹冷笑："行呗，不吃就死快点。"就算是找他看了十几年病的旧相识，老尹照骂："你该去精神病院看看了。"他不仅骂人，连猫狗都不放过。

"长这个菜刀眼，要样貌没样貌，要性格没性格，关键这鼻子还难看，除了长成一头猪，没别的出路了。"

一只肥猫被老尹揉得脸都变了形，满脸无语：又开始叨叨了。它叫二千，几年前被人花2000块买回家。后来患上尿道结石和猫藓后，那人又把它寄养到了宠物店。说是寄养，二千知道，人类管这个叫"遗弃"。宠物店把它扔到了医院，老尹一边嫌它又脏又臭，一边给它治病上药，二千痊愈，赖着不走。

老尹给它改了名，二谦，谦谦公子的谦。猫咪不是货物，没有价钱。二谦得寸进尺，蹭病人的罐头，越吃越胖，懒腰伸得像个老干部。

后来，它当上了"住院部部长"。二谦院长的助理，是条狗，叫二妹。老尹指着二妹开骂："坏心眼太多，这要是个人，肯定特坏。"二妹来的时候被车撞了，一老太太把它装纸箱里，扔老尹跟前。打开纸箱一看，好家伙，眼瞎了，腿折了，身上一个大洞。

老尹把二妹治好，让它留下来当了"院狗"。二妹没少被老尹鄙视："白眼狼，不认人，就认肉。"二妹脖子上挂着一个小金锁，是老尹和同事给它买的，平安锁。平平安安，健健康康。老尹就是这么一个人，嘴上不饶人，心肠比谁都软。

出溜要走了

这些年，找老尹看病的人越来越多，穿州过省、跋山涉水。他们来治猫狗，也为医人。

顾奶奶，准确点该叫顾教授，今年91岁。她是中国石油大学退休先生，翻开校史无限风光，身居石大"八大夫人"之列。这天，她一个人，用轮椅推着猫，来找老尹。老尹一看，悬了。猫咪肾脏、输尿管结石，病入膏肓。顾奶奶静静地听着，抹了抹老眼，原来人老了，悲伤是没有眼泪的。去窗口交费时，她从口袋里掏出八张100块，手一抖，掉了五张。子女出国，独居，猫咪"出溜"是她唯一的老伴，但出溜要先走了。她哽咽着说："这只猫总归是没有前途的，我想得明白，可是，我就是接受不了。"转过头，顾奶奶朝着猫咪的方向叹了一句："我家里没人

了。"猫咪以为老人叫它，应了一声，声音软软的，像说"奶奶"。顾奶奶陪着猫咪过完最后一个新年后，她为出溜选择了安乐死。

四天后，北京下了第一场大雪。顾奶奶，又剩下一个人了。

晚安小汤圆

"签了吧。"老尹把安乐协议书递到明亮跟前，淡淡地说，"签了它就不难受了。"

明亮立着，话都说不清，背包里插着根逗猫棒，像个无助的武士。五年前，他一个人来北京打拼，车水马龙，举目无亲。刷微博时，他看到救助者给一只小白奶猫找家，明亮看着心喜，留言想领养。200多个领养者，偏偏选了他，这就是缘分吧。

他把小奶猫带回出租屋，起了个可爱的名字："汤圆，以后这里就是你的家了。"多少个加班夜，无数次失眠时，汤圆就乖乖窝在他的大腿上，生活好像也没那么难挨。

眨眼五年，北漂明亮熬到了产品经理，奶猫汤圆长成了一坨白胖，一人一猫，天高海阔。故事何样美，终极是分离。

"我签吧"，明亮为病危的汤圆，选择了安乐死。他走到笼子前，轻轻地把汤圆抱在怀里，像抱住一团注定会散的云。"小汤圆啊，爸爸来了。爸爸陪你走到最后啊，没事哈。"他边说边最后一次梳毛。时辰到了，他咬着牙喊了一声"推吧"，轻轻的，听起来像"去吧"。小汤圆安静了。小汤圆白白的，软软的，乖乖地窝在他的大腿上，和以往无数个夜晚一样。明亮仰起头，又俯下身，哭成了泪人。"小汤圆，晚安啦。"

老尹和老咪

"你们不要来我这里找心理安慰，我比谁都需要心理治疗。"老尹这样怼人。

这个医术高明的大夫，不是铁石心肠，而是将生死看透。初二那年，老尹还是小尹，他有了人生中第一只猫，取了全世界通用的名字——咪咪。小尹和咪咪一块长大，考上大学，成为兽医。

不知不觉20年，小尹成了老尹，咪咪成了老咪。20岁的老咪，相当于百岁老人，得了口炎，骨瘦如柴，生不如死。老尹是兽医，他明白猫狗不怕死亡，他们怕的是疾病折磨、无边痛苦。最后，他亲手送走了老咪。

老尹总是慨叹："治动物，治到最后，治的是人。"人要在离别时学会放手，要在死亡前体会生命，这很难，要流很多眼泪，要耗费一生。"人就是孤独的，"老尹苦笑，"无论如何，只会越来越孤独。"猫咪和狗狗，从来不是为我们驱散孤独，而是陪我们熬过黑夜，走向光明。

文字有灵魂
□李树德

黄庭坚的千古名句"桃李春风一杯酒，江湖夜雨十年灯"，多么普通的文字，没有用一个动词，却把他与朋友十年前相聚的欢乐和十年漂泊的寂寞写得淋漓尽致，令人回味无穷。

当你静心阅读美妙的文字时，那一个个"音符"，平平仄仄、抑扬顿挫，如金鸣玉振，如清泉击石，悦耳动听。有时它在你面前呈现的是一幅幅的图画，"昔我往矣，杨柳依依。今我来思，雨雪霏霏"，读到这里，不觉身临其境，自己也成为画中人。

文字是有感情的。它与读者谈心、交流、倾诉、互动，听你哀伤的倾诉，解你迷茫的疑团，浇你郁结的块垒。

文字是有灵魂的，它如轻风、细雨，它会慢慢弥漫、渗透读者的心灵，并悄无声息地开出曼妙的花朵。那些朴实无华的文字后面，常常是一颗执着而善良的心。

文字的灵魂是顽强的，它是历史的见证者，也是历史的镜子。虽经受时光的侵蚀，但能随春风吹拂而重生。

日本人的"幸福危险论"

[日] 南博

与其他国家的人相比，日本人很少使用"幸福"一词，特别是在日常会话中。

日常不使用"幸福"一词，不仅因为日本人生活上与幸福关系疏远，还因为他们养成了对幸福有所回避的习性。

比起满月，日本人更喜欢带有些许残缺的月亮，兴许也是受到这种"幸福论"的影响。回顾一下日本人幸福感淡漠的由来，可以知道，自古以来，日本人就被反复地灌输了这样的观念：幸福是危险的、空虚的，而忍受不幸才是美德。

日本自古就有不少关于修养的书，这些书几乎都毫不例外地告诫人："如果九分不满足，十分就漾出来了。"

意思是说，人如果期望一切都达到十分满意的程度或者期望达到幸福的状态，虽非罪恶却是危险的，这将会成为痛苦之源。

这种想法不用说，是出自老庄的少欲知足思想。老子的"知止所以不殆""知足不辱，知止不殆，可以长久"，就是说：做人做事知道满足，懂得节制，才能长久。

日本古时，鸭长明在《方丈记》中说，"有财多虑""人所营皆愚，尤以造家宅于如此多危之京中，耗财恼心，实为愚中之极"，所以"唯草庵，闲逸无虑"。其结论依然是幸福危险论，即认为优渥的物质条件，会带来恐怖和不安。

吉田兼好在《徒然草》中也反复主张：物质的幸福是危险的。"财多疏于守身，招累致害之媒也"，而"身死留财，非智者之举。……有言'唯我得者辈，争家业，其状恶也"。他甚至举出争夺遗产的恶例，主张只要有"以保朝夕之物"就可以知足了。

鸭长明和吉田兼好的幸福危险论，不过是接受了老庄和佛教思想的隐士的个人见解，并未被当作处世的教训广泛地向一般民众说教，让民众接受。

禅语中常见的"日日是好日"，也是怀着对日常的感恩之心。可是，对德川幕府来说，为了构筑封建社会牢固的基础，却有必要在施以武力压制的同时，向民众植入"毫无不满地接受严格的身份制"的心性。自德川家康以来，侍奉过四代德川将军的御用儒者林罗山在通俗解释仁义礼智信的《春鉴抄》中，就多处以恫吓的语言强调幸福危险："欲纵终必灭，志满后必毁，乐极悲自来。谨言慎行不可轻也。"

不止林罗山一人，德川时代的儒者们为了防止民众的不平、不满情绪爆发，在种种说教中专门告诉人们：企求幸福是危险的。贝原益轩就是这种幸福危险论的代表。他说："财禄有止，私欲无止。任所欲无止，必财尽途穷。……纵享万贯之俸，而随心所欲，富家亦必有财竭后日，既苦自身，且累他人，为一生之苦、子孙之不幸。"

贝原益轩进而将其道理推演为："万事满至十分，其上无以复加，忧患之本也。古人曰：酒饮微醉，花观半开，此言至理也。"

贝原益轩的幸福危险论以各种形式，通俗地进入德川时代的民众之中。而且他不只说"幸福是危险的"，或说"事物不足才是安全的"，仅这些是不够的，他还告诉人们：人如果不懂此理，一定会受到更高的绝对权力——"天道"的处罚。比如，受到世间的赞扬，或感受到现实的幸福时，要想到"好事多磨"的谚语，坏事一定会伴随幸福发生。《益轩十训》中说，"易曰：天有盈亏，物有满缺。古语亦谓：藏多失厚。"天道之罚——天罚并不只是针对"人因贫穷而产生的"贪婪。

日本花道中，有时要故意营造出一种"不圆满"的意境。一般来说，日本古来就有受恩负重之身多患的思想。如《沙石集》中说："恩愈大，烦恼愈多，所营愈繁，身多危矣！"

因把幸运看作天赋之恩，所以便产生了如果享受的恩惠过大，反而会危及自身的想法，主张幸福过度反而不好。如果幸福超出限度，就会带来灾祸。还有处世说教书中说："大福来，灾祸起，当为训，慎处之。"这种"幸福否定论"大概可以说是"幸福危险论"的基础吧。

再有，幸福的条件之一快乐，反招苦，在心学中有大家都知道的"乐为悲之始""乐为苦种"的古谚。贝原益轩说："世俗之乐，其乐犹不止，迅即为我身之苦，感心，损身，恼人。"

德川时代的日本学者中，也有反对幸福危险论，提倡享乐主义的。不过，尽管他们认为享乐属于人的天性，但依然保留着乐必有苦相随的观点。比如，富士谷御杖说："凡人之常情，无不求乐厌苦，然只厌苦则招苦，只求乐则失乐。"

这种认为享乐反招痛苦的思想，至今依然作为处世妙诀，被写在谈修养、谈处世的书里。例如："富有……反而因此感到苦恼。富有者未必幸福。""忙忙碌碌地追求金钱，被金钱鞭打着，苦恼万分地东奔西走。多么痛苦呀！"当然，今天的说教没有采取"幸福危险""受天罚"的那种恫吓的形式，但自鸭长明、吉田兼好以来的幸福危险论，尽管历经岁月，仍照原样被继承下来，仅仅改换为现代语言，依旧被当作指导大众生活的一个指针，实在令人惊讶。

日本寺院门前的禅语中，"苦难"出现的频率远远高于"幸福"。

当然，在战后的日本，极端幸福至上主义、享乐主义的社会心理已开始蔓延。它是与幸福否定论完全对立的。

尽管如此，至今还有许多日本人，在蒙受他人的好意时感到难以坦然接受。他们把他人的好意和得到的幸福视为"恩惠"，又认为这种"恩惠"必然带来沉重的负担。因此，他们在接受幸福的同时，感到被置于承受负担的烦恼和束缚之中。

太宰治在小说《人间失格》中，鲜明地描绘了日本人独有的这种可称为"幸福负重"的感情：

同一时期，我还受到银座某大咖啡馆女招待意想不到的恩惠。虽然仅仅一次，但拘于这一恩惠，我感到不安和恐惧，连身体都不敢动一动……

这种幸福反而是重荷的心境，令人感到其同古时的"幸福危险论"，尤其是《沙石集》中的"大恩危险论"是一脉相承的。

"一遍"读书法 □严耕望

就我个人的工作而言，凡略知我治学方式的人，皆知我是走专精一路；但若能就我的论著进行深一层体察，又当了解我并非走狭仄的小路。

我自少年读书时就喜欢把所有问题都条理化、系统化，这也许和我的才性有关。我的记忆力极差，几乎毫无背书的本领，但理解力还过得去。为了应付考试，任何课程的教科书，我只极仔细地看一遍，并加以条理化、系统化的题识（按：做标记）或笔录，以后复习只看题识、笔录，很少再看全书，所以花的工夫不太多，也能获得相当高的分数。喜欢条理化、系统化，自然不会专走太狭仄的小路，而注意较大的问题；不过对付较大问题，我却用做小问题所用的方法，下细密功夫。

表达愤怒≠责怪他人

有一位来访者在讲述了自己的情况后,希望从我这里找到正确的做法。他以"你作为咨询师,见过很多案例,应该知道怎样是好"为理由,理所应当地认为我应该给他关于心理学与人生的答案。

我使用了咨询师常用的方法:用问题去回答问题。我常常会问:"我很好奇为什么你在这个时候问这样一个问题?"这种小技巧常常能够使话题的焦点重新转移到来访者身上。可是几次下来,他都能够再次回到向我索取建议的话题上,他始终不忘那个我"欠"他的答案。于是,我告诉他:"你是自己心理问题的终结者,答案就在你自己身上。"

这个回答彻底激怒了他,他开始表达对我的失望和愤怒。他很笃定地说:"你真的很差劲,对这个咨询很失望,你帮不了我。"

我耐心地等他说完,然后平静地回应他:"我能感觉到你对于一个不能给出答案、给你建议的咨询师非常失望。仿佛你把巨大的希望寄托于他,期待他能够指引你走出困境,可恶的是他居然告诉你,你自己才是问题的终结者。"

听到这个回应,他向后一仰,仿佛被某种东西击中一样,半天没有说话。

后来,他把话题转向了关于选择与责任问题的探讨。他意识到自己一直在向"权威"寻求一个"正确"的答案,用"权威的正确性"来判断自己的选择和行为。过去他从各种各样的"权威"那里,获得

如何表达你的愤怒

□ 曾旻

关于人生选择的各种"答案"。刚开始得到一个答案总能让他感到精神振奋,相信精彩的人生、完满的生活、极致的幸福已唾手可得。可是,每当他开始相信后,随之而来的是无尽的失望。"权威"的答案依然是对的,可是他发现"正确的答案"无法给他带来任何意义,他没有办法参照别人的经验,做出符合自己处境的正确选择。

随后,神奇的事情发生了。在下一次咨询中,他告诉我情况开始发生变化。尽管他依然没有很快改变当下的处境,但是他开始意识到,很多事情需要自己承担责任。所以,他开始依靠自己的判断做出一些选择,这使得他工作中面临的困境出现了转机。

从这位来访者的身上,我们可以看到"表达愤怒"与"责怪他人"的区别。二者表面看起来有同样的动作,但在人们心中是两种截然相反的态度。在人与人的关系中,权力的争夺一直存在。当我们责怪他人时,其实是将选择的权力交付他人,就像在咨询中不断期待得到"权威、正确的答案"一样,我们认为自己无法为一项选择承担责任,于是将这个选择权转移给他

人，期待从别人那里得到答案。可是，人生体验的不可替代性，让我们只能独自面对自身处境，这就决定了我们每个人都无法给出关于他人生活的正确答案。

从"没有人可以帮到我"到"我能帮助自己"

其实，正确地表达愤怒并不是在责怪谁，而是对"没有人可以帮助我"的处境提出抗议、不满和挣扎。这个信念在某种程度上是对的，每个人都无法从他人的经验中真正获得准确的答案，那些吸收他人经验而解决自我问题的人，都是在他人经验的基础上进行自我化的加工，归根结底还是自己帮到了自己。

有一次，高晓松在录综艺节目时，谈到了自己的恐慌。尽管他的人生阅历非常丰富，但是他依然担心自己所认识到的世界并不全面。他举了一个例子，在他眼中漂亮的姑娘是这样子的，但或许，在吴彦祖那般帅的人眼中，漂亮的姑娘是另一番样子。他或许永远无法看见或体验到另一番样子是什么。

在心理学中，高晓松所恐慌的现象叫存在孤独。所谓存在孤独，即我们每个人都只能独自面对自身处境，它最大的特点即我们每个人的体验都具有不可替代性。

身处孤独的环境中，我们就能够理解"没有人可以帮助我"是一种真实的现象，能帮助你的只有你自己。

警惕"被动攻击"

责怪他人作为一种消极的情绪管理方式，它的弊端是避免了直面情绪体验。它让人们躲在愤怒和不满的背后，用消极行动和责任转移来进行"被动攻击"。

所谓被动攻击，是指人们内心充满怨恨与愤怒，但又不直接将负面情绪表现出来，而是表面服从，暗地里不作为、不合作、敷衍、拖延，常私下抱怨，却又相当依赖权威。被动攻击在日常生活里很常见，在职场中，若人们不满领导的管理，却不敢提出意见的时候，往往采取敷衍、消极怠工的方式来表达不满。在亲密关系里，我们对伴侣的举动感到不满，却无法直接表达时，往往会采取冷处理的方式，不表达情绪的同时也不理对方，用无声的抗议暗示对方"你给我好好反省一下，看看你都做了什么"。

被动攻击的"高明"之处是使得受到攻击的人好像没有理由可以回击。因为被动攻击的人做出的行为是微妙而隐晦的，如果你对此做出激烈的反应，仿佛你是在小题大做。

在团队中，被动攻击会破坏凝聚力和生产力。一个经常使用被动攻击的人，他的拖延和敷衍会使得整个团队的协作效率下降，也会让团队中的其他人感觉不公平。

被动攻击也会给发起者带来负面影响。首先，发起者的人际关系会越来越糟。人们都讨厌那个总是责怪他人却不在明面上表达愤怒的人。

其次，发起者会让自己陷入糟糕的情绪状态中。当他做出被动攻击的姿态时，反映出的是他的不满和需求难以直接表达，那么自然而然，某种情绪就被压抑在内心。

在发起者的愤怒累积到一定程度后，就有爆发的可能。而此时的爆发，会让周围人感到毫无征兆和莫名其妙，人们都觉得这是一个"无欲无求"的人，甚至有时候看起来有些"不思进取"，活脱脱一个"佛系"青年，人们不理解为什么他会突然如此愤怒和激动。而当一种情绪的爆发与宣泄，在无人理解中展开，这会让发起者更加痛苦和孤独。

所以，直面自己的情绪体验，若能以建设性的方式去表达不满和需求，则会拥有更加和谐透明的人际环境。

一朵花在绽放中成为自我
不经意的一瞥
又怎能参透
成长的奥秘
为了光明的伟业
如此辗转曲折
然后像蝴蝶一样
抵达生命的顶点
呵护花蕾，抵御虫扰
汲取雨露滋润
防热，避风
躲开窥伺的蜜蜂
大自然不会失望
静候这一天，她的日子
成为一朵花
是深邃的使命
——[美]艾米莉·狄金森《在绽放中成为自我》

鲸跃

□[日]须川邦彦

十一岁的春天，父亲让我上了他的船，到太平洋去捕鲸。

刚开始，大人把我绑在桅杆上方，其实是在瞭望台下的木桶里。我躲进木桶，练习瞭望。我没有输给上面瞭望的大人，很快就发现了鲸鱼喷出的气息，然后用唱歌的音调，拉长了声音，好像鲸的呼吸一般，用最大的力气叫道：

"布罗——嘶——吼——"

鲸鱼喷水的现象，英文叫作"布罗"（blow）。然后，我伸长了手臂，指向看到的方位。

于是，下面的人会从甲板仰头看着桅杆，问：

"是哪一种鲸？"

从鲸鱼喷水的方式就可以清楚地辨别出鲸鱼的种类。

这时候，若不立刻说出"抹香"或是"长须"就会被大人狠狠地斥责。如果说错了，更会令他们大发雷霆。发脾气时，他们总会骂道：

"你这个砂糖崽子！"

这个听在小孩子的耳中，就好像雷声从头顶劈下来，只能硬着头皮承受。

会这么骂是有原因的。在你成为独当一面的海上男儿之前，要经历数千次，也许无数次的海水灌顶，耐受盐分渗入骨髓的考验。因此，独当一面的海上勇士是"盐"。盐的反面是糖，按照这个道理，对一个想成为海上男儿的人，被骂成"砂糖崽子"是个莫大的耻辱。

鲸鱼喷气一次六秒，十分钟能喷出六七次。如果一次喷气长达十秒钟，并且水雾特别浓，就证明它准备沉入深海，因此要提前把肺中的空气一次喷尽。

有时候，鲸鱼喷出的水雾可以高达十米以上。水雾笔直地往上喷出，末端分成两股的是露脊鲸；喷出一个粗大水柱的是座头鲸；喷出的水柱高而细长的是蓝鲸，比较短的则是长须鲸；高度最低，但也有四米左右的是塞鲸；朝前方四十五度的角度喷射的是抹香鲸。

抹香鲸有牙齿，强壮有力。同类的鲸群之间，彼此也会争斗。由于抹香鲸油的质量最好，所以所有的捕鲸船都想猎捕它。用鱼叉叉中之后，它就会变得发怒狂暴。只要被它那又硬又大的头轻轻一撞，或只是用尾巴随便扫中，小船立刻就会粉身碎骨。有些时候，它会对准母船冲来，就算是母船，被它一撞也会出现裂缝终至沉没。

我第一次看到"鲸跃"时，真的是又惊又喜。应该很少有人看过背上长了鳍的塞鲸一次又一次不断跃起的模样吧。它虽然身形巨大，却能头部朝上几乎垂直地跃出海面高达十五米，尾部也高高地离开水面。接着划出一道大大的弧线，头部"扑通"一声钻进海里，然后再次跃起。抹香鲸上等鞣皮般的白色腹部，有数条大而深的纵向皱褶，灰色的背部有块小小的三角形鳍。整个鲸身在阳光下闪闪发光。

抹香鲸也很善于跳跃。超过十五米长的身躯刚开始露出海面，便以极快的速度疾驰，转眼之间，它微微地跃起，最后"哗"的一声冲到空中。方形的头部朝上倾斜四十五度，然后将那全世界数一数二的庞大躯体完全抛向空中。那种壮观的景象该怎么说才好呢？我是无法形容了。

毕竟，在地球上的动物之中，就体型来说，它可是王者呢！

接着，落水时造成的水雾、声响，宛如水雷爆炸一样。而且是三四头一起哦。"轰——"地发出海鸣，回声能传达到极遥远的地方。这种奇景在陆地上当然是看不见的。它会令人深深地感觉到海洋之广阔，海中的动物也是因此才格外巨大。

当你开始爱自己，全世界都会爱你

生活总会给你带来一些惊喜和意外，无论哪种情况都是最好的安排，惊喜来了就欣喜接受，意外来了就坦然面对。时间如白驹过隙，人生稍纵即逝，告诉自己，随心而行，让每天都充满阳光，好好生活，好好爱自己。

3

轮椅上的雄鹰

□ 张昕宇

在阿富汗，我们遇到了一位独腿老人，老人自我介绍，他叫阿里，是一名阿富汗老兵，现在负责一个叫作"协助残疾人就业中心"的组织。

"这是一个什么样的组织？"我好奇地问。

阿里从抽屉里拿出一个小本子，他翻开，上面密密麻麻地写着很多小字。阿里说："他们都是残疾人，在战争中身体受到伤害，心灵也饱受摧残。我这些年就一直在搜寻这些残疾人，告诉他们可以来我这里工作。"

老人的一番话，让人备受触动。眼前这位独腿老人，形象一下子高大起来，伟岸了许多，俨然一位隐于市井的伟人。

一路走来，我们总会遇到这些让人肃然起敬的平凡人。索马里的武大留学生、在爆炸中失去双腿的少年、巴基斯坦的中国陵园守墓人……生活于他们并不公平，给了他们更艰难的路、更灰暗的色彩，他们却用自己的方式踏出了另一番天地，描绘了另一抹缤纷。

"你的腿……"收回思绪万千，梁红眼眶泛红地问道。老人说："我以前是一名军官，手下带着一支25人的部队，在喀布尔和赫拉特两座城市执行任务。有一次，我们奉命拦截一辆向伊朗运输毒品的卡车，因为这辆车返程时会运回支援圣战者游击队的武器弹药。我们部署了一次伏击，但是我不慎踩到了地雷……非常突然，我依然记得当时我有多么痛苦。有的时候我甚至在想那一切只是一场梦，我的腿还在。直到现在我也无法相信这是真的。"

我想开口安慰老人，张嘴却说不出话来。我们可以用很多词汇、很多镜头来记录战争的残酷与无情，而眼前这位老兵空荡荡的裤腿和他的故事带来的冲击，依然震撼无比。

见我们集体沉默的样子，阿里反倒爽朗一笑，说："重要的是我们没有放弃生活的希望，我们依然能在工作中找到活着的动力和尊严。我带你们去看看我的同事们吧。"

阿里拄起拐杖走在前面，我们跟着他，下了几十级楼梯，进到地下室。不到30平方米的空间里，有10个工人正在全神贯注地工作着：有的坐在缝纫机前缝制，有的就蹲坐在地上作业。而且每个人都很明显地身有残疾，有的没有手，有的没有脚，还有一位半个身体都是残缺的。

阿里说，这就是他们的工厂，他们生产制造书包来卖，自力更生。

泪眼婆娑的我已经不忍再听下去。上班路上、自己家中……种种莫名人祸，毁掉了他们健全的身体、完整的生活，就此剥夺了他们或许平凡普通但是美好的生活，将他们推入深渊，陷入身体和心理的双重创伤之中，让人生走入一条本不该是这样的路。

眼前的小作坊，或许于他们而言，已经习惯或者满足了，他们还可以工作，通过每天高强度的劳动，来维持生计。可是，他们本不该是这样，他们本该拥有更多，拥有另外一种人生。

我拿起一个书包，上面绣着一个标志：一只坐在轮椅上的雄鹰。

阿里老人说："我们曾经是雄鹰，我们曾经是安全部队的成员，后来我们成了残疾人，某种程度上，成了没有用的废人，但永远不要认为我们是没有用的。轮椅上的士兵，仍然是自由的雄鹰。"

高智商的人懒于活动

□未 铭

比尔·盖茨曾说过，自己更喜欢懒惰的人，因为这些家伙总是能够找到简单的方法。

美国佛罗里达州某大学的研究者们通过实验证明，懒惰是高智商的表现。科研人员说，勤劳的人将更多时间用于劳动，用在身体活动上，因为他们需要借此摆脱无事可做的处境，而高智商的人则不会感到无聊。

研究人员找到了一批学生，通过对特定观点的认可程度，对这些学生进行判定，如"我很享受不断伴随新解决方案的任务"和"我只会考虑我需要考虑的事情"。

之后，研究人员分别找出了30位"思考者"和30位"非思考者"，为他们配备了健身追踪器，以便监测他们在接下来一周内的运动量。

结果出来了，在周一到周五的工作日内，思考组活动时间远不及非思考组，后者进行了更多运动。不过，周末两类人的活动量是一样的，对此，研究人员也没弄明白。

智商高的人真的更懒吗？很显然，研究人员的数据并不全面，为了证明这一点，还需要更多的测试。不过，现实生活中，这种现象确实很常见，那些高智商的人都在忙着赚钱，确实很少运动，只有到了周末才会进行更多运动，这也证明了科研人员的观点。

突然想到一部名叫《硅谷》的美剧，讲的是一群"码农"的搞笑故事，里面有一位亿万富翁彼得，绝对拥有超高智商。他曾让助理买来汉堡王的所有品种，然后分析上面的芝麻粒与蝗灾的关系，而且竟然从中发现了商机。他意识到印度尼西亚的芝麻期货价格被低估，当即买进，大赚了一笔。

这些硅谷大佬显然在智商方面胜人一筹，能看到普通人无法发现的细微之处。

彼得就是这样一个人，他很少走路，到哪里都开着自己的代步车，类似于老年代步车，只不过更高级一点。最有意思的剧情在后面，彼得一行人去非洲旅行，后来突然出现了一只动物，导游拿出枪开了一枪，没打中猎物，彼得却死了。

最后，彼得的助理给出了答案：他是跑步猝死的。

原来，看到野兽之后全车人都惊慌失措，这时导游拿出枪，冲着野兽就开了一枪，没打中，吓跑了野兽。不过，这一枪也吓到了彼得，没吓死，吓跑了。对于这位很少走路的亿万富翁来说，走路显然太费力了，何况是跑，结果他猝死了。

剧情虽然荒谬，但是从侧面反映出那些高智商的家伙确实不喜欢运动，他们平时很忙，所以不会感到无聊，而非思考者则需要通过体力活动打发时间。

懒惰是高智商的表现，这个观点显然不成立，反过来说倒是可以接受的。懒惰≠高智商；高智商的人往往懒于活动。

居酒屋里的日本大叔

□ 毛丹青

这是我30多年前刚到日本留学时经历的一件事情。当时就读的大学离名古屋不算远，日本同学跟我说去名古屋打工好，尤其是居酒屋，跟客人聊天能够提高日语水平。后经同学介绍，我去了居酒屋打工。

居酒屋的主人是一位中年男子，话很多。可惜，我的日语不够好，很多话只能猜猜而已，完全达不到心领神会的地步。

不过，在这家居酒屋里，一直坐在单人台座最里面的是一位日本大叔，每回坐下来几乎都不说话，只是点一壶清酒、一碟小菜，独饮慢食。他是常客，除了周六日，几乎每天晚上都过来。

我因为日语说得不太好，所以才下意识地喜欢往不爱说话的日本人身边靠。我偶尔说几句，日本大叔也回答，然后接下来就是很长一段时间的沉默。尽管如此，我们相互之间还是逐渐形成了一种很浅的交流。有一回，他告诉我海鳗和河鳗的区别，说起来如数家珍，表情也夸张，活灵活现，声音十分洪亮，居然把我不懂日语的焦虑彻底打消了。

自从有了这位老主顾，我对日语的感知能力突飞猛进，有时甚至不听他的讲解，也能知道个大概。当他讲起大海和海里的鱼的时候，我才知道他曾经是一位渔民。

我在居酒屋打工期间几乎每晚都跟这位日本大叔相遇，他见到我有时会笑眯眯的，有时一言不发，干巴巴坐在单人台座上目光呆滞。

大约过了一年，也不知从哪天起，日本大叔就再也不来了。我问店主知不知道他的情况，店主说他不知道，也觉得很奇怪。

后来，我因为正式受雇于日本的渔业公司，就辞了居酒屋的工作。店主说像我这样的人本来就不应该关在屋子里做学问，应该到社会的海洋里去扑腾。

听他如此感言，我又想起常来居酒屋的日本大叔，我给店主留下了电话号码，跟他说："如果大叔有消息的话，请务必告诉我。"

又过了半年。有一天，店主突然打电话给我，他说："这里有一位老奶奶到居酒屋来找你了，她说她是大叔的姐姐，有话要跟你说。"

听罢，我马上约好时间，专程去了一趟居酒屋。店主说的老奶奶已经等了我一段时间，她一见我就问："你是毛君吗？"

我回答："没错，我姓毛。"

老奶奶略微打量了我一下，然后说："我是他的大姐。他在半年多前突然病倒了，紧急住进了医院，被诊断是癌症后期，没过两个星期就去世了。后来，

凿井和塑像

□陆春祥

宋代沈寓山作《寓简》说：凡凿井，凿大了，就不能缩小，就如削木头一样；削小了，就不能复原成大。塑像的方法，是同样的道理，眼与口，先一定要小，小了才可以增大；耳和鼻，先一定要大，大了才可以塑小。

《韩非子》早就说过："为土木，耳鼻要大，口目要小。"

这大概可以成为这种工作的标准。我（作者）乡里有俗语"长木匠，短铁匠"，说的就是这个意思吧。

许多大道理，都蕴藏在普通的生活常识中。

但随着技术的进步，有些已经不是问题。比如凿井，即便凿大了，完全可以用钢筋水泥修好缩小，而现代凿井，必须先凿大，为的是牢固。

这些道理，不仅仅是日常的营建方法，还可以延伸到一切有创意的活动中去。

比如文学的创作。深入生活搜集到的素材，自然是越多越好，犹如雕刻耳和鼻，先雕个大致轮廓，琢磨透了，心里有了底，十足的底气，就可以选择素材，将素材一步步生化成作品。而成功的作品，必定来自生活，又高于生活，但绝不是素材的堆积，而是精细的提炼。

比如慈善的过程。你将万贯家财中的大部分都散开，用于各类慈善，犹如雕刻口目，看着你的财富少了，又少了，少到只能过一般正常的生活，但是你得到极多极多，内心有了极大的满足，以帮助人为欢乐，内心反而足够强大。

得和失，失和得，不能仅看表面，有时，得反而是失，有时，失反而是得，内里的反转，有着深奥的哲学关系。

结合你的阅读和实践，凿井和塑像，一定还会有不同的喻解。

我开始整理他的遗物，发现有一本手账，在他临走前写了很多跟毛君的事情。"

"会有这样的事吗？"说实话，我很难相信，因为实在没觉得跟大叔有过深度的交流，不过，我还是继续问下去："他写了什么呢？"

老奶奶稍微停顿了一下说："他说自从居酒屋有了这个中国人之后，开始觉得天下有人听他说话了，天下没有人能像毛君这么认真地听他说话，也没有人能像毛君一样每天晚上听他说，不厌其烦——毛君在居酒屋一直忙，但只要一有时间就会站到台子里面，跟坐在台座上的他保持一个平行的视线，让人觉得充实，我应该好好地谢谢他，让我在居酒屋每晚的日子都很舒心，乃至忘了世间的烦恼。"

听了他大姐转述的这些话，我知道当时的我只是一心一意想练习日语，所以才那么认真地听他说，或者当他不说的时候，我还在回味他说过的话。跟他在居酒屋的日子，是我日语进步最快的时期。

老奶奶又停顿了一下后，跟我说："谢谢毛君，能让我弟弟在最后的那些日子里那么满足，真的谢谢你。"说完，她的眼圈红了。

这时，跟往常一样，夜幕降临了，居酒屋已经亮起了一串串的红灯。

五个快递

□ 周华诚

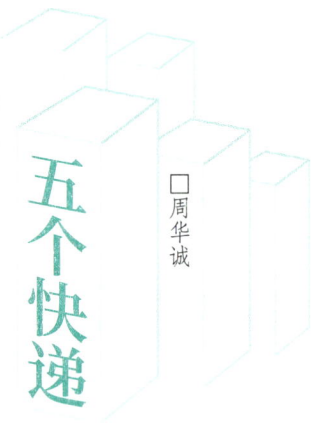

董晓强深一脚浅一脚走在湿滑的路上，胸前抱着五个快递。他的右手边，黑龙江在静静流淌。此刻，他在北红村——中国最北的村庄。

深秋了，头一天下过一场雨，气温下降很快。董晓强走着走着，却觉得身上热起来。迎着寒风，奔波在路上，成为董晓强工作中的常态。今天上午，他开车两小时，走了一百多公里，把五个快递从漠河县城带到了边境线上的北红村。现在他要把五个快递尽快送到村民家中。这里纬度高，天黑得早，他得抓紧。

董晓强，今年四十八岁，是漠河菜鸟极北驿站的站长。他和六名快递员一起，每天要送两千多件快递。但漠河的北红村、洛古河村都还没有通快递，一般都得村民自己进城办事的时候，捎带着把全村的快递都取回去。可是，谁进城都有自己的事儿要办，还要赶着天黑前回家去，哪有时间挨个点跑遍，帮着所有村民把快递都取上？于是，董晓强担起这份责任。

第一个快递，收件人是开农家乐的李嫂。快递小小的，不重。北红村这两年一下子冒出好些家客栈、农家乐。原来默默无闻的小村，现在已被越来越多的人知晓，许多游客自驾前来。村里人统计过，全村三百多人，有多半数从事旅游业。董晓强走进一个农家院子，喊了一声"李嫂"，里头有人答应着出来。见是快递，李嫂惊喜地叫了出来：终于到了！

打开包裹，是几盒治高血压的药。李嫂家的游客，从山东济南给寄的。夏天时客人在她家住过，就跟热情的李嫂成了朋友。知道李嫂有高血压的毛病，她就给李嫂寄药来了，连钱都不肯收。

从李嫂那儿离开，第二个快递，是寄给北红小学王老师的。王老师的事情，董晓强听说过，一个年轻人，大学毕业来到这所学校当老师。王老师来的时候是2009年，学校操场还是一片荒草：没水，没电，没网络。王老师挑水、打井，晚上点着蜡烛批作业。北红村三年后才通电。王老师那时年轻，这一晃，很多年了。王老师结了婚，他爱人于老师也来了学校。一个主教语文，一个主教数学。全校两位老师、十一名学生。这些年，王老师获得许多荣誉——全国优秀教师、黑龙江省劳动模范、希望工程园丁奖……王老师自己的孩子，眼看着也要上学了呢。

董晓强把快递送到王老师手中，又加了王老师的微信。快递打开，是几副羽毛球拍，给学生们用的。平时王老师不从网上买东西，曾经有同学给他寄吃的，等他有空时进县城拿，东西早就坏了。说到底，北红村太偏远了。在北红村这样偏远的地方，快递真是没法快。

即便这样，有的东西，村民还是得从网上买。董晓强对王老师说："以后只要是学校的、孩子们的包裹，您说一声，我专门送过来。"他心想，一定要争取尽快把北红和洛古河两个村的网点开通——这样，大伙儿寄东西买东西，都方便多了。

第三个快递是北红村王叔的，王叔买了五十只磨机用砂轮片。货不大，但沉甸甸的。北红村处于大兴安岭地区，蘑菇、木耳、菜干、药材，这些山货以前卖不出去。有了游客之后，山货可以销往全国各地，只要在手机上发发朋友圈就有人买了。有的游客还会帮着推销。北红村的山货，现在是越来越紧俏了，靠山吃山的人，趁着天气还没有特别寒冷，就打算多往山里跑一跑。

董晓强给王叔打电话，王叔说他不在家，进山捡蘑菇去了。"家里门也没锁，你推一推就开，把东西放桌上就行。"董晓强也知道，村民们网购的需求很强烈，大到家具、电器，小到卫生纸、手电筒、洗衣粉，村民们也都会在网上下单。有一回他还给北红村民送过沙发呢。只是，从县城到村里这"最后一站"，要是能迅捷畅通，村民与外界的联系一定会多得多。

第四个快递，是村里年轻人小冉买的手机壳，从广东番禺寄来的。遗憾的是，拆开以后，发现手机壳开裂，董晓强当场给办了退货手续，下午带到漠河退回。看着眼前的年轻人，董晓强想起自己年轻时候的样子。董晓强生于内蒙古甘河镇，1988年跟着父母来到了漠河。他父亲主要负责给漠河重建绘图纸，母亲从那时候开始做起生意，一家人自此扎根漠河。从懂事起，董晓强就帮家里干活，退伍后接着做生意，几乎跑遍了漠河县的每一个乡镇。2019年，他接手了驿站，为大伙儿送快递。

但是没多久，他就发现，在漠河，送快递这活儿不好干。天太冷了。漠河一年有七八个月是冬天，最冷的时候，零下四五十摄氏度。"必须开烧火炉的三轮车，手机必须焐在胸口的兜里才能用，要不然就开不了机。快递员们的手、耳朵，都被冻伤过，天黑得早，路面全部结冰，安全系数也低……"董晓强说。人手不够时，他自己就顶上去，为送快递，他翻过雪墙，钻过森林，不方便开车时也跑过步，一年下来瘦了二十斤。

最后一个快递，收件人是冉大姐。冉大姐的家不好找，打了三个电话，又找人问路，终于找到冉大姐家。冉大姐说，她身体不好，最近出门不方便，幸亏董晓强把东西送上门来了。冉大姐买了些生活用品，她说，要是咱们北红村每天都能有快递送到，大伙就开心了。"你能不能想想办法？"她问董晓强。董晓强说，办法他已经在想了，争取早一点把咱北红这条线开起来。

当过兵的董晓强很喜欢一部叫《士兵突击》的电视剧，他最认同剧里的一句台词："不抛弃，不放弃。"北红村这样一条快递线路，如果按照当下流行的所谓"大数据"和"算法"来看，开辟的性价比不高——路远，单子又少，跑一趟只有亏钱。但是董晓强的个性"倔"，他冲到小镇客运站，跟负责人一顿理论，"谈判"的结果是，让班车帮着村民们把快递带过来，所有的费用，董晓强自己掏腰包。

董晓强也明白，对于大城市的人，网上点个外卖，或许半个小时热乎乎的饭菜就送到客户手中了。一早在网上下个单，没准儿下午快递就送到你面前了。这就是物流发达的魅力。董晓强感慨，如果让北红村能享受到这样的物流便利，这个小村庄一定会发展得更好。村子发展得越好，快递物流的业务也就会越来越多。"这是一个良性循环！"正是因为董晓强认准了这个理儿，他才倔强地坚持把快递业务做起来。

送完最后一个快递，董晓强终于松了一口气。但他还不能马上休息，因为还要开车两小时，赶在天黑前回到漠河县城去。董晓强发动车子，准备离开北红村。忙碌了一天，此刻的他并不觉得劳累，反而浑身充满干劲。他的目光里分明流露着满满的信心和希望。

诗歌

绿色的火焰在草上摇曳，
他渴求着拥抱你，花朵。
反抗着土地，花朵伸出来，
当暖风吹来烦恼，或者欢乐。

如果你醒了，推开窗子，
看这满园的欲望多么美丽。

蓝天下，为永远的谜迷惑着的

是我们二十岁的紧闭的肉体，

一如那泥土做成的鸟的歌，
你们被点燃，却无处归依。

呵，光、影、声、色，都已经赤裸，

痛苦着，等待伸入新的组合。

——穆旦《春》

缓慢地活着

□ 薛 舒

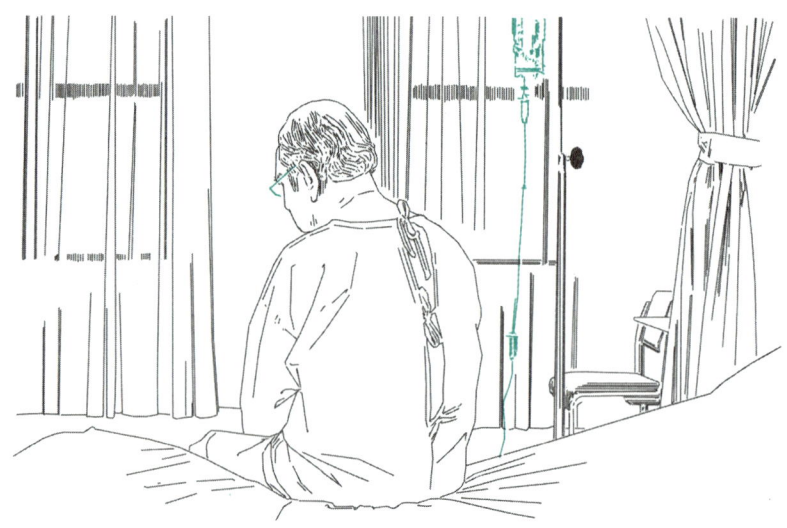

父亲在医院里躺了5年。这5年间，我时刻做着父亲离我们而去的准备。譬如，未来的某一天，他走了，我需要做什么？给他准备哪些他喜欢的衣物？要不要通知他退休前的单位和他最铁的老哥们……他还躺在病床上的时候，我就在想这些问题。有时想着想着，忽然心头一紧，自责不已。一直自以为理性与务实的性格，其实是一种冷酷与无情？这种时候，我就会让自己的思维戛然而止，仿佛不去想"死亡"，死亡就不会发生。可是，我依然会在不经意中一次次地想起那些"冷酷无情"的事，想到最后，总会归结到悼词。

躺在医院病床上的父亲一直很好。虽然他早就失去了记忆，不会行动，不会说话，也不会认人，可消化功能似乎不错，他还很能吃，喂他饭菜或水果，他会张嘴、咀嚼、下咽……这是他最后5年里与我们互动的唯一方式。

在刚开始出现失智症状时，他变得怯于外交，逃避人情往来、家政事务。他越来越怕麻烦，从我们家的发言人、责任人、一家之主，渐渐变成一个缺乏逻辑、缺乏担当的"自私"的人。

他用了两年时间，从失智，发展到失能，最后，他住进了医院。躺在医院里的5年，不能叫生活，他只是缓慢地生存着，缓慢到我们看不见死神究竟离他有多远。

看不见死神，而我又确知，死神就在周围。于是，我总要猜测，某一天，死神忽然造访父亲，那时候我该怎么办？我需要做什么，才能尽到我作为女儿的职责？甚或，我要怎么做，才能倾注抑或表达我对父亲的爱？尽管，最后的一切都只是形式，可我总需要用一些形式告诉父亲抑或他的亲朋好友，他是一个得到了爱的人，这是他有限的人生最大的成就。

就这样，想了5年，他一直在老年病房里井然有序地活着。我们总以为，他会一直如此，缓慢地活下去，活得一天比一天平凡，平凡到几乎没有存在感，平凡到我们渐渐忘了他年轻的时候也曾有过上下求索、紧张进取的生活。

2020年2月中旬，新冠肺炎疫情最为严重的某一天午夜，死神，终于不期而来。这个总想着要逃避一切外交事务、人情往来的人，仿佛就是要挑一个无须应对那些烦琐事务的日子，然后，不需要抢救，不需要挣扎，猝不及防地离开。

他寂静地离开了。没有告别仪式，没有众多亲友为他送行。5个至亲的人，在规定的时间内，匆匆送走了他。他消失在那道铁门内，我努力抑制着难以平复的哭泣，那么短的告别，他选择这样的时机离开，他让我哭都没哭够，就消失了踪影。是的，我所有想好的，为他的离去所做的预想和准备，几乎全部无法实现，他甚至不给我为他写悼词的机会。

没有告别仪式，这让我并不觉得他果真已经不在了。我依然会在周末的上午想着去超市买水果带去医院，那一瞬间，我会忘了他已经不在人间。他的确已经很久没有参与我们的生活，他用5年无声的时光让我们一直以为，他住在一家医院的老年病房，3楼，36床，靠窗。他像一个婴儿一样，在每一个人影俯瞰着他的时候适时张开嘴巴，等待着我们去喂他……

父亲节那天，我看到很多人在为父亲写些什么，微信或微博，三五行字，有祝福，有怀念。我忽然想，我的父亲，他不肯让我为他写悼词，那我就写一写这个还在我心里缓慢地活着的人吧。他真是一个太过平凡的人了，平凡到我们不知道他是不是有过理想，可是我想，他应该对自己感到满意，因为他是一个得到了爱的人。

舍得夸人

□ 月如钩

读《世说新语》，感觉中国历史上美男子最多的时期，是魏晋。且不说美男头牌潘安，还有当时并列第一的花美男卫玠。举目四望，朝堂上下，都是风度翩翩的俊秀之士。

陈仲举曾经赞叹周子居是"世之干将"，这是拿宝剑来比方人。公孙度眼中的邴原是"云中白鹤"。当时的人评论夏侯玄好像怀里揣着日月一样光彩照人。中书令裴叔则仪表出众，即使脱下帽子，粗服乱头皆好，时人以为玉人。嵇康身长七尺八寸，风姿特秀。见到他的人都赞叹说："举止潇洒安详，气质豪爽清逸。"

王戎是"竹林七贤"中年龄最小的一位，个子非常矮，然而，大家说他"身材短小而风姿秀彻"。这很让人费解。个子高的人才有风度，武大郎式的"三寸丁谷树皮"，风度何来？当然，中书令裴楷称赞他双目"烂烂如岩下电"。这个好理解，个子矮，不影响"目光炯炯，像岩下闪电"。矮人也有可观之处。最可气的是，丑的也能说漂亮。刘伶身高四五尺，相貌非常丑陋，可是神态悠闲自在，显得质朴自然，他竟然因此受到称赞。

前辈各有优点，后代也很不凡。竹林七贤都有才能出众的儿子：阮籍的儿子阮浑，气量宽宏；嵇康的儿子嵇绍，志向高远；山涛的儿子山简，通达而且高洁纯真；阮咸的儿子阮瞻，谦虚平易；阮瞻的弟弟阮孚，爽朗而不受政务牵累；向秀的儿子向纯、向梯不肯同流合污；王戎的儿子王万早逝；只有刘伶的儿子默默无闻。

活着的被推崇，死了的也受称赞。桓温经过王敦墓边时说："可儿！可儿！"意思是："可意人儿！可意人儿！"

能说会道是优点，不说话也是优点。丹阳尹刘惔称赞江道群："虽不擅长发言，却善于不发言。"即使啥都不如人，也还是很好。时人评论阮思旷："他的骨气比不上王右军，简约内秀比不上刘真长，华美柔润比不上王仲祖，才思韵味比不上殷渊源，可是兼有这几个人的长处。"

魏晋时期的人，表扬别人，也不忘表扬自己。桓温问刘惔："听说会稽王司马昱的言谈进步飞快，是这样吗？"刘回答说："极有长进，但依然只是第二流中的人物而已！"桓温又问："第一流又是些什么人呢？"刘说："正是我们这些人啊！"

细想一下，魏晋时期俊男靓女的比例应该和现在一样，为何感觉魏晋多美男？应该是互相推广，互做广告，互相夸赞。不是谁都喜欢夸奖人，因此，"平生不解藏人善，到处逢人说项斯"就显得尤其可贵。说好话的好处是，别人也会往你脸上贴金而不是泼粪。

一个面团的魔法人生

□袁 楠

烤箱里，那个面团在无声地发酵。好像什么也没发生，又好像在暗暗积蓄着力量。旁边一碗热水，让烤箱面板亮晶晶的。

要等一小时，一种有点期待有点担心的等。然后那个面团就到了它原先的两倍大，用手划拉面粉并按下去，一个小坑，不回弹，也不塌陷，正如盼望的那个样子。把它取出来的时候，仿佛对待幼嫩的婴儿一般不知所措：它那么柔软，拿捏起来到处都是绵软光滑的，生怕不小心就掉了；它还那么香，有着酵母天然的芬芳，像是经过太阳暴晒的被子，气息那样不可替代，给人一种现世的妥帖感。

大学有个同学说，很喜欢晚上铺床的感觉，因为晒过的被子温暖又蓬松，手抚摸上去，心就定了。发酵后的面团也是这样的感觉吧。质朴的颜色，松软的手感，从丝丝发酵层里，不可阻挡地散发出仿佛是宇宙初开时原始的香味。还有温度，一发建议28℃，适合手捧，温暖得恰到好处。如果把面团放在阳光下，看它圆润安静、憨若稚婴，那种慰藉真的很甜蜜。

不光是发酵的时候，面团给人的美好感觉，还在于把一个黏到让人怀疑人生的面团终于揉到平滑，在于加了黄油后面团被弄成泛亮的水光肌，在于在案板上啦啦摔打它时巨型的声响，在于揉出完美手套膜后满足地舒口气，甚至在于称量面粉克重的小心翼翼和用掌根不断搓拉时它优良的弹性。

你会想到，面团无声地吸收了油分，它正在悄然出筋，手套膜如此平整细腻，让人盼望之后面包美妙的口感。你会有一种用自己的双手踏踏实实做出一点果实的由衷的幸福。

然后它被整形，塑造成你想要的样子，毛毛虫、花瓣、辫子、花卷，或者是任何伴随大开的脑洞可能出来的形状。它又经历了二发，在38℃和湿度适宜的环境里变成白白胖胖的宝贝，更暄软，更喷香。掂着它的分量，一下子从那个厚实的面团变成轻盈的云朵了。用手按上去，表皮马上微微弹起来，面团上还带着一点娇羞的湿润。

烤箱温度到了150℃以上，面团被羊毛刷刷了薄薄一层蜂蜜，或者黄油，或者蛋液，被粉筛撒了奶粉，被锋利的刀片割出漂亮的花纹，它庄重地进入热乎乎的箱体，见证奇迹的时刻就要到来，耐心等20分钟或者更久。不过，跟发酵时的悄无声息不同的是，精心培育的果实呼之欲出，面团时不时地、急不可耐地在告诉你什么……比如，表面的颜色渐渐变深，它说它在步入成熟期；烤箱里不断溢出坚果和椰蓉的香气，提醒你准备好迎接新食物的胃口；烤箱上的时间在不断地闪烁，每一分每一秒的变化，都蕴含妙不可言的意义。

你也许会在烤面包的过程中再去修饰修饰它，二次刷上蛋液，出炉前三四分钟刷点蜂蜜，让它更加令人心动。

它出来了……它已经不叫作面团，它焕然一新地来到这个世界，已然是一个热乎乎、香喷喷的面包了。毫不畏惧、充满自信，因为它的每一朵组织、每一粒酵母、每一颗果仁里，都藏着新生的勇猛的力量。它带着浓郁的扑面而来的香气，它很烫，怡然自得地躺在晾架上。等温度自然降下来，它能成为一个酥软的、适合入口品鉴的果实。就像新木头家具在时光流逝中逐渐出现包浆一样，新面包的油分和糖分慢慢沉淀，各种元素渐渐融合得更加自然细腻，就算在冷却这么短的时间内，它也迅速除去燥热和悸动，变得沉稳安静了。

面团就这样变成了面包，它不再是高筋粉、糖、盐、酵母和黄油这些没有感情的词汇，不再是那个硬邦邦的混合物，不再是那团轻盈的云朵，而成为伴随人类生活的一种"食物"。面包又被叫作"人造果实"，最早的面包起源于几千年前的埃及，一个奴隶在饼还没有烤时就睡着了，等到他醒来，生面团膨大了一倍，奴隶急忙把饼塞回去烤，经过一段时间的温暖，酵母生长并滋润了整个面饼。埃及人中出现了世界上第一代职业面包师。

日式牛奶卷、椰蓉蔓越莓吐司、全麦抹茶软欧、蜂蜜脆底小餐包……它有了各种各样引人垂涎的名字，各种丰富完美的样态。从一开始到现在两个多小时，春风化雨，面团有了新的温度、新的故事。用心去做，期待一种脱胎换骨的全新的改变。这也是自己揉面团做面包的意义吧。

左鞋和右鞋

□ 常英华

一双鞋，左脚鞋和右脚鞋，这里称左鞋和右鞋。主人走路总是习惯先迈左脚，左鞋就不高兴了，它想：为什么每走一步都要先让我去探路？把泥泞总先给我？主人在站立的时候总是将重心放在右脚上，于是右鞋也不高兴了，它想：为什么每次都要我来承重？把苦累和磨损总先给我？

于是，左鞋和右鞋都心怀鬼胎，双方互相抱怨，谁都认为自己的功劳大。它们想，鞋子的损坏程度最能说明它们对主人的巨大贡献。

一天，左鞋趁着主人走路不注意，狠狠地飞向一块大石头，鞋子踢出了很远，当主人拾起它的时候，发现前鞋脸已经被撞破了。主人非常心疼，为了这只鞋子自责了好长时间。本来主人可以不穿这双鞋了，但由于右鞋是完好的，所以主人将左鞋进行了修补，又接着穿了。只不过主人在走路的时候尤其注意保护曾经受过损害的左鞋。为此，左鞋非常骄傲，它向右鞋炫耀："哼，你看还是我的功劳大吧，主人多看重我啊。你看你，全身无一点破损，证明没为主人出过什么力，就是我的陪衬。"

右鞋听了，非常难过，很不甘心。于是，在一次主人走路的时候，右鞋趁其不防也狠狠将自己滑向了一个斜坡……结果可想而知，鞋跟断了，主人摔倒了，脚也因此受伤了。

主人提着两只鞋，将它们扔到了垃圾桶，甩下一句话："烂鞋，再也不穿质量这么差的鞋子了。"于是，左鞋和右鞋静静地躺在苍蝇漫天飞的垃圾桶里，你看看我，我看看你。

本来好好的一双鞋，因为互相猜忌和争宠，失去了团结的力量和价值，而毁誉一旦。左鞋永远不明白：只因为右鞋的完整，它才得以被继续使用。而右鞋也永远不明白：左鞋已经破了，它再损坏，自己也将陷入危险境地。破败本身是没有价值的。

人也一样，生活中你是否也遇到过这样的情况呢？当你满不在乎地向某个人倾诉着另外一个人的不是时，可曾意识到自己在他人心目中做人的尊严也正在倒塌？

有一种优雅，叫春秋贵族打架

□西 窗

春秋时期的战争是贵族们的事，说是打仗，其实更像比赛，虽然没有裁判，但恪守一定规则，目的就是争霸，和后来战国动不动就屠城灭国的战争完全不一样。

打架前要先下战书，言辞谦逊恭敬，发帖的使者也会受到敌方的款待，约好时间和地点。

最后两军对垒，阵前喊话："你摆好没？""好了。"那开打吧，然后乒乒乓乓、来来回回地打。

泓水之战，楚人正渡河而来，宋人催宋襄公击鼓下令，宋襄公说："不，这是不仁义的。"

楚军都开始列阵了，但宋军队伍还乱着，众人又催，宋襄公还是沉着地说："不，这是不仁义的。"

终于等到楚军布好阵了，向宋军杀过来，宋襄公这才开始击鼓迎战，可士气早没了，就输了。

在后人看来，宋襄公简直比猪还蠢，但作为仁人君子，宋襄公是合格甚至杰出的。因此，齐桓公托孤于他，让他照应太子。

春秋时期打仗前会先来一通行为艺术，叫"致师"，就是派勇士单挑。看似鼓舞士气，其实是耍酷。一辆战车配三个人，小团队要保持优雅的姿态，出入敌阵如同出门做客一般，连马身上的饰物都要打理整齐。打了一半，会派人跑到敌主的车前去敬酒。敌主喝完，命令部下将使者安全送出，继续开打。

鄢陵之战，晋国将领郤至三次冲入楚共王的军队，每次远远看见楚共王的旗帜，就摘下头盔、跳下战车，向前快步行走，以示恭敬。

楚共王对这拉风行为很是奇怪，派人送了一张弓表达谢意。郤至脱下头盔，向使者行礼三次，然后上车继续战斗。

楚庄王围攻宋国达五个月之久，宋国都没有粮食了，宋国执政官华元夜里潜入楚军军营，找到楚军司令子反，真情告白："我们已没有粮食了，你们怎样？"

子反毫不隐瞒地说只有七天的余粮了。

华元听后开始讲条件，"我们可以投降，但你们必须退30里。"子反愣了一下，马上明白了：宋国人不是要拼个鱼死网破，而是要投降得有尊严，于是敌人秒变好友，立誓为盟。

楚庄王一脸蒙，子反却说："他是君子，我也要做君子。"

春秋时期第一任霸主齐桓公为保护小弟们，真是操碎了心。帮燕国打山戎，还割地给燕国，因为燕庄公送行时越制——跨境送别。按规定诸侯之间相送不能出境，齐桓公割地以示没有出境。

素为蛮夷的楚国开展了大规模的"学礼制"活动，国民素质迅速提高，以至于后来有攻宋而不灭宋、伐郑而不亡郑的仁义之举。楚庄公由此赢得光荣的霸主称号。

春秋时期，非天子之命诸侯不得擅自征伐，人们追求和坚持的还是道义、荣誉。到了战国时期就乱套了，什么都不讲究了，抄后路端老窝、玩阴谋要阴招……春秋时期谁这么玩，就没脸混了。

秦国能够成为战国时期的赢家，是因为破坏了规则，让战争变得更残酷血腥，民众转型为战争机器。列国不比秦国狠辣，所以被灭了。

痞子刘邦战胜了贵族项羽，项羽还被后人当作反面教材，觉得他虚伪。其实，项羽的妇人之仁，缘于贵族作风。还好，李清照理解，因此写下"生当作人杰，死亦为鬼雄"。

秦王朝为中国文化打下了一个长久的底盘，汉王朝为中国文化树立了一个长久的框架，除此之外，还有一副长久的目光。现在，我们就要对视那副长久的目光了，那就是司马迁的目光。

司马迁的著作《史记》成了以后"二十四史"的"母本"，他的目光也成了几千年间所有历史学家目光的"母本"，代代延续。正是这代代延续的目光，使全部历史获得了比较近似的精神价值归向，进入了上下相通的文化传承系统。这便使复杂的历史更"中国"，也更"文化"了。

中国出版过一套考究的二十四史，装在一排檀香木的书柜里。

书柜上有很多小门，门上用隶书雕刻着每一个朝代的名称。于是，一场场烽火狼烟，一次次改朝换代，全部封进了文化的檀香木里，不再堂皇，只有安顿。但是突然，像被秋天的凉水浇了一般，我们看到一排排书柜的最后，站着一个脸色苍白、身体衰弱的男人。

汉王朝拥有司马迁，又残害了司马迁。结果，在浩荡历史面前，汉王朝既因他而骄傲，又因他而羞愧。这个人给了中国人一副长久的目光，而我们的目光却不敢在他身上停留太久。他的忍受，让我们难以忍受。

司马迁的《报任安书》，是他在《史记》之外的一篇自述。请想想看，一位即将完成历史上最伟大史学工程的旷世学者，竟然因一番温和的言论承受了人类最屈辱的刑罚。他没有自尽，只因为无法放弃那项最伟大的工程。他要把这种内心隐情讲给一个人听，而这个人又即将被处以死刑。因此，这是一封从一个地狱之门寄向另一个地狱之门的奇特书信。今后几千年中国人最重要的历史课本，就在这两个地狱间产生。这里边蕴藏着多么巨大的人格力量，简直难以估量。

说了司马迁，还是要回到他的时代，那个让汉民族和汉文化都认祖归宗、扬眉吐气的时代。

目光和凿子

□ 余秋雨

汉武帝为了借助外力一起对付匈奴，他希望中国与域外沟通。这是一个军事、政治课题，但说到底，还是文化课题。他派出的使者张骞，担负的任务很多，但历史承认，最终还是文化使者。

在史书上，他派张骞"通西域"这件事，被称为"凿通西域"。这个"凿"字非常形象，好像是用一把凿子，一点点地去开凿原先阻挡在路上的一座座石山。工程开展得很艰难，速度并不快，但决心很大，目标明确。

请注意，是"凿通"，而不是"打通"。用的是凿子，而不是大刀长矛。

这种和平主义的思路，带来了和平主义的结果。现在全世界都知道了，他一凿子、一凿子凿通的是丝绸之路。

丝绸之路是人类文明的第一通道。按照世界历史的传统观念，人类文明的第一通道应该是地中海。但是，丝绸之路与地中海通道的最大区别，一个是以和平为主调，一个是以战争为主调，因为我们说的是"文明第一通道"。

汉武帝有能力远征他国而不远征，这使他与世界上其他帝国的君主间划出了明显的界限。

不懂规范，别去古代吃饭

□ 巫婆的葱

吃，对于中国人来说，不只是填饱肚子的例行公事，更是文化，是哲学，也是信仰。

在孔家吃饭，我累了

孔子，我们都知道，他是春秋时期政治家、思想家、教育家，但应该很多人都不知道，孔子也是一位美食家。孔子对吃饭的讲究不仅仅是一句"食不厌精，脍不厌细"，他还有很多自己的"规矩"。

孔子有"十不食"的标准，简单来说，不是色香味俱全的肉，不吃。《礼记》中记载了他和弟子吃肉的具体搭配：干肉、鸡肉羹、雁肉适合麦饭，牛肉适合稻饭，羊肉适合黍饭，猪肉适合稷饭；干肉酱配兔肉酱，麋肉块配鱼子酱……不仅吃什么有规矩，烹饪的手法和吃肉的时节也有规矩：什么肉该怎么做，什么肉只能什么时候吃。

好不容易把饭做熟了要上桌了，最复杂的规矩终于来了！

如果要在家请客，摆桌时一定要将米饭、带骨的肉放在客人左边，羹汤、纯肉块放在客人右边。薄肉片、烤肉放外边，醋和酱放里边，葱和蒸葱放末端，酒、浆放右边。还没完呢，要是宴席中有水煮鲜鱼这类特殊的食物，摆桌时还要考虑季节：夏天的时候鱼肚朝右，冬天的时候鱼鳍朝右。

终于完事儿，那么全部摆上桌后就可以吃了吗？当然不，还得按宾主次序一样一样吃……吃一次饭，就是重温一次尊卑长幼的礼数，体会一次谦虚礼让，餐桌的艺术实际上是一种"统治"的艺术。这对于我等凡人来说可真是"太难了"，我们只想简简单单吃顿饭罢了。

像工科男一样吃蟹

清朝有个书香世家毕家，往上追溯几代，乾隆时期的状元毕沅，《清明上河图》最后一位私人收藏者，就是这家长辈。同光年间，毕家有人做过定海知府，后辞官回苏州，建了一座毕园。毕家有私房菜，追求时令而精致无比，一时间为世人追捧，比如吃蟹季的蟹宴。

专业的吃蟹，要用"蟹八件"，小锤子、小剪子一应俱全。按毕家人的说法，用蟹八件，不仅仅是为了吃得更干净彻底，而是用很慎重的态度来对待每一只螃蟹。

吃客要吃螃蟹，先把蟹盖掀开，用这精巧的蟹八件慢慢地把蟹黄和蟹膏吃掉。然后放回碟中，撤下，此为初享。撤回的大闸蟹回到厨房，将蟹肉分别剔出，略施板油、蟹油用小火焙炒一下，放回各自初享的蟹壳中，再次上席。

颇为精巧的是，盛满蟹肉的蟹壳再次上席前，会盖上一层"棉被"，那是打成泡沫的蛋清。蛋清雪白如花，蟹壳形状如斗，故而名曰"雪花蟹斗"。

雪花蟹斗并非文人为了附庸风雅而做的矫情之作，而是经过思考的有心之举。大户人家的厨房和庭院隔得不近，做好的蟹斗要被下人端着走过一条花径或穿过几个厅堂，才能来到"花前月下"的餐桌。秋风送凉，一旦蟹冷了，不仅风味尽失，而且会腥味上升，惹人讨厌，故而盖一层"棉被"。

谁才是吃蟹高手

爱吃蟹的古人很多，除了毕家以外，明朝还有一个李渔。每年螃蟹还没上市的时候，他就开始攒钱

唐朝也有"八卦记者"

□ 陈甲取

在中国，早在9世纪就出现了记者，那就是志怪笔记《酉阳杂俎》的作者段成式。

段成式既是唐朝最出色的奇幻恐怖小说家，也是当时最大牌的"新闻和娱乐记者"。而《酉阳杂俎》，就像一份内容丰富的"唐朝都市报"，囊括很多吸引人眼球的元素，鬼怪凶灵、奇幻异谈、社会新闻、隐秘趣闻、恐怖事件、娱乐八卦，以及大量珍贵的唐朝资料，如统治阶层的野史逸事，可以说是五花八门、包罗万象。而段成式，正是这份"报纸"的唯一"记者"兼"主编"。

段成式并非一个简单的"无冕之王"，他的祖辈是唐太宗"凌烟阁二十四功臣"之一的段志玄，老爸是中唐宰相段文昌，姥爷是唐宪宗时期的铁腕宰相武元衡。段成式从小就是"别人家的孩子"，长大后与李商隐、温庭筠并称"三才子"。与另两位主攻诗、词不同，段成式不走寻常路，他天生就是当"八卦记者"的料，喜欢各种八卦逸闻和诡异秘事。当官的同时，他又酷爱当"驴友"，这让他有机会接触唐朝的各色人等。他也善于从"狗仔"的角度去写迎合大众、探秘心理的文章，像王勃写文章时蒙在被子里打腹稿、李白让高力士给他脱靴等趣事，就是他记录下来分享给世人的。把"唐朝最牛八卦记者"这顶帽子戴在他的头上，可以说是当之无愧。

作为一名具有强烈时代责任感的"媒体工作者"，段成式并不满足于对前朝文献资料的整理。《酉阳杂俎》的一个重要信息来源是调查采访，很多稿件都是通过他的实地采访和调查写成的。他的采访对象包括朋友、同事、下属、客使、商人，甚至厨师、仆人等，各行各业的都有。

段记者很有职业素养和新闻触觉。有一次，段成式路过蔡州，发现路边有一棵怪异的小草，于是停下来仔细观察，结果在草叶中发现了几十只小老鼠。段成式还报道过这样一则新闻：荆州有一文身奇人葛清，自脖子以下，浑身刺满白居易的诗。他专程前往荆州采访葛清，一看，就开眼了。葛清身上的刺青图文并茂，比如"相思只傍花边立，尽日吟君咏菊诗"，就刺着一个人端着酒杯站在菊花丛边；"黄夹缬林寒有叶，碧流璃水净无风"，则有一棵树，树上挂着有花纹的丝织带子……共有30多首诗。段成式边欣赏边啧啧称赞："乖乖隆地咚，你这简直是体无完肤。"通过这次采访，段成式报道了一个铁杆粉丝在身上刺满白居易诗歌的社会奇闻。搁在今天，这绝对是社会新闻版的头条消息。

等着买螃蟹。家人笑他以蟹为命，以至于这钱是"买命钱"。从螃蟹上市到蟹尽下市，"未尝虚负一夕，缺陷一时"。

这样一个蟹痴，应该有很多吃蟹的花样吧？恰恰相反！李渔说"世间好物，利在孤行"，蟹鲜而肥，甘而腻，白似玉而黄似金。本身已经具备色香味三者极致，所以最好是整只蒸着吃。他最反对把蟹断成两截，用油、盐、豆粉煎着吃。他认为这种做法是"嫉蟹之美观，而多方蹂躏，使之泄气而变形者"。这也是一个为了吃走到极致的人呀！

在真吃客眼里，即使是沦为饕餮口中之物、砧板之肉，食物也有它们的尊严。

以貌取人有错吗

□ 郭晓强

在现实生活中，我们经常会提到这样一个词——"相由心生"，即一个人的面貌是一个人内心的反映，而我们也经常通过一个人的面貌，对一个人进行初步的评判。有人觉得相由心生是一种唯心主义，是一种肤浅的做法，我们注重的应该是一个人的内心。话虽如此，但我们确实可以通过一个人的面貌特征来推断一个人的性格特征。

正如法国大文学家雨果说的那样："人的面孔常常反映他的内心，内心形成的一些东西对他的神情仪态产生了影响，继而面相也随之发生改变。在日常生活中，我们通过人们的面相往往也能体会到他们的内心世界。"一个乐观、爱笑的人和一个经常唉声叹气的人，两个人的面貌特点会因为其内心的状态不同而表现出截然相反的特征。

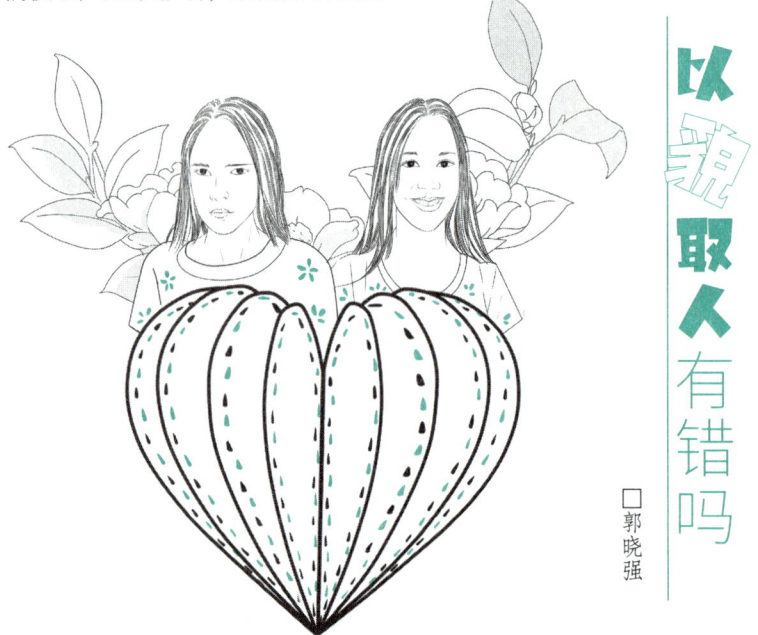

在人际交往的过程中，好感是一个非常重要的影响交往的因素，而产生好感的最关键因素就是一个人的相貌。面容姣好、表情平静自然、喜欢笑的人，给人的第一印象通常都不会太差，人们在潜意识中是非常愿意同这类人打交道的。面部表情张扬、沉重、狰狞的人，会让人觉得这类人非常难接触，人们会不自觉地收起自己的交往之心。

研究人体语言的心理学家曾经在人群密集的地方做过一项调查，发现人们同高鼻梁的人打交道，要比同低鼻梁的人打交道困难得多。在研究过程中人们发现，高鼻梁的人会有种天生的优越感，态度上也会表现得相对傲慢一些，这些表现都会影响人们的交往。因此，心理学家提醒人们在旅行的途中，碰到用手轻摸鼻子或者将鼻孔抬高对着你的人，一般情况下不要向他们寻求帮助，因为他们帮助你的可能性会非常小。

法国启蒙时期著名的思想家、哲学家、作家狄德罗在《绘画论》中曾经这样写道："一个人，他心灵的每一个活动都表现在他的脸上，刻画得很清晰、很明显。"生活中善于观察的人，总是能从对方的面部表情判断对方的想法和心情，人的情绪低落、哀伤的时候，双眼空洞无神；高兴或者厌恶时，嘴部动作就会有明显的变化，高兴时的哈哈大笑，厌恶时的嘴角一撇，都是非常清晰的内心态度表达；受到惊吓或者愤怒时，眉头的动作会将心中的这些情绪进行完美的诠释，眉头紧皱是愤怒、不满的表征，眉毛上扬则是内心惊讶、兴奋的一种表达。

通过一个人的面部特征，可以摸清一个人的心理变化，这样在人际交往的过程中就会方便自己"对症下药"，从而于无处不在的心理博弈中占据先机。

"相由心生"这个典故发生在唐朝裴度的身上，出身河东裴氏家族的裴度年轻时并不风光，曾一度贫困潦倒。

有一次裴度外出遇见了一行禅师，一行禅师在看了裴度的面相之后，发现其嘴角纵纹延伸入口，因此告诫他："恐怕你有横死之祸。"随后他便劝勉裴度要努力修善。裴度自此便皈依修行。

日后裴度又遇见了一行禅师，一行禅师发现裴度的面相发生了很大的变化，且目光澄澈，于是便告诉裴度以后定能有所作为，官至宰相。果然，裴度在唐德宗贞元五年考上进士，在唐宪宗时官至宰相。随后裴度又历仕穆宗、敬宗、文宗三朝，数度拜相，晚年随世俗沉浮以避祸。裴度依照一行禅师的意思行善、断恶、耕耘心田，因此前后面相发生了变化，最终做到了相随心转。

你已经成年了吗

□李歪歪

过了18岁的生日，常常就会听到那句回应："你已经是个成年人了。"跟长大成人的喜悦相比，这句话更多的是让人感到惶恐。这些话语让年轻人觉得自己正处在一个特殊的年纪：它美好、短暂、充满紧迫感。你必须马上变得足够好、足够优秀和强大，才配得上它。

你没有意识到，也许你跟大多数人一样，正在掉进"成熟陷阱"。

很多研究表明，当你被官方告知"你已经是个成年人了"的时候，你的脑子很有可能还没有准备好。在我们大脑的前半部分，有一个容量接近大脑三分之一的神经组织区域——前额叶。它负责大脑大部分"理性"工作：管理情绪，举止得体，进行复杂推理，思考、计划、决策，解决问题……但让人难过的是，这个对我们非常重要的前额叶，是大脑中发育最晚的部分。前额叶一般要在20多岁才能发育成熟。也就是说，在我们名义上"成年"之后，还要很久，才能有足够的脑力去达成真正的"成熟"。

为什么18岁就是成年了？有什么研究证明18岁是一个人成熟的节点？事实上，答案可能是：并没有。拿美国来说，在很长一段时间，美国都是借用英国的习惯法规定的成年年龄：21岁。至于英国为什么把成年年龄设定为21岁，也没有很充足的理由。有一种说法是，英国的乡绅在21岁就有了成为骑士的资格。但这更像是个推论，历史上有很多不到21岁就成为骑士的反例。

不仅缺乏足够严谨的设定依据，成年年龄还经常发生变动。

2018年，日本《民法修正案》就通过了一个条令，把延续了142年的20岁成年年龄改成了18岁。美国在抄英国作业之后的几十年里，成年年龄随着政治运动和各州的不同情况发生变动。1971年，美国宪法第26条修正案把全国投票年龄从21岁降低到了18岁。

这个变动，很大程度是出于政治上的考虑。当时处于冷战时期，18岁的青年可能会被强制性应征入伍参加越南战争，但因为还没有投票权，他们对自己的国家要不要加入战争并没有发言权。很多年轻人都强烈反对战争，那些同样反战的政客就极力希望让这些年轻人拥有投票权。后来，这个修正案以压倒性的优势通过，18岁成年就沿用到了现在。这个成年年龄更像是基于当时的政治形势做出的调整，而不是基于真正意义上的身体和心理的成熟。

中国古代对成年年龄的设定还有性别差异：男子20岁行加冠礼（就是把一直留着的头发盘起来，戴上一顶代表成年的帽子）表示已成年，女子15岁束发加笄（戴簪子）表示成年。

为什么男女成年年龄差了整整5岁？这跟当时社会对男女两性的角色设定不同有关系：男性成年是要承担社会责任的，"修身齐家治国平天下"，需要一个比较漫长的准备期，而女性不需要参与社会公共事务，所以成年年龄跟性成熟年龄是差不多的。

即便这样，要打破社会对某个年龄赋予的任务和期待，也是很难的。之前网络上有一句很火的话，"每个人都有自己的时区"，其实就是年轻人对"什么时候做什么事"标准的抵抗。

对于科研人员来说，20多岁正是学习和准备的时期。生物学家颜宁在接受《人物》采访的时候，就表达过这样的观点。三十而立对现在的人来说太难了，应该改成四十而立。

越是高级的生物，在真正独立之前就有越长的准备期：小羊羔在出生后的第二天就能站立行走了，人类却要慢得多。随着人类寿命的延长，准备期变长也是自然而然的。从这个角度说，我们可以有更充足的准备来面对人生的挑战，不管生理还是心理。

勇敢的人敢认怂

□李松蔚

我有一位朋友，是土生土长的美国人。他有一个哥哥是学霸，上常青藤，一路读博士当教授的那种学霸。我这个朋友从小就想：我跟他比学习肯定是没戏了，只能另辟蹊径。所以他立志做一个比哥哥见闻广博、更有趣的人。毕业以后他没有在美国找工作，而是满世界晃悠，去不同的国家兼职教英语，课余四处旅游。他游遍了欧洲、非洲，后来又到了中国（在中国遇到了他现在的妻子）。他到处跟人讲自己的经历，但唯独在中国会收到一种特别的回应：哎呀可惜，你怎么知道学习一定比不过哥哥？你都没有努力！

"你为什么不争呢？你争一下啊！"

这种观念我们都不陌生。它当然也是一种美德，是传统的勇气，也是这个民族文化精神中极珍贵的部分。遇强则强，当仁不让：凭什么我要退让？豁出命也不让！靠这种精神我们战胜过不少困难。但是放到社会生活的领域，当所有人都集中在少数几条赛道上，互不相让的时候，内卷就发生了。

这时需要另一种勇气：退出比赛的勇气。

打破内卷的方法，无他，只有多开辟新赛道。甚至不一定是"赛"道，就是普通的人行道，大道、小道、山道、水泥道，都好。有愿意比赛的可以比，愿意慢慢走路也没人催。鼓励偏好的多元化，多几把衡量人生的标尺，人群最终才会分散开。

道理简单，做起来不容易。大家都一窝蜂，向着同一个方向往前挤，谁敢冒着被主流抛弃的风险走到别的地方？——就是那些率先认怂的人。

我跟不上你们，不跟了还不行吗？

北上广连房子都租不起，我回县城不行吗？

这些选择的勇气常常被忽视，反而冠以其他标签：错失良机、自甘堕落、怕吃苦、想不开……

但他们是勇敢的，他们不比赛。

希望人人都可以遵从自己的喜好。我倒不是劝人认怂，但我建议对那些选择认怂的人，多给予一些敬意。这让他们的人生容易一些，每个人都容易一些，整个社会也会健康一些。

最理想的父亲

□毛丹青

班上有个日本学生为写论文做了一个小调查，设问的题目是：最理想的父亲应该是什么样子？她收回100多份邮件答卷，得出了最理想的前三名：1.脾气好；2.对妈妈好；3.聪明且幽默。

另外，她还告诉了我前三名以后的排行榜：4.打扮时尚，不土；5.说话有趣，认真听对方说话；6.热爱工作；7.有男子气概；8.为孩子操心；9.周围朋友多；10.擅长运动。

我问她："你最大的感想是什么呢？"她想了想说："我最大的感想是，没人说有钱有权的父亲最理想。"

以鱼为镜
□齐世明

"寡好"者，没有特别的嗜好也。说"寡好"，我首推北宋吕蒙正。

他身居宋太宗一朝的宰相之位，自然追捧者众多。一官吏想经由吕蒙正之弟，送上自家祖传"古鉴（镜）"。据说此镜能一直照出去二百里，是件稀罕物。吕蒙正听弟弟提及此事，笑曰："吾面不过碟子大，安用照二百里？"这面宝镜究竟能照出多少里，不重要，重要的是吕氏"寡好"的态度。对此欧阳修赞曰："盖寡好而不为物累者，昔贤之所难也。"

吕氏的"寡好"，透露了他的"生活经济学"：没用的，不要！与此恰成映照的是唐朝段成式所著《酉阳杂俎》中所载：和州刘录事，大历年被免职后，情志不舒，饮食无节，"每日膏粱厚味，犹嗜鱼味"，每每索吃鲙鱼，称素喜吃且从未吃饱过。有人特意捕了百余斤鱼，众观刘录事吃鱼。刘吃了一盘又一盘，吃鱼中途被痰一时壅阻，痰闭心窍，直至神志不清。

与刘录事同样好鱼，却成为贤能佳话而被千古传颂的是，春秋时在鲁国为相的公仪休，因拒鱼，被传为"寡好"之典范。

且听公仪休与其娘子之议——娘子不屑：你爱吃，人家爱送，人情社会嘛，一条鱼能有多大点事呀？公仪休道：我虽然嗜鱼，但如果从这条"礼鱼"开始，送鱼不拒，总有一天要丢相位，那么便再也吃不到鱼了。今天我坚拒此鱼，今后就能长久地靠自己的俸禄买鱼吃了……

"寡好"与"犹嗜鱼味"之高下，实在可引为古今官场之镜。明太祖朱元璋曾给他的手下算过一笔账：老老实实当官，守着自己的俸禄过日子，就好像守着一口井，井水虽不满，但可天天汲取，用之不尽。

山河故人
□王太生

《儒林外史》中的马二先生，半生巡游，多年之后再回金陵，从前的那些人、那些聚首都已不见，只有山河如故。

中年看山，与少年不同。少年的山，是青山，如古代文士扪虱面山而坐；中年的山，是秋山，抱膝闲看，听山中松子跌落。故地重游，山河成了故人。从前的背影已依稀难寻，倒是绿苔痕又厚了一寸。

少年看水，与中年也不一样。少年满眼是生命的浩渺大水，以及远处船头暗夜里的那一盏渔火；中年看到的是大片光阴夹杂着从树上落下的花瓣，随水流逝。

山河如故人。

一只狗在瑞典的幸福生活

□ 仙姑有话

在瑞典，几乎看不到流浪狗，这是为啥呢？显然瑞典人不吃狗肉火锅，那他们是怎么做到几乎一条流浪狗都看不到的？

使劲想了一下，可能有三个原因：一是"计划生育"工作做得比较到位，少生狗子多种树；二是这里的狗家教好，出去惹是生非的少，谁生的狗子谁负责；三是这里的自然环境太恶劣。狗这种动物在长期被人驯养的过程中，无论身体素质还是生存技能，都大大地退化。计划外出生的狗子在瑞典的野外可能根本活不过-20℃风雪交加的冬天，而且搞不好在外面会遇到熊。

想想大自然在每个冬天，都会对那些无户籍狗员进行"惨无狗道"的清洗，也是够残忍的——不过总比成为狗肉火锅有尊严。可是，如果能在瑞典成为计划内优生优育的一条狗，终其一生应该都会过得相当幸福。

瑞典的生育率（人的）全球靠后，人口长期负增长，好不容易才凑了1000万人，政府为了提升生育率可是拼了老命——480天育儿假都给你，但大家还是不愿意生孩子，甚至很多人连婚都懒得结，他们还有个专属的词叫"sambo"——有伴侣的未婚状态。

这群瑞典人，既不结婚，也不生娃，两人在家斗地主都凑不够一桌，所以他们就养狗。

瑞典人出门遛狗，狗绳一定好好牵在手里，无论大小一律牵绳子。夜晚遛狗时他们还配有一种特别醒目的发光项圈，和绳子一起双保险，既防止咬人，又防止走丢，还防止狗惹是生非。归根结底，都是为狗子好。爱到深处就会怕，越珍惜，越克制。

但孩子怎么能一直拴着呢？当爹妈的会心疼呢。政府也是操碎了心，他们想了个好办法——划块地圈起来，建立狗子公园，在里面放开了绳子让狗子尽情跑。狗子公园随处可见，和儿童游乐场的功能是一样的——第一，遛娃；第二，给父母们提供社交场所，交流育儿经验，照顾狗子心理健康，促进家庭幸福和谐。

当狗不成，当猫也不错。瑞典猫看见人不跑，一副灵魂有香气的主子样。

我家楼下的老太太养了只大猫，她每日会定时开门放老猫出去遛弯，等它遛累了就自己回来，如果老太太没发现或者不在家，它就等在门口，待有邻居回家打开楼门，它就和人家一起进门，然后静静地趴在自家门口，等老太太给它开门。这是什么？这是猫精啊！想想真的好挫败，辛辛苦苦养孩子，到头来智商还没猫高。

不光我家楼下的猫，天暖和的时候，各种猫都在草坪上遛弯，其中不乏看起来很名贵的品种。养狗子的人家可能会非常羡慕养猫的，这就是传说中"别人家的孩子"。

除了猫狗，在瑞典当一只兔子也不错啊——感觉像是一篇投胎指南？

我家楼下长期生活着一窝兔子，经常出来遛弯。它们的体型比

每一个人都是角

□张 桐

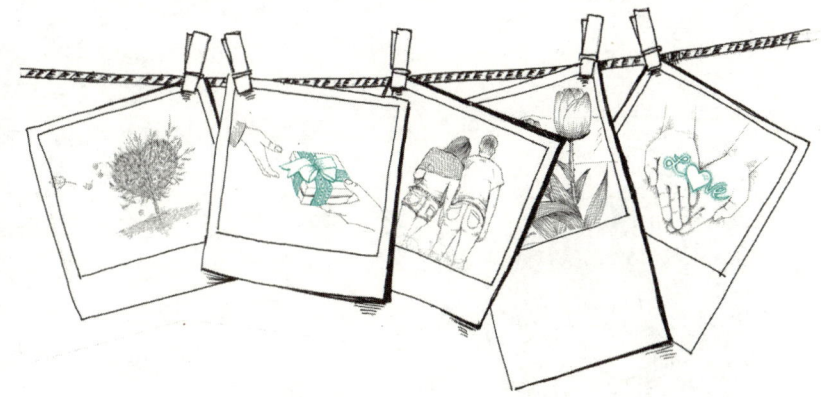

王一是一名选角导演,他选角体量最大的一次,是为电影《中国机长》选群演。电影讲述了"中国民航英雄机组"成员与119名乘客遭遇极端险情,在万米高空直面强风、低温、座舱释压的历险故事。剧组对119名群演有不同的理解,有的说群演连一句台词都没有,不需要认真;有的说电影需要整体配合,如果有一个人表现不到位,观众就不会相信灾难真的发生了。

王一给自己定下的目标是"选一飞机的乘客,必须都是演员"。他与群演第一次见面,不让试戏,而是让他们给自己写人物小传——自己设定年龄、职业、从重庆出发去拉萨的目的。他认真阅读,写得好的、对人物理解到位的,进入下一轮面试并试戏。他为此见了2000名演员,经过几轮写戏、面试、试戏,最终选出119名演员。王一说这部戏需要选一飞机的乘客,从老到小、形形色色的人物都要覆盖,而且这些乘客不能是路人甲,必须是演员。因为影片要模拟灾难发生时的真实情景,演员需要表演他们在灾难发生时的各种反应,手摇摄影机就架在那儿,在机舱里摇来摇去,镜头对准谁,谁就是角,就要在状态里,所以需要每个演员都能表演到位。

正式开机前,王一打印了剧本,人手一份。他反复告诉大家,要把剧本吃透,把握好自己的情绪,刚刚起飞、刚刚遇到颠簸到后面飞机开始下坠,乘客的紧张害怕应该是递增的。王一从一开始就不是选群演,而是选角,因此群演演得真实投入,影片公映后反响热烈,点赞无数。

其实每个人都是自己生活中的角,认真投入才能出彩。

青年励志馆 容得下别人的风光，摁得住自己的嚣张

哈佛规则

□ 武宝生

我每次到波士顿时，总要去哈佛校园转一转。

在哈佛校园，很少能看到谈情说爱的学生和眼不离手机的"低头族"，看到最多的，是树荫下默默看书、认真思考问题的年轻人和草坪上三五成群探讨课题的师生。

哈佛，给我印象最深的是图书馆特别多。据统计，全校有100多座图书馆。大多数图书馆的警语是："你要想获得新知识，就来好好看书；你若选择平庸，就去睡觉！"

有人建议我起个早，看看凌晨四点半的哈佛大学图书馆。

那天，凌晨四点半，我准时来到哈佛的一座图书馆。波士顿的凌晨四点半，依然是黑暗的。但是，哈佛的图书馆灯火通明。不少学子早早来到图书馆，静静地坐下来，开始刻苦读书学习。后来，我发现，哈佛所有的图书馆都亮着灯光，一天，两天，天天如此。

那天，当太阳升起时，我在校园大道上遇到了一个来哈佛读博士的天津学生。我也来自天津，于是我们有了共同语言。我与他一起慢跑，聊起哈佛凌晨四点半对我的震撼。可是，对方听了我的感受却不以为然。他说，勤奋刻苦是哈佛人的特征，但凌晨四点半起来读书的毕竟是少数，倘若将哈佛的精神说成是"凌晨四点半"，那就成笑话了！因为，比勤奋更重要的是"学习力"，就是学习的动力、学习的态度、学习的能力、学习的效率，最重要的是要具备创新思维和创造能力。他说，走进了哈佛，就是你选择了哈佛，而不是哈佛选择了你！

对方比我年轻许多，但他的话让我很受震动。他说，他来哈佛的第一天，导师就给他讲了哈佛的规则：自律，自律，再自律！具体讲，就是要求每一个学生为自己设计好长计划，做好短安排。长计划就是自己一生奋斗的事业；短安排就是每天要有每天的生活、学习日程，并且要雷打不动、不打折扣地严格执行。接着，他打开手机，给我看了他当天的日程安排。早上六点起床，晚上十点上床睡觉。中间，几点吃饭，几点听课，几点进图书馆，几点做作业，几点听"幸福课"，几点锻炼，睡前还要检查一天的安排收效如何。他的日程安排，井然有序，十分紧凑。我禁不住问："践行这样的安排，是不是太累太苦了？"他回答："人生有规划，日程有安排。要一丝不苟，认真执行。为整个人生设立好目标，由子目标构成总目标。这样，人生就连贯成一个流畅的过程，就成为一个不断成功的过程。有成功，就会有喜悦。于是，实现每天的程序，不是煎熬，而是一种很开心的享受过程。"

"对不起，我该去执行下一项计划了！"他看看表，向我告别。

人生没有奇迹，全靠自律。自律就是一种秩序和规则。

哈佛没有秘密，靠的就是自律，靠的就是规则。

2000多只企鹅等你来

□ 姜常红

南极的北端有一座古迪耶岛，总面积不足1平方千米。与南极其他地方相比，这里更具有烟火气息，因为这座岛上有一个全世界最南端的邮局。这个邮局的前身是洛克罗伊港科学考察站，始建于1941年，最初是第二次世界大战时英国探险队的一个基地。

1996年，英国"南极洲遗产基金会"成立，5个英国人来到南极，把废置的科考基地改成了一个小型南极博物馆，供游客参观。这个地点也被《南极条约》确定为科考历史遗址，目前由该基金会负责管理。

每到南半球的夏季，也就是每年的11月到第二年的3月，南极洲的温度在-5℃到10℃之间，冰面足够薄，船舶能够往返。每天有一两艘船抵达洛克罗伊港，游客们上岛后，会先参观博物馆，然后在邮局购买纪念邮票和明信片，从这里向亲朋好友寄出盖有南极邮戳的信件或包裹。

从2011年开始，这家邮局每年夏季都要招聘3到4名工作人员，主要负责密切观察岛上居住的2000多只巴布亚企鹅，记录它们的数目，以及销售邮局礼品店里的商品，做一些邮局日常维护工作。这里每年的旅游盈利全部用于保护这块白色大陆上的其他历史遗迹。

在南极数企鹅，卖礼品给顾客——这份工作看似光鲜，其实并不容易。岛上没有自来水，平均一周才能洗一次澡；没有电，也没有互联网信号，通信只能用卫星电话，费用超高。最令人难以忍受的是岛上的气味，2000多只企鹅是这里的"土著居民"。岛上地方不大，放眼望去到处都是企鹅以及它们的粪便，不只气味难闻，给工作人员带来的工作量也不小。要知道100只企鹅一天就可以产生大约5千克的粪便，工作人员平均每天要铲掉100千克的企鹅粪便。当然，这份工作的工资也比较高，每个月能拿到近2000英镑，相当于1.5万元。

真的有人愿意去岛上工作吗？事实上，每年应聘的人非常多。劳拉·麦克尼尔是一个家住爱丁堡的图书馆工作人员，她曾经在2016年11月至2017年3月在这家邮局工作，她把这段工作经历描述为"一生中独一无二的一次经历"。劳拉是个"南极迷"，在她看来能够免费去南极，还能在那里赚钱，十分酷炫。当初劳拉做出这个决定时，很多朋友认为她疯了，但对劳拉而言，这份工作的意义并不在于金钱，而在于零距离接触大多数人类未曾接触过的土地。

别看南极的工作条件恶劣，但这份工作依然魅力不减，每年都会吸引很多人前来应聘，毕竟这对任何人来说都是一次难能可贵的经历。

青年励志馆 | 容得下别人的风光，摁得住自己的嚣张

岁月面前 无壮士

□陆小寒

1

我第一次经历死亡是在18岁的时候，不是我亲身感受，而是它发生在我身边，近得只有一张老藤椅的距离。

那是一个阳光热烈的午后，窗外冷风彻骨，屋内却非常温暖，人浸泡在阳光里，好像浸在一汪热水里，舒服极了！我陪爷爷在阳台上晒太阳，给他读积攒了一个星期的报纸。棉花被里的爷爷身体缩得小小的，脸上有着很多平静的皱纹。小土狗趴在我们脚边，也非常温驯。煤炉上炖着排骨萝卜，升起袅袅白烟。奶奶在厨房里给我们做桂花圆子汤。我觉得那一刻，很好很好，那一刻内心的温柔平静，余生也没有复现。

奶奶端着的青花瓷碗砸在地砖上，发出很尖厉的一声响。我觉得很美妙的那一刻就倏忽过去了。像感应到什么一样，我扭头看爷爷，静得像一尊泥塑。我伸手去探他的鼻息，早就没有了。可是身体还被阳光浸泡得很暖和、很蓬松，我握着爷爷粗糙干硬的手，眼泪一滴滴落下来。

奶奶比我想象中平静得多，她只是红着眼眶握着爷爷的手在他身边坐了一会儿，帮他理了理毛线帽和围巾，像话家常一样对他抱怨道："老头子，你就等不及了。喝碗桂花圆子，再喝碗萝卜汤，热乎乎地上路多好。你要走了也不说一声，你真是一辈子没有良心哦。"小土狗在地上呜咽了一声，大概也是感受到了什么。

爷爷年事已高，谁都知道死亡一定会在哪个路口等他。但我们谁也没有想到，他说走就走了，一句告别的话都没有。爷爷的后事办完以后，奶奶懒了很多，不爱出门也不爱下厨房了，整天坐在爷爷从前晒太阳的地方，发着呆。这样晒了整个冬天的太阳，直到来年的春天，她才回转过来，把手在围裙上擦了两把，进厨房给我们做好吃的。

我想奶奶是在心里熬过来了，她比我们多活了几十年，虽然没什么文化，但世情是本最丰富的书，她一定都明白了。我们生命中的大部分人和事，都不会有真正的告别仪式，往往是说没有就没有了。

奶奶如果读过书的话，会知道有一个诗人叫苏东坡，他写过几句诗是这样的："十年生死两茫茫，不思量，自难忘。千里孤坟，无处话凄凉。纵使相逢应不识，尘满面，鬓如霜。"

奶奶不识字，无法美化她的苦难，她说这都是命。

2

时间像火车一样轰隆隆地往前

走,并不会因为那是一位衰老的老人而将它的步伐变缓、变柔和。奶奶在这白花花流走的时间里以她的速度一点点衰老着。不知道你有没有注意,人在老到一定岁数时会暂停她的衰老,五十岁和六十岁没有多大区别,却又突然在七十多岁的时候如山倒般轰隆隆地老了。

奶奶在70岁的时候成了一位被岁月风干的老人,雪白的头发胡乱地散在衣服领子上。为了方便行动,她搬到了底楼由车库改造而成的屋子里。于是一整个秋天到冬天,她都坐在门口的藤条椅子上晒太阳,像一个深色的球,身上是层层叠叠的衣服,露出花花绿绿的边。我上班前去看她,她问我有没有吃早饭,又说她吃了一碗泡饭,问我要不要来一碗。我下班回来去看她时,她又问了我同样的问题,很热情地邀请我去她屋里喝一碗泡饭。我倚着门沿站着,打量着她这毫无隐私可言的方寸之地,望着她似懂非懂的脸,心里一阵心酸。

奶奶也糊涂了,也许是一天天慢慢糊涂的,可由于我们的疏忽,察觉到的时候她已经认不出大多数人。

每天早晨,她的儿子经过,她问有没有吃过早饭,没有的话可以在她那吃一碗泡饭。老邻居经过,她还是问着同样的问题。

周末,我会去看她,坐在她小小的屋子里,三点钟的阳光照进来,把我们两人都晒得身上暖融融的。角落里的煤炉上炖着一只砂锅,袅袅地冒着白烟,有轻微的水翻滚的声音。我陪她一页页翻着手里的相册,照片多是全家福或者是她从前和爷爷的合照。她像是认真地看着,可是照片背后的故事,她大多都不记得了。

我起身去给砂锅里加一些水,回来的时候见到她抽出了一张自己的独照。那是她在我们搬新家时照的,她双手交握在身前,姿势扭捏,在她梦寐以求的新房子前,羞涩地笑了。

奶奶拿着那张照片,对我说:"这张放大了好看。你帮我好好收着,以后用得着。"

我看着阳光灿烂里的老人,手握着她一张自己选好的遗照,而我对她的一切又是愧疚又是无能为力,只能背过身去。

再过了一年,奶奶彻底糊涂了,走丢了两次,我们照顾不了她,只好把她送去有护士照顾的养老院。奶奶离家的那一天大雪初晴,空气中有蜡梅的香味,马路上的积雪静悄悄地融化,天地万物都透露着春天的气息。奶奶起初有出远门的兴致,然而随着车越开越远,她沉默了,最后浑身充满悲哀。我握了握她的手,没有想到那是最后一次我坐在她身边,还感受得到她身上的体温。

又过了一个月,养老院传来奶奶半夜去世的消息。那天刚好是春至,她终于还是没有等到她的春天。

我想人生大概就是这样的吧,你想要一场好好的告别,诉说衷肠,让往事珍重,可惜偏偏没有那样的机会,总是猝不及防,总是时过境迁,好像一本书,中间被撕了好多页,一翻过这一章,结局就老早在那里候着了。

那些我们错过的告别,成为我们绵延一生的失落、哀痛。老人们说这就是人生啊,岁月面前没有人是壮士。

狡黠　□祁白水

安禄山体格肥硕,自称重达三百多斤,其人貌似痴直,内实狡黠。

有一次,玄宗指着他的大肚子开玩笑说:"里边都盛了些啥,这么大呀?"安禄山一本正经地回道:"没别的,全是对皇上您的一腔忠心呀。"玄宗让他见太子,安禄山也不拜,别人都催他快拜,他却说:"太子是啥官?"玄宗说:"太子就是储君,将来的皇上啊。"安禄山说:"俺心中只知有皇上,不知有储君。"玄宗信以为真,更喜欢他了。后来,安禄山拜为贵妃的干儿子,玄宗与贵妃同坐时,他却先拜贵妃,玄宗问这是怎么回事,他回答说:"俺们胡人是先母而后父。"玄宗开心地笑了。

纪昀有云:"事事能如你意者,可怕呀!"

我还年轻，还要大声唱着时间的歌

□潘云贵

有一次，我在课上给学生布置了一道写作题，让他们当堂创作。

下课铃响，教室里仅剩下前排一个瘦小的女生仍在埋头写着，我没有打断她，只站在讲台上等她交卷。她突然抬头，看向我，说："老师，我写不完了，可以带回家完成吗？"我摇了摇头，见她沮丧，便问："还剩多少内容？""目前写到四千字了，后面大概还要写一千字。"女生的回答让我感到诧异，在一个半小时内竟然能写这么多。

我随后翻阅了她所写的内容，讲了类似《白夜行》这样的悬疑推理故事，行文成熟，思想也很深刻，探讨一个人作恶背后的苦衷及如何救赎。我在翻看间隙，听她在一旁说："我一直想成为东野圭吾那样的作家，写出很厉害的作品，受人欢迎，可我爸总说我在做白日梦，我不管他，仍然自己写自己的……"末尾，她又问我："老师，你觉得我可以吗？""当然。你就回去继续写吧，写完后记得给你爸爸瞧瞧，他会支持你的。"我微笑着点了点头，心想这真是一个有野心的家伙。

在回住所途中，我一个人走着走着突然停下脚步，望着山城的茫茫夜色，似乎自己的影子都已融入其中，在一片虚无的暗中无法找寻。那一刻，我成了一个失去方向感的人，其实是丢了自己的野心。当学生时，目标很明确，为了未来想要的人生不断努力。可当自己进入职场，在庸常琐事和理想信仰间摇摆，最终懦弱，安于现状，失去了当初的执着、追求，野心逐渐被平凡日常驯养，野性急速衰退。

同事L一直宽慰我不要想太多。他年长我两岁，脾性温和，眼中常流露出看淡世事般的目光。部门有任务，他不插手，有活动，他不参加，有评奖，他不在乎，活得异常佛系。与他相处久了，我也不免像他那样，碰到种种事，都会在心底来一段杨绛的话："我和谁都不争，和谁争我都不屑。简朴的生活、高贵的灵魂是人生的至高境界。"带着这样

的态度，我度过了两年的职场生活。

但有一天，我对这样的生活感到深深的惶恐。平常没有看朋友圈习惯的我，不小心按了动态更新，跳出几条关于Z的信息。那一年Z刚刚开始写作，因为喜欢我的作品便来加我好友，她发来自己的习作给我看，尚有些稚嫩。习作末尾，她附了一段个人简介，我才知道她就读于一所工科类独立学院，写作环境并不理想，但Z非常努力，几次都表达了自己要换个学习环境的愿望。由于日常繁忙，我不常与人联系，Z逐渐和我疏远。从没想过，当我再次在朋友圈看见她时，她已经成了北京电影学院的

博士生，发表了众多文学作品和学术论文。

我才意识到工作后的这些年，与自己有过交集的年轻人都在一一往前飞奔，而自己却在原地踏步，所有过往的荣光都渐渐暗淡，曾经有过的优越感也在那一刻烟消云散。那个夜晚，我在阳台上坐了很久，捶打自己一阵后，陷入了长久的沉默，只记得眼里一片湿润。我像个从自己制造的骗局中醒来的人，开始怀念学生时代对世界充满野心的自己，开始怀疑现在自己身上的佛系是不是一种对现实的逃避，或是对自我的蒙蔽。

当我们的舌面尚且单薄稚嫩的时候，是需要去尝尽人间万千的滋味，而后它才能被时间锻造得尤为厚实，不再如幼童那样害怕烫，害怕冷。年轻时，我们选择佛系，往往由于自身在某些方面能力的缺失，为避免恐慌、焦虑，我们进行这样一种自我保护。时间一久，就很容易耽误后来的人生，最后，只能让眼泪为自己的追悔莫及埋单。

我开始喜欢跟有野心的年轻人交朋友。他们年龄不大，却能意识到在什么样的年纪应该做什么样的事情，懂得在青春时一个人努力的重要性，只有努力越过人山人海，才有诗和远方。在自己什么都没有的时候，谈人生淡泊，非常可笑，也没资格。

只有野心，没有行动，是在纸上谈兵，永远只能在现实里梦游，等大梦一醒，才知道自己的世界空空如也。有野心是一件非常美好的事情，我们无须声张，只管在现实的田地里潜心耕耘，等它瓜熟蒂落。

我还未老去，一切便都有可能。因为没有，更要努力去获得，不要为了逃避而把自己过早站成佛系的姿态，还给自己一堆心理安慰。

我还很年轻，我要跟这世界好好谈谈野心。

奇鸟来过校园

□庞余亮

那天早晨，有学生在操场上拾到一只瘸了腿的野鸟。这是一只谁也没有见过的野鸟，个子不大，有翅膀，脸却像个猴子。乡亲们也没有见过这只鸟，都纷纷来到学校里看这只奇鸟。上课的学生一个劲地在课堂上做严肃状，他们要做样子给他们的父母看。奇鸟不吃米，也不吃饭，倒是喜欢吃生猪肉，而且一天要吃半斤猪肉。校长亲自去镇上割肉，切成细条喂它，还仔细为这只奇鸟的瘸腿进行了包扎。

有一天，奇鸟没有跟任何人打招呼就飞走了。很多学生听说后都怪校长，是校长故意放走的。校长承认说是故意的，它吃了一个月的肉，我倒有一个月舍不得吃肉了。校长说的是反话。奇鸟走后他经常仰望天空，我们都知道他盼望那奇鸟回来。奇鸟一直没有回来。有时候想起来，一切都好像我们做的一个梦了。后来查了书，才知道这是一只猴面鹰，国家二级保护动物呢。

后来，校园里又来了一群奇鸟，校长认识，是白鹭，它们是插秧季节来的，居住了好一阵子，我们享受了它的飞翔，也享受了它倾泻鸟粪的热情。后来白鹭也离开了，可是，在它们离去后好一阵子，每天晚上，学生放学，我回到宿舍，打开笔记本，我就听到了窗外的月色中有翅膀拍打的声音——不用说，肯定是又一群奇鸟在坚定地向前飞。

人生赢家贺知章

□ 任思雨

天宝三年（公元744年）正月初五，这一天是个重要的日子，唐玄宗大摆酒宴，皇太子、朝廷百官在长安城站成了浩浩荡荡的队伍。

他们要送一个人回乡——贺知章。

贺知章老了，八十六岁的年纪，在那个年代已经非常高寿。

为朝廷工作了一辈子，他向唐玄宗请辞，说自己前段时间生了场大病，实在无法再胜任工作了。

面对这位年事已高的老臣，唐玄宗虽然不舍但也答应了，他赐给贺知章镜湖剡川一曲，又赐周公湖数顷为放生池，并打算为贺知章办一场盛大的送别宴会。

这天，送别的场面可谓相当隆重，"吹笙击鼓，尽是仙乐，闻者无不增叹"。送别的队伍里，有太子、宰相，还有李适之、韦坚、梁涉、何千里、姚崇、于休烈、卢象等王公贵族和文坛才俊。

不仅如此，唐玄宗还亲自写下赠诗，群臣跟着和作，最后给贺知章送行的诗达到了三十多首，皇帝为此特地写了序。

纵观中国古代文学史，能获得如此荣耀的文人少之又少。

回顾贺知章的一生，可以算得上"低调又圆满"。

37岁那年，贺知章进士及第，为当年的超拔群类科，授职国子四门博士。他与包融、张旭、张若虚并称"吴中四士"，因才华而扬名京城。

不像其他大唐时的诗人，贺知章一生留下的诗作非常少，但都是脍炙人口的名篇，例如人人都会背的《咏柳》，《唐诗笺注》评价说："赋物入妙，语意温柔。"

之后，经陆象先向朝中举荐，贺知章得以升任太常博士。他的仕途走得平稳，一路担任国子四门博士、太常博士、太常少卿、礼部侍郎等职，最后授秘书监，人称"贺秘监"。

公元725年，贺知章迁礼部侍郎，同时兼集贤院学士，史载："一日并谢二恩。"

也在这一年，唐玄宗前往东岳泰山举行了隆重的封禅仪式。他召见贺知章去讲解和拟定礼仪制度，听完上奏，唐玄宗肯定道，咱俩想到一块儿去了，"朕正欲如是，故问卿耳"。

勤勤恳恳为官几十年，贺知章得到了大家的敬重，唐玄宗写诗说他"岂不惜贤达，其如高尚心"，唐肃宗也感激他担任太子侍读时的指导，称赞他"器识夷淡，襟怀和雅，神清志逸，学富才雄"。

史书载，贺知章"性放旷，善谈笑"，为人洒脱幽默、人缘极好，他的好友陆象先就说："我和我的子弟分开多少天都没事儿，但只要一天不见到贺兄啊，就感觉自己粗鄙又肤浅。"

这样的好性格让贺知章结交了许多朋友，其中最为出名的友谊，是他和李白的"忘年交"。

刚在长安相识时，四十多岁的李白还是一个没什么名声的布衣，贺知章已经八十四岁，又是身居重要官职的大人物，但两人一见如故，贺知章拿起李白的诗作《蜀道难》,刚读几句便连连惊呼:"你就是天上贬谪下来的仙人吧!"李白"谪仙人"的称号由此而来。

两人聊得越来越起劲,打算开怀畅饮一番时,恰好手头无钱沽酒,贺知章毫不顾忌地取下自己身上显示官品的金龟,让人换了酒来喝,成就了一段"金龟换酒"的佳话。

贺知章好喝酒,他与李白、李适之、李琎、崔宗之、苏晋、张旭、焦遂被称为"饮中八仙",杜甫的《饮中八仙歌》写了这八位醉态可掬的"仙人",其中第一个出场的,就是年龄最大的贺知章:"知章骑马似乘船,眼花落井水底眠。"写的是贺知章喝醉以后骑马,就像乘船一样摇摇晃晃,结果醉眼蒙眬地掉到了井里,他干脆就在井里睡着了。

《全唐诗》里还有贺知章留下的一句散诗:"落花真好些,一醉一回颠。"其真性情可见一斑。

不过,人缘极好的贺知章,也有过"翻车"的时候。

有一年,惠文太子去世,唐玄宗下诏命礼部选拔参加葬礼的人选,贺知章在人选问题上难以取舍,一些人不满意他安排的名单,便跑到贺知章府门外吵吵闹闹,把他堵到不能出门。

贺知章想来想去实在没辙了,最后只好搬一架梯子爬墙上去,这才躲过一劫。

生于初唐,又得唐玄宗器重,虽说贺知章赶上了盛唐最好的一段时光,但盛世之下也有暗流涌动——唐玄宗在位时期,朝内派系斗争不断,开元后期李林甫与张九龄之争尤其激烈,之后张九龄被贬,曾和张九龄有着共同追求的贺知章也难免被波及。

辗转于官场之中,贺知章的心态逐渐有所改变,到了晚年,他醉心翰墨诗酒,放浪不羁,《旧唐书》说:"知章晚年尤加纵诞,无复规俭,自号'四明狂客',又称'秘书外监',遨游里巷。醉后属词,动成卷轴,文不加点,咸有可观。"

公元744年,时任太子宾客、正授秘书监的贺知章突然辞官,理由是自己大病了一场,他上书唐玄宗请度为道士,希望皇帝把自己在京城的府邸改为道观。

唐玄宗都答应了,不仅将镜湖剡川一曲赐予贺知章,又提拔他的儿子为会稽司马,可谓风光无限。

当时,李白也写了给贺知章的送行诗,还在诗里向老朋友发起邀约:"我可不可以问问,你这只打算栖息在琼树上的仙鹤,何年何时又飞回帝城,与我们再喝上几杯呀?"

回乡不久后,贺知章与世长辞,终年八十六岁。

听闻贺知章去世的消息,李白无比悲伤,他曾写下多首诗歌来怀念贺知章,细数两人在长安相识、把酒言欢的往事,回忆贺知章的知遇之恩,"金龟换酒处,却忆泪沾巾""人亡余故宅,空有荷花生。念此杳如梦,凄然伤我情",感情真挚无比。

在贺知章去世后的第14年,唐肃宗感念贺知章曾经做太子侍读的旧情,下诏书追封其为礼部尚书。

在盛唐中热热闹闹、稳稳当当地走过了一遭,你说,他算不算低调的人生赢家?

幸福的倒数第一名 □[韩]朴光洙

孩子参加了考试,美术100分,数学25分。妈妈跑去给他报了奥数班。如果我是孩子的妈妈,我会把孩子送进美术辅导班,让他的100分锦上添花。为什么父母们总是放弃100分,而选择25分呢?

很想把篮球打好,但是打不好,这并不是你的错。很想把学习搞好,但总学不好,这并不是你的错。很想做好某件事情但是做不到,这些都不能成为任何人生活中的罪过。能够成为罪过的唯一一件事情是:在你的生活中,没有一件你想做的事情。

如果没有办法成为第一名,成为第二名也没关系。如果没有办法成为第二名,成为第三名也没关系。即使不是第一名,不是第二名,是倒数第一名又如何?即使是第一名、第二名、第三名,如果不能感到幸福的话,幸福的倒数第一名更好。

预留原则

□ 辛唐米娜

有三件事情不适合反复考量：看展览，购物，恋爱。

赤濑川原平在《名画解读》里说："一眼看上去美的，就是真正的名画。"

他建议看任何展览都要速战速决，30分钟内一扫而过——"这是一个直面自己内心的好方法，因为时间有限，你的眼睛才会特别尖，直觉也会特别灵敏。如果每幅作品都需要花一定的时间去'鉴赏'，反而达不到预期的效果。"

少年时和老师打游击战，将课外书掩在抽屉里，老师转身在黑板上写字时，就低头在课外书上快扫一眼。一目十行就是这样练了出来。

祖父曾经很怀疑我的阅读速度，拿了一张报纸让我浏览，再收走报纸考问内容。

测验结果耐人寻味——我有兴趣的东西都看在了眼里，没兴趣的那些干脆我都不知道它们的存在。

祖父认为我应该放慢读书的速度，但是事实上，这不是速度的事儿，那些我喜欢的文字会在第一时间跳出来找我，没兴趣的那些哪怕是一个字一个字地读出声来都不能在脑中留下痕迹。

成年后慢慢发现有趣的事情，不管工作、生活、爱情、购物、饮食，但凡我略有犹豫，一定会有差池。

那件犹豫了半天买回家的衣服，果真会在衣柜里闲置很久不知道如何搭配出街；那场迟疑了很久的恋爱，果然不等开场就已告结束；那档忐忑不安的节目，的确做了一段时间便会夭折……经历这养分渐渐养肥了直觉这个小精灵，年纪越大，它越难失手。

女人的直觉都很灵敏，如果很清楚自己是谁、想要什么，基本上就可以放胆任凭感觉走——快速逛商场，漂亮的衣服会在平庸的衣服中主动跳进眼里；扫一眼菜单按直觉点餐，你身体需要的食物就是不假思索不用靠经验、常识、分析、环境而得出的那道；遇上爱情，不必刨根问底将对方的身世、经历和心思弄出详细答案，只需要听从心的召唤来决定靠近还是躲闪……

可惜的是，并不是所有的女人都清楚自己是谁、能成为谁、想要什么、能要什么，而糊涂的女人又和清醒的女人一样每天都需要做出大大小小的决定。

参考时尚编辑们的购物原则吧——犹豫的东西不买，或者犹豫的东西先预留一周再决定是否购买。

预留原则我也常用，只是预留期内我基本不会再去思考这件事情，而是在最后一刻依照自己的第一反应做决定——预留期不是拿来思考，而是用来让大脑安静冲动平息，像将一杯混浊的水静置，浊物慢慢沉淀，清澈自然呈现。

拼尽全力，活在当下这一刻

做好眼前的事，才能创造出最有希望的生活和最有价值的人生。过好每一天，才能免于焦虑，找到前进的力量，发现通往幸福的入口。不懂得把握当下的人，即使你有宏伟的目标，也只能夸夸其谈，如沙漠中的海市蜃楼，无法企及。

4

不抵抗，就能盛放

□ 廖智

失去本身就是一种得到

我很庆幸，这几年来我并没有一直停在2008年5月12日那一天，我一直在朝前走。

在2008年地震发生的时候，我在三楼，当时整个楼房垮了，完全塌平了。那时候，我是和我婆婆还有我不满11个月大的女儿一起掉下去的，我被埋在里面，知道女儿不在了，那时候很绝望；而几个小时以后，我婆婆也停止了呼吸。当我把手放在她的鼻子下面，感觉到她已经完全没有呼吸的时候，那一刻我觉得很孤单。我甚至觉得完全没有必要继续坚持了，那时候我想放弃。

但是我爸爸从地震发生开始一直在外面守着我。那时候我有很长时间没有回答他，也没有跟他说任何话，换成其他任何人肯定早就放弃了，谁会守着一堆没有回应的石头一直在那儿等？但他一直坚持着。有一次余震晃得很厉害，我想我爸肯定会走，但他还是没走，他跟外面的人吼，外面的人怎么拉都拉不动他。别人直接跟他说："你女儿肯定已经死了，你听，这么久都没有一点声音。"我爸就说："就算是我女儿真的已经死了，我也不会走的，在这儿至少她的灵魂看得见我。"听到这些话我突然就哭了，其实地震发生的时候我都没有哭过，但那一刻我才觉得自己很自私。我觉得自己很软弱，为什么？为什么我这么轻易就要放弃？就算是为了我的父亲，我也不能够任由自己死在这个角落。

坚持到13号的傍晚，我终于被救了出来，那时候我才知道，原来我是我们那栋楼唯一的幸存者，我要好好地活着。

后来我要截肢，手术同意书是我自己签的。我很感恩，因为我知道整栋楼就我一个人被救了出来。这种幸存者的心态，让我觉得把命保住比什么都重要。

从那一天开始，我下定决心，要好好地回报我这来之不易的生命，好好地做一个真正的自己，不要随波逐流。

在地震前，我是一个不知道为什么活着的人；在地震之前，我也不明白家的意义。

但是在地震之后我猛然发现我还有父母，我还有身边的朋友、亲人，我怎么能不对他们笑呢？我怎么能不懂得家的意义？我不觉得灾难对我而言是残酷的，是不公平的，从头到尾我都不这样认为。

我认为地震把我震醒了，它让我真正醒过来，也让我有了一次重新做人的机会。我后来做每一件事都这样想，不管任何事情，哪怕是像灾难这样的事降临，如果我接纳它，我就可以从中学习；如果我排斥它，我就会一直埋怨，我会一直是个可怜的人。我发现生命当中降临的一切，都是很好的老师。我很感恩这一切，发自内心地感恩，灾难是很好的老师，我觉得失去本身就是一种得到。

正视疼痛，才可能看见幸福

出院后我一开始选择的是装假肢，但是我一装上假肢就痛得不知道怎么办才好，我连手都不知道该怎么摆，刚站起来我的衣服就湿透了。我站在那儿，脑子里面想着："我要走到对面去。"我想了很久很久，回过神来发现自己还是站在原地。我根本无法依靠我的腿走动，我只能靠手支撑着身体往前。于是我选择了一种最方便的做法：坐轮椅。我靠父母推着我做事，这样的生活很安逸但是也很痛苦，因为我不得不面对自己活得像个废人一样。

直到有一天，早上我起床后很想去厕所，我在房间一直叫我爸妈的名字，但是很久都没有回应。后来我实在忍不住，就只能从床上爬下去，我在爬的过程中看见蟑螂从我面前爬过，我觉得我跟它们没什么两样。我爬到外面去找我的假肢，装上假肢，跌跌撞撞地扶着墙去了洗手间，右腿还没有跨进去，整个人就直挺挺地摔了下去。我的头摔在了坐便器的边缘，头发也全部掉进了马桶里面，我看见镜子里面的自己，整个人就像一个发酵的馒头，那时候我觉得我这一生都没有这么丑过。我有一肚子怨气，但是我发现我没有什么可埋怨的，因为选择放弃的是我自己。

我知道我没得选，如果我不去面对身体的疼痛，我的余生就根本没有任何幸福可言，也没有尊严和自由可言。当想明白这件事，我便每天扶着穿衣镜和门把手练习踢腿、抬腿，练习各种手上、身体上的摇晃动作。

我很庆幸我热爱舞蹈，在我还没有学会走路时，我就开始练习舞蹈。那时候它就像我的救命稻草，我把自己反锁在家里跳舞。我练习跳舞，最重要的原因是我真的喜欢跳舞，我喜欢那个在舞台上面翩翩起舞的自己。如果不喜欢我也不会去做，我不是一个喜欢勉强自己的人。我以为我要练十年二十年才能自由行走，但是往往困难不是我们想象的那么强大，我只练了十几天就做到了。

有一天我家开水响了，我就跑出去把水灌进了热水瓶里面，我爸爸跑出来看着我，他眼眶红红地说："你是怎么做到的？"我那时候才反应过来，我是怎么做到的？

我发现我变得很容易满足，我能够坐起来，能够站起来，能够走路，能够倒开水，我就很感恩，就很满足了。

2008年结束之后，我做了一个鼓舞义演，结束后我突然就空了，我不知道该何去何从。那时候刚好遇到一群同样残疾的年轻人，他们带给我很多喜乐，让我觉得生命很阳光、很璀璨。他们让我知道我未必要去做很伟大的事，我可以从眼前遇到的一些小事做起，于是我成立了一个艺术团，我做团长。其实这个过程也是我成长的过程，我今天能戴着假肢爬山、攀岩，能够走山路时完全不要人扶，就是那段时间练出来的。

生命的盛放

我以前看《一帘幽梦》时，看到绿萍没了腿，就想她太坚强了，如果是我没了腿，肯定不活了，我会想方设法让自己结束生命。那时候真没想到这件事会发生在我身上，但当它发生的时候，我发现，其实面对它的过程，跟想象的是不一样的。

我真的不觉得我是个英雄，我觉得我是一个特别女人的女人，面对命运降临在我身上的事情，其实我选择的方式就是接纳，我没有想到接纳会有那么大的力量。一个人的生命就像一朵花一样，可能会遭受很多的风吹雨打，可能它没有得到足够的营养会枯萎，但是我觉得只要它能够接受自己、保持自己本真的颜色，它就一定会盛放。

搞卫生有什么用　□罗振宇

20世纪八九十年代，美国纽约的地铁简直就是个噩梦，小流氓在里面破坏公物、随地大小便，甚至是抢劫，成了治安事件的高发地区。

怎么治理呢？纽约市政府采取的方法是：搞卫生。清洗车厢月台，把墙上的涂鸦重新粉刷，搞得窗明几净的，结果犯罪率果然下降了。

为什么？因为罪犯也是人，如果他看见的是一个脏乱差的环境，他就接到了一个信号——这个地方没人管，心里那点作恶的小念头就会越长越大，从而为所欲为。同时，他也会被环境反向塑造，成为这个环境里的规矩人。

老爸的菜园子

□ 肖遥

老爸刚开始种菜，是在近半个世纪前的山沟里。

刚大学毕业，被分配到"三线厂"工作的老爸从车间借来洋镐、铁锨、铁耙，兴致勃勃地开启了"种菜模式"。很快，老爸就意识到有什么地方不对劲：他的家乡关中农村的土质是黄土，十几米深的黄土地里很少有石头，而在地处伏牛山的厂区，其土质以石头为主。要在这里开荒，几镐头下去双臂就会被震得酸痛。他只好把石头一块块挖出来，搬起来，扔出去，重复了无数次类似西西弗斯的推石头运动，耗时一个多月，一个不到半分大的菜园子被开辟出来了。

我爸把菜园子分成6块菜畦，每畦长4米、宽1米，一边留有半米宽的人行道。老爸种了四季豆、茄子、辣椒、大蒜和几种青菜，有时也种土豆、花生之类，能满足夏、秋两季全家人的需求。有了这个菜园，本为工程师的老爸俨然变身菜农，什么季节种什么菜、栽什么苗，什么时候浇水、施肥，什么时候为菜苗搭架、灭虫，他都一清二楚。

如今，父母退休了。他们的住所门口有个小园子，我那当设计师的姐姐便将这个园子设计成日式庭院。只一年的工夫，姐姐的"资本主义的小花园"就被老爸改造成了"社会主义的菜园子"。老爸很喜欢邀请亲朋来他的菜园参观，可不管谁来都会被迫变成老爸的助手——"来，帮我把这些石头搬出去扔了"；或者给你一架梯子，让你爬到架子上去摘佛手瓜。有时候，他猛然意识到"来者是客"，而不是帮工，也会客套一下："我把这些葱种完就来，你等等。"这种话听听就行，他不会有时间招待一个"闲人"的。种完葱，他还要给小油菜苗搭大棚，丝瓜要罢园……门口的竹子前几天下雪被压断了好几根，老爸喃喃自语着要把其他的拴起来。我妈使眼色，让我们赶紧进屋："不然你爸还要指挥你们去把槐树上的残雪打下来，怕把树压坏了。"

我妈经常在群里发一些滑稽的照片——每个葫芦都端坐在一个藤条编织的"宝座"上，这是我爸怕葫芦长太大掉下来摔坏，给它们做的托儿。老爸就像养了一大群孩子，操了这个的心，操不了那个的：天旱的时候操心黄瓜、豆角，下雨时又念叨着半日花被淋坏了咋办。雨下得多了，他希望多出太阳，向日葵就指望着太阳了；可太阳太烈了，他又担心晒坏了绣线菊。他祈求风不要太大，最好有足够的蚯蚓，希望鸟粪从天而降，但鸟儿们不要把柿子啄烂了……有时候看着老爸忙忙碌碌的身影，我感觉他的退休生活实在太操劳了，这个菜园带给他无尽的辛苦。

可有一个夏天的黄昏，我被派去摘黄瓜，忽然体会到老爸独有的快乐：有什么游戏比这样的魔法更有趣呢？明明前几天已经摘空的黄瓜架，像变魔术一样，又有黄瓜挂在藤蔓中。有什么工作比园丁的劳作更有意义呢？只有亲自参与其中，潜入深处，才能逐渐领悟：生命需要付出怎样的努力，才能在坚硬顽固的黏土中挣得一方立足之地。更何况，担忧与期待，本就是园丁创作的一部分，而此后的丰收和分享，更让他在精神上收获着不为人知的满足和欣喜。

为什么赌场没有窗户

□ 小丽

赌场,就像是一个塞满了钞票的魔盒。从布列塔尼蓝龙虾到亨利四世百年干邑,从高希霸贝伊可54号雪茄到意大利佛罗伦萨式的豪华装潢,只有想不到,没有赌场提供不了,但就是这个最疯狂、最奢华的地方,偏偏没有窗户。

在马丁·斯科塞斯导演的《赌城风云》中,赌场每时每刻都在熠熠生辉,没有人能分清这是白天还是黑夜。跟随男主萨姆的视角,我们能见到有钱的王老五、靓丽的名媛、狼狈的赌徒。但无论镜头怎么延伸,你都看不到一扇窗户。

电影中,面对骗子和无赖萨姆会叮嘱手下:"把他丢出去,记得用他的头开门。"而不是像别的大佬那样,选择直接扔出窗外,因为这里根本没有窗户。

少了窗户,对赌场来说至关重要。它避免了任何外界事物对赌徒的干扰,赌徒混乱的思绪最多就是选择要不要从老虎机转场到21点,是押大还是押小、押多还是押少。

它打造的永恒幻觉,让一个人可以一直赌下去。在光怪陆离的赌场里,光线不变,视野不变,赌徒就不会变。当然,除了钞票会变。

为了打造永远的白天,赌场通常会耗费巨资装置数百万盏高级灯具。赌城拉斯维加斯通常被称为"光之城",有不少宇航员表示,从太空中都能看到拉斯维加斯射出的灯光。

在这儿运营的赌场,所耗费的电力就占了整座城市的20%。小部分是耗在室外,另外一大部分耗在室内。

拉斯维加斯大道上争相吸引眼球的灯光秀不过是个体面,而内里的灯光才是硬件。"相比于温暖的光线,这里的人们更喜欢凉爽的光线,因为它更明亮,更令人振奋,然后将兴奋转化为攻击性的赌博行为。"拉斯维加斯永利集团赌场灯光设计师说道。他的工作量不亚于演唱会上的灯光师,"一个人的情绪会随着周围光线的变化而变化,只要赌场的灯光不眠,赌场里的小子们也很难入眠。"

确实在这里,赌徒们忘记了时间,周而复始,只想赢。美国职业扑克玩家菲尔·兰克复曾在贝拉吉奥赌场创下个人连续玩扑克的最长时间纪录——115小时。

如果清晨的阳光照射在他的脸上,我打赌他会打瞌睡。

这样看来,似乎没有窗户才是持续振奋的关键,但实际上,长时间没有窗户而造成的空气不流通,会让人透不过气,甚至压抑。这又是赌场的另一个秘密了。

美国"嗅觉与味觉治疗与研究基金会"的创始人艾伦·赫希博士研究了某些气味对赌徒的影响,数据显示,当赌场散发出一种令人愉悦但难以辨认的顶级香味时,老虎机将比前一天多赚大约50%的钱。

没有窗户,又弥漫着迷人的香味,两杯马提尼后,赌徒们的兴奋自然到达了顶点。

英国心理学家大卫·坎特表示:"我不认为建筑师不设窗户是有意让赌场变得混乱。很大程度上,人们的确乐于躲在洞穴里,他们虽被赌场吞噬,但还是感到很舒适。"

无论如何,赌场为何存在,你我都心知肚明。

这里引用萨姆的一段话:"这是所有炫目的灯光,所有的招待、香槟、免费住宿、喝不完的酒最终所造成的结果,全都是为了让我们弄走你的钱,这就是赌城的真面目。我们是唯一的赢家,赌徒们一点机会都没有,而他们的钱从赌桌上流入我们的收银柜再进入保险箱,最后流入全赌场最神圣的房间。"

那天早上，毫无瑕疵的太阳像是假的，整个广袤的空间，沐浴在琉璃般的透亮色光里。

四轮驱动的越野车一驶入坐落于坦桑尼亚的塞伦盖蒂国家公园，我便不由得吓了一跳。

这个地方，着实让人目不暇接啊！动物，跑着的、走着的、卧着的，无处不有，每个犄角旮旯都满溢着野性的魅力。

经验老到的导游库费瓦告诉我，塞伦盖蒂国家公园是坦桑尼亚的第一座国家公园。1920年，英国的探险家在这儿狩猎，射杀了大约50头狮子，狮子数目锐减。1921年，英国殖民者在周遭地区设立了一个面积为3.2平方公里的"禁猎区"，1929年，"禁猎区"扩展到整个塞伦盖蒂地区。到了1951年，为了保护所有的野生动物，有关当局便创建了面积14750平方公里的塞伦盖蒂国家公园。

"五霸当中，以豹子最为凶猛，侵袭性也是最强的。"库费瓦绘声绘色地说道，"它是独行侠，喜欢躲在树上的叶丛里狩猎，一旦猎物出现，便会以120里的时速向猎物飞扑而去，百发百中。它最爱吃鹿，捕到了，便用嘴衔着，飞跃上树，慢慢享用。"

车子驶着驶着，库费瓦突然兴奋难抑地喊道："瞧，狮子！"

不远处，雌雄两头狮子正懒洋洋地趴在树丛下睡觉，它们的睡姿是如此安详，神情是如此宁静，宛如两头温驯的大猫。一群活泼的斑马，不知道天敌近在咫尺，嬉戏得极为欢快，我几乎可以听到它们那一串

野性的魅力

□ 尤　今

目前，悠游自在生活于塞伦盖蒂国家公园里的，包括狮子、豹、羚羊、转角牛羚、大角斑羚、鬣狗、狒狒、黑斑羚、非洲野犬、长颈鹿等。此外，公园里还有约500种鸟类，如鸵鸟、蛇鹫、南非大鸨、丹顶鹤、非洲秃鹳、战雕、情侣鹦鹉、秃鹰等，不胜枚举。

库费瓦指出，狮子、豹、大象、水牛、犀牛，是鼎鼎大名的"非洲五霸"，它们的防范意识和防御能力都很强。

我好奇地问："为什么河马不在名单内呢？"

他答："看起来像是巨无霸的河马，自我防卫的意识非常薄弱——只有那些初当母亲的河马，为了捍卫小河马，才变得较有警觉性。"

一串圆润的笑声。幸好狮子睡得烂熟，这群斑马才幸免于难在陷阱处处的丛林里，有时还得靠点运气才能苟活啊！

"狮子是百兽之王，在丛林里活得最为逍遥。"库费瓦说，"它们嗜食肉多味美的斑马，而对于狮子来说，最易捕杀的猎物，也莫过于斑马了。斑马常常在清晨或傍晚时分麇集于河边喝水，而胃囊沉甸甸地盛满了水的斑马动作往往较为迟钝，所以，狮子要扑杀它们，易如探取囊中物。但是，狮子如果要擒捕其他体型较大的动物，便较为费劲了。"

在塞伦盖蒂国家公园，有一回，库费瓦目睹四头狮子围杀水牛的惨烈战役，狮子狂撕猛咬下水牛哀嚎

之声惊天动地，鲜血激射如喷泉，把天上的云絮都染成了红色。我听了，连耳朵都长满鸡皮疙瘩，然而，库费瓦却耸耸肩，若无其事地说，物竞天择，适者生存，像这样的战役，在丛林里无时不有，不值得大惊小怪。

当导游长达17年的库费瓦，说起动物的故事，如数家珍。

他说，每年都会有超过150万只牛羚和大约25万匹斑马大迁徙。牛羚和斑马，是生死之交，在七八月的大迁徙中，总看到它们如影随形。丛林里陷阱处处，牛羚和斑马各有长处和短处，彼此相伴左右，便能互补长短。它们共同的天敌是狮子，斑马视线佳，牛羚嗅觉强，斑马远远看到狮子的踪影便快速奔逃，牛羚也会随它狂奔；反之，牛羚闻到狮子的气息而飞快窜逃，斑马也会紧随其后。此外，斑马记性强，牛羚记性弱，在涉河而过时，斑马清楚记得哪儿是鳄鱼聚集之处，会刻意避开，可牛羚却不记得，为保平安，便紧随斑马。最糟的一种情况是，遇到狮子时，善忘的牛羚往往跑到一半便忘却自己为何而跑，它们会停下脚步，惬意地浏览周遭风光，及至看到斑马还在死命奔逃，猛然醒悟强敌还在后头，于是才紧张地继续逃命。

库费瓦指出，在河里，鳄鱼与河马是好搭档。鳄鱼吃荤，河马食素，两者食性不同，没有恶斗的理由和必要。它俩的天敌也是狮子，不过，由于鳄鱼皮硬骨多，狮子不爱吃，很少惹它；至于每头重量介于1500公斤至2000公斤的河马呢，浑身的肉既多又软，异常可口，狮子偏爱，只是河马力道大，牙齿锐利，所以，狮子必须联合五六个同伴一起围攻，才能得逞。狮子一餐必须吃上四五十公斤的肉，如果能够扑杀一头体型硕大的河马，一家大小吃后都可以饱得一起打嗝。

我问库费瓦，万一他在丛林里和猛兽们狭路相逢，怎么办呢？对此，库费瓦老神在在地说道："如果遇上性子强悍的狮子，必须镇定而大胆地直视它的双眼，然后，一步一步地往后退让它知道，你对它不具任何威胁性。水牛惯于横冲直撞，所以，必须平平地直躺于地，让它失去攻击的目标。豹子多数待在树上，它最恨的是镁光灯，灯一闪，它便会由树上冲下来，发动攻势，所以，只要不触犯它的禁忌，基本上是安全的。河马视力弱，嗅觉强，遇上了，只要做S状逆风而跑，便能躲过一劫。大象呢，侵袭性不强，保持距离，便没事。"

库费瓦警告："最具攻击性的，是那些初当母亲的河马，为了保护初诞的小河马，它们会变得不要命般凶猛和暴戾，一张口，便把人咬成两截，一定得小心防范。"

1981年，塞伦盖蒂国家公园被列入联合国教科文组织世界遗产名录。在这个公园里，无时无刻不在上演紧张刺激的故事，对于来自世界各地的游客来说，充满野性的魅力。

听听听，不远处，又传来了狮子吼叫的声音……

懂得"割爱"　□张　章

清代戴名世作过一篇《张贡五文集序》，其中讲了一个故事。不到二十岁时，戴名世在山中遇一卖药翁，谈及作文方法，老翁教给他一个秘诀："为文之道，吾赠君两言，曰'割爱而已'。"戴名世回家后看自己的文章，觉得将大部分内容删掉，也没什么不可以。这个秘诀，果然让他的文章大有进步，他由此感叹："余自闻此论，而文家之真谛秘钥始能识之。"

现在看戴名世的文章，多精练简洁，无华辞丽语，可见是领悟到"割爱"的"真谛秘钥"了。其实在戴名世之前，很多文章大家早已懂得"割爱"之道，譬如在那则"逸马杀犬于道"的故事中，欧阳修就强调了文字应精简，避免冗杂赘述。再数数那些名篇的字数，《桃花源记》《岳阳楼记》《醉翁亭记》等，每篇才三四百字；东坡有些精彩的小品，也就百字左右。

现在一些文章冗长啰唆，只因作者不懂"割爱"。

一万只夜莺

□ 肖复兴

第二次世界大战刚刚开始的时候，梅西安三十岁出头，却还像毛头小伙子一样。他曾经约上三位年轻的音乐家一起徒步旅行。他天生愿意和大自然在一起，虽然那时战火已经弥漫在他的国家法兰西了，一路走去，他还旁若无人地钟情于收集他的鸟鸣。

在路上，他被德国兵俘虏，关进了波兰的集中营。他太天真了，乃至忘记了，那时候炮声已经取代了他一直喜爱的夜莺。

但是，战火并没有让他的这种爱好灭绝。从集中营里放出来后，他回到巴黎音乐学院教书，课余时间，他还是一如既往，热衷于收集各种各样的鸟鸣。他已经渐渐成为行家了，甚至能区分欧洲和世界其他地方五百多种鸟的叫声。

现在，他迷上了夜莺。几乎每天晚上，他都要叫上妻子克莱尔，去收集从来没有听过的鸟叫，特别是夜莺。

车子已经把村落远远地抛在后面，前方黑黝黝一片。由于天空中只有一弯浅浅的眉毛似的上弦月，乡间小路的路面上飘浮着一层霜似的东西，除此之外，什么也看不清。

凭着经验，梅西安知道，前面有一片很大的树林。"听到了吗？有夜莺在叫。"他转过头对克莱尔说。

果然，车子没开多远，前面是一片林子，黑黝黝地矗立在微微陡起的山坡上面。这时候，克莱尔也听见了夜莺的叫声。

下车之后，克莱尔熟练地把录音机准备好。为夜莺录音，是她的活儿；用笔记录夜莺的唱谱，是梅西安的活儿。不过，梅西安的笔再迅速，也赶不上鸟叫的速度，常常他还在记录着这只鸟的歌唱，而另一只鸟觉得自己唱得更出色，嫉妒地挤了进来。

一只一只的夜莺是那样不同，它们的啼叫声也是那样不同，就像森林里每一棵树都不相同，每一片叶子都不相同一样。一只夜莺反复唱着一种旋律，一唱三叹，好像是在等待着伙伴，等了很长的时间。

他从来没有听过夜莺这样歌唱，这样旁若无人。稍微沙哑的声音里面，淡淡的忧伤，像是抽出来的一丝丝泛着月色的溪水，缓缓而蜿蜒地流淌出来，好像是碰见了石头或杂草的撞击，声音显得有些呜咽的样子，一遍遍地在重复着的声音里变换着强弱和长短，夹杂着不同的颤音和装饰音。

梅西安一直有这样一个梦想，希望记录下一万种不同夜莺的歌唱，为夜莺谱写一支曲子，那是为夜莺留下的肖像。一万种，开始克莱尔惊讶不已，她建议梅西安现实一些，哪怕改成一百种也好呀。但对于梅西安来说，这并不是什么奇迹，只要去做，是可以做到的。只要一只一只夜莺去倾听，就能够从一到一万。

不知什么时候，东方吐出了鱼肚白。夜莺是夜色中的精灵，在这一瞬间，它们好像听到了号令一样，齐刷刷地喑哑了嗓子，取而代之的是一群叽叽喳喳的麻雀和黄雀的叫声，把阳光带了进来，让每一棵树的树梢都染上一片金红。

梅西安后来创作了《花园里的夜莺》，就是从一万种夜莺的啼叫声中提炼出来的音乐，是夜莺之大全，是夜莺之肖像，是夜莺最美声音的精华与升华。

为什么明明是别人的选择，最后却变成你自己的了

□菲尔普

你是否有过这样的经历：

三两好友一起出去逛街的时候，看见好友们都围着一个产品讨论该买什么颜色的，其中一个人转脸问了你一句："你要买哪一个呀？"你看了一眼后，犹犹豫豫地说："蓝色……的吧。"然后同伴们就自觉地帮你把它放到了购物篮

里。等到付完账后你才反应过来自己一开始也没想买这个呀。

有时候，明明是别人的选择，最后为什么却变成了你的？

美国心理学家阿希在1951年曾经做了一个"从众实验"。阿希设计了七个实验室，找来了七组大学生，给他们每个人看两张图片，两张图片上是一样长的两根绳子，然后问他们哪张图片上的绳子比较长。为了实验效果，阿希事先在每组中选择了一个对象，并与其他组员打好招呼让他们说假话，也就是说，众人合起伙来"骗"一个人。

实验开始了，在每组实验室里，前几个托儿都说第一幅图片里的绳子更长，那个真正被测验的人一开始还坚信两根绳子一样长，但是在其他几个人的统一口径下，他开始怀疑自己。最后竟然有三分之一的人直接跟随大众选择了"前者更长"的错误答案，另外三分之一的人在选择了正确答案后，经过再三犹豫又改了答案，依然选择了大众的意见，只有三分之一的人一直坚持自己的选择。

这种从众效应叫作"羊群效应"：草原上的羊群没有组织、没有纪律，但是一旦头羊行动起来，其他羊就会毫不犹豫地跟着头羊行动。形象一点来说，如果你放一个障碍物在它们面前，第一只羊走到这个地方会跳过去，第二只也会跳过去，第三只、第四只同样如是。但是当你把障碍物搬走之后，后面的羊仍然会跳着过去。

"羊群效应"就是在群体的影响下，个人的观念或行为向与多数人相一致的方向变化。对于新兴的潮流和思想，人们会追随大众所同意的，甚至否定自己的观点，并且不会去思考事件主观上的意义。群体观点会影响动摇那些持有怀疑态度的人，往往会使人失去理性的判断，陷入骗局或者遭受失败。

我们有时候会发现，市场上流行的那些新生商品，并不是大家必不可少的，有些甚至是不需要的，但就是有很多人前赴后继地去购买，然后放在角落里堆积着。这就是商品要做广告的原因了：为了造势，为了唤醒消费者的从众心理。只要能培养出一部分消费者，跟从的人就会越来越多。

几年前特别流行的一种叫作"掉渣饼"的食物。这是一个湖北姑娘发明的快餐食品，在短短几个月内，风靡了大江南北。

"掉渣饼"最火的时候，仅仅在北京这一个城市就有一千多家小店和流动摊点。可是，没多久，"掉渣饼"就在大众的视线里无影无踪了。说到底，是因为"掉渣饼"这种产品制作方法太过简单，没有技术含量，看几遍就能学会，容易仿制，而且成本低，门槛低，所以盲目加入的人越来越多。但是市场总会饱和的，再加上管理混乱，这个品牌渐渐就倒下了。

然后在品牌倒下的过程中，又是一个学着一个，看到别人不做了，就跟风放弃。试想如果聪明一点的人当时咬牙坚持下来，说不定如今又是另一番风景了。

30多年前的高考状元，后来怎么样了

□田七喜

1

前段时间参加同学聚会，其间聊到了当年的高考第一名干什么去了。

其中几个同学用看笑话的语气讥讽说："当年他就是一个书呆子，只知道做题，现在估计也混得不怎么样，你看连同学聚会也不敢参加。"

当年那个高考第一名混得怎么样？似乎大家都在看他的笑话，要暗暗印证自己当年的选择是对的，死读书的人没有好下场。

现场没有一个人知道，我出于好奇，在聚会结束之后，偷偷打听了一下。

从大学毕业之后，他继续读书，一路深造到了博士，现在他已经是世界TOP3的一个投行高管，年薪大几百万元，接触的都是顶尖的名流人士，远远把当天聚会的同学甩出了八条街。

原来他不是混得不好，而是他根本不和我们在一个圈子，而当时一些同学意淫他混得不好，现在看起来真是像一个笑话。

似乎我们都听过这样一个故事，某学渣成绩不好，而某学霸成绩很好，20年过去之后，学渣和学霸在一个招聘会上见面，来参加面试的，是当年的学霸，而面试学霸的就是当年的学渣，学霸的前途和命运，都牢牢掌握在学渣的手里。

这个故事听起来很爽，也暗合了很多当年学习不用功的人的心理。

可是我们扪心自问一下，这样的场景多吗？真的不多，更多的是，因为高考、因为学历，学霸们走上了人生巅峰，而学渣们只能在社会的底层做最辛苦、最基层的工作。

学霸落魄、学渣逆袭，这样的事情很多人都喜欢看，一旦发生就会成为新闻，就会引起轰动，因为他们喜欢看到别人被拉下神坛的感觉。

于是，每年高考状元出炉的时候，一片祝福声中，总会出现一些酸溜溜的评论：状元又怎么样？毕业了还不是要出来找工作？可能混得还不如小学毕业的呢。状元都是高分低能的书呆子，到了社会上也不会吃香的，赚得还不如卖茶叶蛋的多。

那些抱着看笑话心态的人，仿佛都期盼状元们境遇凄惨，好满足他们的阴暗心理。

2

那些高考状元到底过得怎么样？真的如他们所说，都过得很差吗？还真的有人去调查了这件事情。

30多年前，佛山电视台曾经对一批高考状元进行采访，并制作了一期视频，这在当时引起轰动；30多年后，他们再一次找到了当年接受采访的状元们。

他叫陈东，当年900分的满分成绩，成为当年的广东省文科状元，被北京大学录取。

当时学校还专门为他办了一期欢送会，他说，拿到状元也没有很兴奋，因为他在高一的时候，就下定决心要考取文科的状元。

30多年后，他过得怎么样呢？

如今，他已经是中山大学法学院的副教授、硕士生导师，还是美国纽约大学法学院、英国卡迪夫大学法学院等国外高校的访问学者，已经成了一代名师，著作等身。

另一位状元谭志佳，当年以总分第一的成绩成为广东高明区首个省状元。

谭志佳的父母都是农民，每年收入不足三千元，家里穷困潦倒，但他还是以惊人的毅力和智慧，成为一名省状元，考入北大。

这么多年过去了，谭志佳已经是香港大学医学院博士后研究员，拿到了博士学位，主要从事遗传病理研究工作。

自己成功之后，他还加入同乡会，为佛山付出和奉献了很多，同时，他还是政协委员，致力为家乡的发展出谋划策。

不只是他们，还有很多关于高考状元的报道。

河南省的文科状元张磊，以当年文科第一名的成绩被中国人民大学录取，并进入耶鲁大学深造。现在他已经是耶鲁大学建校315年来的首位中国校董。他创立高瓴资本，以220亿元的财富值，登上胡润百富榜。

还有百度创始人李彦宏是阳泉市高考状元，京东创始人刘强东是宿迁市高考状元，豌豆荚创始人王俊煜是广东省高考状元，中国最牛基金经理王亚伟是安徽省高考状元，著名作家刘震云是河南省高考状元。

据一份对1977—1986年高考状元的职业统计，他们中有些已经是：中国建筑西南设计研究院副总工、中青在线总经理、软银中国合伙人、南京大学公共管理学院院长、人民文学出版社副总编、美国长岛大学教授等。

为什么这些高考状元只要自身不出问题，大概率不会混得太差？

因为很多东西是相通的。能够当上状元的人，非同凡人，他们的吃苦能力、抗压能力、学习能力远远超过普通人，而这些能力，又是能够促使他们继续成功的原因。

退一万步讲，即使他们不去从商从政，做文史类的工作或者教育类的工作，也是如鱼得水。

而且，高考状元是从千军万马中脱颖而出、考入名校的，有了名校的背景，他们的人生起点，从那时起就比普通人高出一大截，早就改变了自己的命运。

状元中，大部分人不一定成了首富或者是某个行业最有钱的人。但他们大多数都在各自的领域不断探索，寻找一种让自己觉得有意义的活法。

我写这篇文章的目的，不是说读书时成绩好的人，到了社会就一定能成为人才，更不是说成绩不好的人，就注定什么都干不好。我想说的是，人生的意义在于整个过程，而不是某个阶段、某个瞬间。某一阶段的成就，只能代表那一阶段的努力，如果躺在过去的成绩上睡大觉，那么，即便是高考状元，也不过是梦幻泡影。毕竟，人们关心的只会是"你是谁"，而不是"你曾经是谁"。

高考是人生的一次大考，但人生远远不止高考这一场考试。

米兰·昆德拉说，生活就是一种永恒的沉重的努力。

事实上，在任何阶段、任何领域，努力奋斗都不会过时。

就在那里

□ [美]雷·布拉德伯里

每个人死后都要留下点什么，我的祖父这样说过。孩子、书、画、房子、一堵自己修的墙、一双自己做的鞋，或者是种满花草的花园。你的手以某种方式碰过某样东西，所以等你死了以后，你的灵魂就有地方可去；人们看着你种的花草树木，你就在那里。做了什么并不重要，他说，只要你可以改变它，你的手接触它之前是一个样子，你把手拿开之后，它就变成了某种跟你类似的东西。只会修剪草坪的人和一个真正的园丁之间的差别就在于他们的触摸，他说。修剪草坪的人好像根本没有出现在那里；而园丁一辈子都会在那里。

青年励志馆 | 容得下别人的风光，摁得住自己的嚣张

不怕做最后一名

□ 邱雷苹

每次长跑考试前，大家总笑着说都慢点慢点，我曾经试过，毕竟长跑很累，我不想这么累。

可就像本能一样，我只要看到有人跑在我前面，我就怎么都想要去超越他。

我小学和初中很强，高一那年，我照常报了校运动会1000米，我冲班主任拍胸脯，保证拿到前三名。班主任笑眯眯地说："上场的都是二级运动员，我们班没体育生，你瞎跑跑就行。"

我说："你看着。"他答："我会看着，但你别太较真。"

运动会到了。起跑不久，我就发现在我面前的几个人都显得太游刃有余了……明明是自己最熟悉的节奏，我却越来越落后，眼睁睁见自己跑到最后一名。我什么时候跑过最后呀？

我咬咬牙齿，加快节奏，强行提速。我说过，我极度讨厌别人跑在我前面。可这世界上就是有你怎么样也超不过的人。

我跑得手脚发麻，眼睛模糊了，可那些影子只是离我稍近了些，随着比赛到尾声，他们也在加速。我那时候脑子里只想着一件事——无论如何，绝不能跑最后一个！我再提速，那时候手已经没知觉，动作都变形了，可确实还能快一些。随后我头也开始痒，开始发麻。看台上的声音都听不见了，我都怀疑自己跑的不是直线。

跑过终点线我就蒙了，大脑从麻到热，然后开始变重，渐渐走不稳路，直接坐在赛道上，然后自顾自开始吐。我就记得一幕——班主任从看台上面跑下来，然后是跳着翻过最后一个围栏，朝我冲过来。

我忘记自己坐了多久，后来被班主任搀回休息室，喝水——吐，喝水——吐。我反复问，那个人我超了没有，那个人我超了没有。班主任就说，结果还没出来，那时候我脑子不清楚没意识到——这不是一眼就看得出的事情吗？

那次我得了最后一名，跑了最后一名还跑吐了，进了医院。这结局我无法接受。一整天我都如坐针毡，最怕有人过来安慰我，说些努力跑完就很棒了这类究极补刀话术。后来我知道，班主任提前告诉所有人，不要安慰我，权当没事发生过。

他顾及我的自尊心，后来是在我一篇作文的评语里写了一段长文的。文章很长，我只记得一句了，他说，除去这次，在你以后的生命中，还会出现许多这样的时刻，你会发现哪怕拼尽全力也改变不了什么。

我现在能懂这句话的意思。尤其随着年龄增长，我发现自己越来越能容忍别人跑在我前面，慢慢离我越来越远。我们终将接受自己人生平淡的底色，现在想想，坦然接受未必不是一种磊落和洒脱。

只是很偶尔，看到有人跑在我前面，还是会不甘心。

我会想起当初那个跑吐躺在赛道上的少年，每到这时，就会想，再勉强一下，再勉强一下……尤其是，如果知道自己只要付出"手脚发麻""脑袋发重""进医院也行"这样的代价就能达到目的，我觉得也太幸运了。

付出确定的努力就能得到确定的结果，这是多么幸运啊！只是许多时候，见到熬完一夜还是毫无成果的Word，见到再苦劝不回的关系，还是会不由自主地放慢脚步，然后在离终点线还很远的地方就停下了。

我不会吐了，不会声嘶力竭了，我会体面地失败，体面地停下，然后继续前进。我不知道这是好是坏。只是仍然会希望，曾经那个吐着倒在赛道上，不断询问自己最后得了第几名的少年，他别对我失望。

乌鸦老大

□ 唐辛子

来过日本的人都知道,日本的乌鸦特别多。虽然这几年东京都内的乌鸦已经从十多年前的3万多只减少到不到1万只,但因为乌鸦特别喜欢在人类居住区出没,所以目力所及的范围内,乌鸦似乎从未减少。无论你走在日本的城市还是乡村,随时可以见到双翅矫健的乌鸦像鹰一样从头顶飞过。它们毛色乌黑锃亮,目光冷酷,盯着人看时,通常面无表情、不动声色,跩得很,彪悍得很。而且乌鸦的智商据说是飞翔界最高的,属于谁也不敢惹的"乌鸦老大"。

我家的垃圾,就已经被乌鸦们洗劫过无数次了。我居住的这个社区,规定每周二、周五这两天扔可燃垃圾。可燃垃圾当中包括"生垃圾"——也就是所说的"湿垃圾"。橘子皮、鸡骨头或者扔掉的残羹剩菜等,都属于湿垃圾。而湿垃圾是乌鸦们的最爱。

为了安全起见,日本规定,所有要扔掉的家庭湿垃圾必须装在透明或半透明的大垃圾袋里,并在指定时间之前拎到家门外,等待垃圾车统一收走。这个规定为乌鸦们洗劫垃圾提供了极大的便利。每到扔湿垃圾的日子,乌鸦们就会携妻带子成群飞来,在各家各户的大门前低空飞行,呱呱大叫着,交流各自所侦察到的各家垃圾情报。一旦发现令它们感兴趣的食品,它们就会用尖硬的喙啄破垃圾袋,饱餐一顿。

一开始,我也学日本邻居的样子,买了一个驱赶乌鸦专用的黄色大网兜,罩在半透明的垃圾袋上。但不久,"乌鸦汉子"们就发现它只是个中看不中用的玩意儿。它们很快学会了用喙将黄色网兜衔起来扔到一边,继续洗劫垃圾袋里的湿垃圾。

看到乌鸦们如此聪明,接下来再扔垃圾时,我便用黄色网兜将垃圾袋系得紧紧的。乌鸦们再也无法用喙将系紧的网兜衔起来,扔到一边。估计我这种做法令乌鸦们恼火,作为报复,它们干脆将我的网兜啄出一个大洞,让我再也"无兜可系"。

不过,相比新闻里所报道的会"犯罪"的乌鸦,只在我家偷点垃圾的乌鸦已经算得上是守规矩、有良心的好乌鸦了。心眼坏的乌鸦,甚至会朝行人头上扔石头。

除了心眼坏,有些顽劣的乌鸦还特别擅长恶搞。日本的电视新闻曾经报道,东京某幼儿园连续五个星期发生"肥皂"失窃事件。后来记者跟踪调查才发现,原来是乌鸦干的。乌鸦们在这五星期内一共偷走了幼儿园60块肥皂,让孩子们没法好好洗手。还有一次,仙台市正在举行棒球比赛,突然有大群乌鸦从天而降,停落在比赛场地中央,比赛不得不临时中止。

此外,集体行窃、偷食果农们的水果,成群毁坏公园花坛,也是乌鸦们常干的勾当。有些智商超群的乌鸦,甚至还会偷走日本家庭放在室外的铁丝晒衣架,用来搭建自己的鸦窝。作为生活在现代都市的乌鸦,乌鸦们的生活也与时俱进。它们不再使用树枝搭窝了,而改用铁丝等更坚固、更时尚的搭窝建材。

日本的乌鸦如此劣迹斑斑,实在令人讨厌得很,却奈何它不得。因为日本在1918年就制定了《鸟兽保护法》。乌鸦们虽然捣乱,但受法律保护,日本政府要惩罚乌鸦,也得在不违反《鸟兽保护法》的前提下进行。几年前东京都成立了一个"乌鸦对策工程"网站,专门收集乌鸦的"犯罪证据",呼吁大家积极思考"乌鸦对策",并提议大规模捕杀乌鸦。但这一提议遭到日本鸟类保护者的反对。即便"乌鸦犯罪"极为猖獗,也只有63%的日本民众同意在不影响乌鸦生态平衡的前提下,有限制地捕杀乌鸦。

一朵"香菇"的奇遇

□马小铃

荷兰近于北欧，部分地处海平面以下，在北大西洋妖风的"宠幸"下，常年湿润多雨，为各种菌类的成长提供了良好的环境。

来到荷兰后，原本以为这儿繁多的蘑菇能让我了采摘的心愿，事实上却并非如此。

采蘑菇前要考证

去年秋季，我在网上看到一则去荷兰中部密林里采摘蘑菇的活动信息，然而不仅活动价格不菲，还需提前考取荷兰政府颁发的"植物辨别证书"。有证书才能采蘑菇，这是为了避免人们采摘到毒蘑菇误食。而这张证书，不仅需要去专门的植物研究所上满160小时的课程、读完三本像字典那么厚的荷兰文的植物类书籍，还要缴纳一大笔培训费。一个采摘活动，搞得像是知识竞赛，我霎时没了兴趣。

因为荷兰对于食用菌的严格把控，市场上售卖的食用蘑菇价格极其昂贵，以至于我在荷兰这几年，吃蘑菇的次数两只手都可以数过来。

我家房前有一片花园，元旦过后，荷兰连绵的密雨终于暂时停歇，一天，我偶然发现自家花园里拱出了两朵大大的、水灵灵的"香菇"。说是"香菇"，也不完全是我熟悉的香菇的模样：这两朵棕色的大蘑菇，个头有拳头大小，伞盖又厚又结实，样子看上去平淡无奇，外表也没有毒蘑菇常见的奇怪颜色、绒毛、凸起等特征。我闻了闻，没有香菇的浓郁香气，但也没什么怪味。初次判断下，我已经把它认定为人畜无害系列了。

恶毒属性的"大香菇"

当天傍晚，我准备做麻辣香锅当晚饭，在冰箱里搜一搜，有鸡腿肉、基围虾、豆腐干、鱼丸和几样青菜，好像少了点什么食材。我又跑去窗口瞅了一眼家里花园的两朵蘑菇，心想：一般情况下，毒蘑菇都长在阴暗潮湿的地方，外表艳丽有凸起，我这两朵蘑菇外表平淡无奇，既敦厚又朴素；而且，城市里同款蘑菇到处可见，朋友家的猫也经常揪着蘑菇玩来玩去，如果真的有毒，政府早就派人把它们全拔掉了，怎么可能到处都是？

综上所述，我认为，这一定只是两朵普通的大香菇！当下，我毫不犹豫地把两朵"香菇"摘了回来，洗净过油，准备给麻辣香锅里加个菜！

麻辣香锅做完后配上白米饭，我津津有味地吃了一半。

酒足饭饱后，我在书桌前开始复习次日的博弈论考试。渐渐地，我发现自己不能够集中精神，脑中似乎有无数个人在对我说话，声音由弱渐强，随之，我的身体也开始变沉变软，感觉自己不是坐在椅子上，而是沉在一片沙里，马上就要把我吞没。

这时，男友给我送来水果。据他所说，我当时正一脸痴相对着空气疯狂地摆动手臂做划船状，双眼迷离，嘴里还用中文大喊着："好大的浪啊！妖风啊妖风！"他吓坏了！从症状来看，我应该是食物中

毒产生了幻觉，说着就要把我送往医院。路上，我不间断地唠唠叨叨，从我的叙述中，他终于得知我吃了毒蘑菇。

 可乐是解药

到了医院后，他把我之前拍下的蘑菇照片拿给急诊处的医生看，叙述了我的病情。我躺在病床上，全身的感官都被放到了最大，我甚至可以感觉到空气中的氧气和二氧化碳分子融进我皮肤上的毛孔里，也能感觉到我的头发丝儿和枕头上的纤维接触后产生的摩擦力。

医生给我做检查时，我还不忘非常客气地用荷兰语安慰她："没事儿，不要紧，慢慢来，真是麻烦您了。"

化验结果很快就出来了。医生说我并没有什么大碍，我吃的只是致幻类蘑菇，毒性不算太大，对肝脏和肾脏不会有特别大的损伤，一般4个小时后，身体就可以代谢掉毒性，恢复正常。如果想稀释毒性可以多喝点可乐，三天后回医院抽血复查肝功能。

就这样，一通检查下来花了几百欧元，我又被带回了家。那时距我吃下毒蘑菇大概过了两个半小时，是蘑菇毒性最高并开始逐渐回落的阶段。

到家后，眼前的场景又一次变了：地板、墙壁、桌子、椅子等全都像动图一样在进行重复活动，我试图回到书桌前继续复习，然而纸上的每个字都由2D变成了3D，挣扎着要从书上跳下来。我越看越觉得有趣，傻乎乎地笑个不停。

看我这样，男友赶忙出门买可乐帮我稀释毒性。临走前，他千叮咛万嘱咐，我不可以下床，不可以乱动，最多10分钟，他就带着"解药"回家！

我喝了好几杯可乐后，毒性慢慢退了，等我再次睁眼的时候，已经完全没有"看到小人儿跳舞"那种幻觉了。三天后，我来到医院复查，一切正常，警报完全撤除。

医生说，荷兰由于气候湿润，蘑菇的品种很多，有毒无毒的都有，外行人很难仅凭肉眼分辨，比如，有一种剧毒蘑菇"鹅膏"，外表朴素，还经常会被虫子啃上两口，然而它含有剧毒，一旦误食，可能在几秒钟内毙命。

不过，荷兰蘑菇不仅是餐桌上的美味，有一些也会被用作药品，来对抗抑郁症。怪不得，我中毒的时候一直傻笑，第二天考试的时候也比平常更开心和自信。看来这次经历并不是件坏事嘛，至少今后有谁不开心，我就摘个蘑菇炒盘菜，跟他说："兄台，干了一锅毒蘑菇，保你笑口常开！"

枯山水
□ 王自亮

日本的园林中，有一些是讲究枯寂之美的。比如一些枯山庭院，光秃秃的院落，满是黄沙，中间几块石头，一方水池，一块枯木，了无意趣。这样的园林，与我国的大相径庭，有什么趣味呢？可是，在一些人眼中，却有着别样的美。

大道至简，大巧若拙。形体是枯寂的，意蕴是丰富的。就像一些人，历经一生铅华，到最后才发现，平平淡淡才是真，就在这枯寂之中，有着无限的灵动，丰富的意趣。

洗尽铅华见真淳，人生世间，世上万物，不都是一个从繁荣到枯寂的循环吗？从绚烂到凋零，从凋零到枯寂。虽然花开繁枝，多么美好，但花凋谢时，又是怎样的伤感、无聊。所以，为了避免这种难受，干脆就不要它绚烂好了，不要它绽放好了，只让它枯寂好了。

这枯寂的状态，一下子接近了万物的本源，接近了道。很多人便以枯寂为美的。品茶品干枯的老茶，观景观枯淡的风景，就连人生也过得特别寡淡。达摩面壁十年图破壁，一坐十年，一朝开悟，则一苇渡江。有些人被称为苦行僧，也把自己的人生过得苦涩而干巴。但是，其肉身生活的简朴与精神世界的丰盈联系在一起。其肉体越枯寂，其精神越丰盈。

在这枯山枯水之中，能让人更深地体悟到生命的真谛。枯山枯水，枯中有真意。

休一咖啡店

□ 王征宇

老板姓修，开着一家休一咖啡店。休一咖啡店周六不营业，员工休息，店里就剩老板一个人，如果想喝咖啡得自助。咖啡店的门开着，是为了方便进店修旧东西的人。

有趣的是，休一咖啡店周六却门庭若市。年轻女子拿着破了洞的毛衣，请妈妈辈的志愿者帮忙缝补；小朋友带来坏掉的电动玩具，请眼镜哥哥修理后，尝试重新启动；白发苍苍的老人拿来10年前就停摆的手表，拜托中年大叔修理……老板也没闲着，盯着电脑，很专注地在设计图纸。

老板是个"80后"，看上去朴素真诚。他毕业于名牌大学建筑系，休一咖啡店是他的创意之作。这里原本是个供销社仓库，闲置多年，屋顶漏雨，墙面长满了霉斑。但他租了下来，吧台是他自己做的，桌子、椅子也是他自己组装的。墙面贴了半截瓷砖，其上刷成大黑板，黑板上手绘了城市地图，可见他念建筑系时的基本功。

咖啡店刚开张，找他做设计的人就来了。只要时间排得开，他很乐意，且不收费，唯一的要求是，对方如有一技之长就来咖啡店，加入修修补补的志愿者队伍。小到雨伞，大到电视，修旧利废的队伍慢慢壮大，家具、灯具、小家电、自行车、玩具、衣物……能维修的东西越来越多。

我也尝试找人来修理我的安桥C-722M桌面CD机。这个老古董跟了我快20年，如今读碟时经常跳轨，进退舱也不太灵。如同一个牙口不好、大脑迟钝的老人，我已经不敢拿心爱的唱片"喂"它。但习惯在临睡和醒来时听一曲的我，舍不得扔掉它。

那天，我走进咖啡店，有个戴眼镜的小伙看我捧着CD机好像抱着老宠物，就迎过来说帮我看看。他娴熟地将机子拆开，检查后告诉我，托盘皮带老化，光头也要换了。小伙子将自己的手机号写给我，还写下要网购的光头牌子，嘱咐我等货一到就联系他。

那天，我还目睹满头白发的老邱帮一个胖阿姨修好一口锅。胖阿姨说锅是女儿从国外带回来的，不知怎么就出现了小漏洞，听说这里可以修，便特意乘公交车来碰碰运气。工程师老邱灵机一动，将一块废弃的不锈钢磨成铆钉，打在漏洞处，拯救了锅子。胖阿姨开心地敲了敲锅底，诙谐地说："感谢老邱师傅出手相助，让下岗锅子重新上岗。"这话惹笑了一屋子人。

走出咖啡店，不免扪心自问，我会修什么？我怎样才能帮到别人？我惭愧地发现，自己手艺不佳。不过，到店里做杯拉花咖啡、搞搞卫生应该是可以的。

书读不下去怎么办

□张佳玮

假设，你拿到了一本书，读了几句，发现读不懂，怎么办呢？我推荐的法子是：别强读了，算了吧。听着有点儿简单粗暴吗？其实这样做没问题。

一直以来，我们似乎总被鼓励：读书要迎难而上、披荆斩棘。人生有那么多必读书，读完了才算完整。读不懂也得用心啃、拼命读，读出微言大义来才过瘾……然而玛格丽特·杜拉斯就很直白地说，她看不下去罗兰·巴特的书。她对巴特没偏见，甚至还有过一段友谊，但他的书"读不下去"。

类似的，海明威的书被认为简洁明了，然而雷蒙德·钱德勒嫌他写得啰啰唆唆。还有变心的读者，比如福楼拜年少时，读雨果的小说读得如痴如醉；后来年纪渐长，读雨果写的小说，产生了巨大怀疑，觉得雨果不够科学。他看不起的还不是一般小说，而是传奇巨著《悲惨世界》。福楼拜大叫："我有生以来，一直赞佩雨果，现在却感到愤慨！我要爆发出来！这部小说，既不真实，也不伟大。论文笔，作者故意写得不伦不类，难登大雅之堂，取悦庸众……每个人都死板，是一种性格，像悲剧中的人物！生活中哪有像芳汀那样的妓女，像冉·阿让那样的苦役犯？……都是些假人……用大篇幅说理，讲的却都是题外之事，没有一句切题的话……后人不会饶恕的，他居然想当思想家，跟他本性也不合呀！"这些话如果你在课堂上道来，大概足以让老师大惊失色吧。然而这出自福楼拜之口，似乎也是可以理解的。

实际上，世上没多少作品是完美的，也没多少作品是非读不可的，更没多少作品是必须读完的。世上已经有太多"过于有名以至于你读完了不敢说不喜欢，只好人云亦云地夸两句"的书了，然而这实在没必要。

许多人读不下去书，会归咎于自身，觉得自己没耐心之类。然而一本书和一个人，得投缘。一个人已有的知识结构、对这个题材的兴趣，都会影响读书的进度和乐趣。与此同时，实际上，写得处处完美均匀、从头到尾都让人读得开心的书，并没有那么多。读不完也没什么。诸葛亮读书"观其大略"，就是个很好的习惯。

加西亚·马尔克斯有一个说法，作为写小说的人——比如他自己——读小说时难免抱着另一种心态。不为读一个故事让自己爽快，而是"剖析这本小说，看他是怎么写成的"。大概类似于一个厨子吃宫保鸡丁不是为饱腹，而是琢磨宫保鸡丁是怎么做的；一个教练看足球不是为了知晓输赢，而是看双方技战术是怎么安排的。这种内行看门道式的剖解，已经属于案例分析、技术学习的范畴，算是在学习。这是很值得赞赏的心态，但并非必要。毕竟大多数非专业者，未必需要抱着学习的心态，兼容并蓄地强行学习什么。

现代人的生活已经过于琐碎，真正是"生也有涯，而知也无涯"。逆着心思一路追逐，其实什么都得不到。所以，除非是必须要读教科书准备考试，或者有心从事这个行当，否则，世上其实没太多非读不可、读不下去也得咬牙死磕的书。

就读一本也许不那么高雅、读完了也没法放到社交平台吹牛，然而自己喜欢的书好了，这总比咬牙强啃、回头就忘掉某本自己不喜欢的书更快乐，也更容易养成阅读的习惯。如你所知：持续不断地读各种书，比强读一本书要有意义得多。

终于，我又可以勇敢地面对死亡

□ 纪慈恩

这件事曾经残酷地摧毁了我

到目前为止，我的生命被分成了两部分：20岁之前和20岁之后。

19岁那一年，我最好的朋友得了肝癌。那是我第一次如此真实地感受到死亡的存在。当时，她在荷兰留学。在荷兰，安乐死是一种合法的行为。因为已到肝癌晚期，病魔无时无刻不在折磨着她，疼得实在受不了，她甚至会咬自己的胳膊。所以，我去看她的时候，她求我为她签署安乐死同意书。

我那个时候太年轻，根本不知道自己是否能够承担得起对另外一个生命的责任。在万般无奈下，我狠心为她签署了一份安乐死同意书。

这个决定，由此改变了我的后半生。

在她的追悼会上，当人们得知是我为她签署了安乐死同意书时，可怕的一幕出现了，我至今都无法忘怀。他们说，是我杀了她。他们说，我一定会得到报应。开始是一个人、两个人，到最后，几乎所有人都对我进行谴责。

在此之前，我每天都因为好友的去世而哭泣，用医生的话来说，这是一个人遇到这种事情时的正常反应；而自从追悼会后，我没有再对此说过一句话，我感觉自己已无力面对这个世界。自我封闭，成了我保护自己的唯一方式。我每天都躲在屋子里，拉上窗帘，不和任何人打交道，也不和父母说话，只是每天坐在地上，问老天为什么对我这么不公平。那一年，我被确诊为"创伤后应激心理障碍"，是一种很严重的心理疾病。

经过一年半炼狱般的治疗，精神鉴定中心为我开具了一份已经康复的鉴定书，但实际上，我知道我并没有康复，因为我对死亡仍然有着非常深的恐惧。

死亡，它曾经这样无情而残酷地摧毁了我，我一定要认清楚它的真面目，我要看看它为什么会让我变成那个样子。所以，后来我做了一个决定，要去离死亡最近的地方——临终关怀医院，去了解死亡的真相。

因此，我在21岁的时候，成了一名临终关怀志愿者。

要清醒地活在当下

至今，作为一名临终关怀志愿者，我已经送走了几十位临终者。

我曾经以为，我是去与死亡对抗的，但没想到，最后我和它握手言和。

在临终关怀医院里，我看到了各种各样的死亡。有的人很平静地面对死亡这件事，有的人很挣扎、很折腾，也有的人活得很精彩。他们都以自己不同的方式，走向死亡。

在我服务的对象中，我印象最深的是一位姓林的奶奶。她是一位很有智慧的老太太，她常常对我说："生命自有它的定数，我们要承认，生命就到这里了，我们就允许它到这里。"有很多次，她在深夜拉着我的手说："如果有一天，在我生命的最后阶段，我意识不清楚了，我糊涂了，千万千万不要给我治疗，我不想看着我的血一点点变成黑色，我想有尊严地离开这个世界。"

但是，我发现有一种普遍的现象，那就是中国的大多数子女在父母病危或临终时都不愿意放手。后来，林奶奶的癌细胞扩散了，她的女儿一定要让她去做化疗，林奶奶不愿意，就用自残来抵抗。最后，她女儿看她这么坚决，才含泪不再逼林奶奶去做化疗。

在临终关怀医院，我听到很多家属说过这样一句话："如果我今天不给他治疗，我将来会后悔的。"在很多中国人看来，我们不能允许生命就这样轻易地终结，我们希望生命永无止境地继续下去。可是事实上，生命终将会终结，这是一件自然而然的事情。

我渐渐明白，死亡有很多种维度，它并不是我们想象的，是非黑即白的，一定是绝望的、悲伤的。

我常常会被问到一个问题：你天天和一群将要离开这个世界的人生活在一起，你是如何调节自己的悲伤情绪的？我一直不知道该怎么回答这个问题。后来我就想：为什么我和他们生活在一起，就一定要有悲伤的情绪呢？因为在大多数人的眼中，死亡是一件绝望而悲伤的事情。但是，对于现在的我来说，死亡不再是让人恐惧的。

就像那位林奶奶，她之所以能够这样镇定而从容地面对死亡，是因为她已经深深领悟了生与死的意义。在临终关怀医院志愿服务的过程中，我发现，一个人对待死亡的态度，其实取决于他活着的时候。死亡并不重要，重要的是活着。你可以好好地活，才能够好好地死，你只有清醒地活在当下，才能够勇敢地告别这个世界。

生命只有一次，但是我们曾经无数次地在影视作品中体验和直面死亡。对死亡的感知与体验，是为了让我们更好地活着。

我非常不赞成这个观点——好死不如赖活着。任何时候，无论健康还是疾病，我都不会选择苟且地活着。

我认为我活着的意义就是：风风光光地来到这个世界，坦坦荡荡地活着；然后在我告别这个世界的时候，可以有尊严地、安详地离开，不枉我曾经来过。

惜物即惜福

□ [日] 枡野俊明

过去，我们在寺庙中一定可以看到石臼的身影。石臼是一种用来碾碎芝麻等食材的工具。它曾是僧人准备饭菜时不可或缺的工具之一。

但是，石臼并不能一直用下去。用了三十年、四十年后，它的表面就会出现越来越多的磨损。慢慢减少分量的石臼，最终连面都磨不上了。有的石臼经过长年使用后，还裂开了。毕竟石臼是一种人造工具，裂开也是正常的现象。

那么，裂开的石臼怎么处理呢？虽然作为石臼的使命已结束，但它还可以有别的用处。几经思考后，僧人们将裂开的石臼作为腌菜石使用。

作为腌菜石又工作了三十年的石头，不知不觉间缺了个角，并变得越来越小。最终，它因为重量不足而无法再发挥腌菜石的作用。

于是，僧人们又开始思考如何让石头发挥作用的问题。最终，他们决定将变得越来越小的石头放在庭园中。将它放在排水效果差的地方，雨天在石头上行走，脚就不会沾湿。它成为踏脚石摆放在庭园中，庭园中就会出现一张新的表情。

一个石臼先是变成了腌菜石，后来又被作为庭园中的踏脚石使用，这就是禅常说的"把什么当作什么"。这种精神会让你的生活变得简单而丰富。

因与自己有缘而来到自己身边的物品，其实与自己是一个整体。轻视物品的人，或许也会轻视自己和周围的人吧。更重要的一点是，如果我们一直珍惜某个物品，多余的物品就不会出现在我们的视野中。不增加物品与不增加杂念是一回事。珍惜物品，就是珍惜福分。

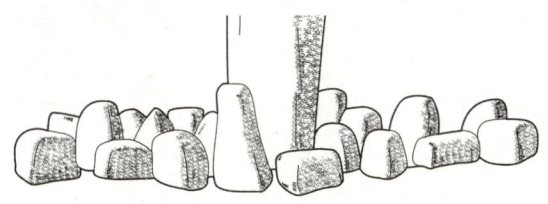

谁都觉得自己是苏东坡

□ 易之

最近，故宫在办苏轼的书画特展，叫"千古风流人物"。展品里苏轼的真迹不算多，他的朋友及粉丝的作品倒是不少，不愧是优质偶像，流量可以随便蹭。在为数不多的几幅苏轼真迹前，围着许许多多高低错落的脑袋，争相一睹东坡风采。

其实苏轼的字看过很多了，但近距离亲眼看到，感觉还是不太一样。这时候，和苏轼的距离就隔着一块玻璃，仿佛能脑补他的一举一动，猜猜他那天心情怎么样。

比如《归院帖》，不过是篇公文，估计苏轼也没当回事，显得有些随意。当然，大师的作品不能说"随意"，得说"笔致萧散"。比较一下就知道了，同时展出的《书和靖林处士诗后》，则是认认真真的创作，工工整整，笔笔都是浓墨，没有凑合的地方，署名也很清楚，仿佛是写作业。有趣的是，苏轼还给自己的诗作注，似乎是担心人们看不懂。

去看展的人很多，可见苏轼的人气。苏轼是说不完的，写他的专著、论文、自媒体文不知道有多少，但好像还是说不够。

苏轼的寿命不算长，60多岁，也不是很传奇，没有什么轰轰烈烈的事迹。他自己说"问汝平生功业，黄州惠州儋州"，概括得很全面了。简历惨不忍睹，是一步步失败最后也没能逆袭的故事。"没车没房没事业，但是人好"，苏轼让无数人懂得了什么叫纯粹的喜欢，而不掺杂其他。

苏轼其实不是一般人，他起点很高，参加制举考试是碾压级开局，据说是"百年第三"的成绩。这样一个学霸，人们依然觉得他很亲切，没有距离。

不是每个人都这样。比如李白，就像朱熹说的，"李诗不可学"，那么飘，有点高高在上的感觉；杜甫的诗沉郁顿挫，又显得格外沉重，让人心生敬重，拉开了与普通人的距离；辛弃疾的词刚猛迅烈，他本人武力超群，曾率小队直闯金军大营，生擒仇人，而今天的人大多停留在"游泳健身了解一下"的水平，确实缺了点代入感。苏轼不一样，他的面貌很多元，学霸、学渣、文青、吃货……他就是我们每一个人。

林语堂的《苏东坡传》，有一个超长的"苏轼"名词解释："一个无可救药的乐天派，一个伟大的人道主义者，一个百姓的朋友，一个大文豪、大书法家、创新的画家、造酒试验家，一个工程师，一个憎恨清教徒主义的人，一位瑜伽修行者佛教徒、巨儒政治家……"苏轼就像个少年宫，还有他不会的才艺吗？无论是诗词、书画，还是吃吃喝喝，都可以在苏轼身上找到共鸣；上至四书五经，下至电影明

星，好像都能和他聊一聊。我喜欢的，苏轼也喜欢。他不那么特立独行，他的兴趣爱好多元，也平民化，这显然是人气的重要来源。

其实才艺多的人不少。张衡也很全能，除了捣鼓出一个地动仪，还很会写诗，《四愁诗》就很经典，但人们还是习惯仰望他。苏轼了不起的地方就在于：明明那么不凡，却活出了平民的样子；明明那么艰难，却活出了高贵的样子。

苏轼是写出"枝上柳绵吹又少，天涯何处无芳草"的诗人，何等的才华。今天回看苏轼的一生，除了和程颐拌了几句嘴，用机智欺负了一下人，他几乎从来没有展露过优越感。苏轼自己说"上可陪玉皇大帝，下可陪卑田院乞儿"，就是这种上得厅堂下得厨房的样子，对谁，都坦坦荡荡，自然亲切。所以，今天留下的许多有关苏轼的记载，都是调侃、打趣、段子，可见他的内心，始终处在一种放松自如的状态。这种状态，或许正是源于才华带来的巨大自信与通透，与人无争，厚道真诚。

至于在艰难中活出高贵的样子，例子就更多了。被贬黄州，他说"长江绕郭知鱼美"；被贬岭南，他说"不辞长作岭南人"；被贬海南，他说"海南万里真吾乡"。内心会有痛苦吗？肯定有的，一路上也经历了很多坎坷磨难。苏轼，明明是失意者，却好像没有什么能打倒他。生命的力量，正是体现在失意时的坚强与潇洒。

平心而论，苏轼的很多侧面单拎出来，未必是C位。他的诗，大概超不过杜甫；他的词，至少李清照就颇有意见；他的书法，也到不了王羲之、颜真卿的高度。但是，他的很多侧面，他的才华与人格，构成了苏东坡。苏东坡不再是具体的人，而是由许许多多不同特质构成的一种人生状态，是中国文人最理想的一种境界，是人之所以为人的完美解答。"东坡"，是苏轼的号，这是一个名词，也成了一个形容词，一念出来，中国人就能联想到那种形象与气度，体会到那种美好。

苏轼之所以让人有代入感，不仅是因为他的多元，和许多人有共通之处，还在于他的境界——我们很多人都想达到，而且感觉可以达到。

苏轼看似高山仰止，但他的善良与温暖，从容与潇洒，坚强与乐观，都是很简单的。在复杂的一生里，他把这种简单保持得很完满。

我们想像他一样，即使过着很普通甚至不如意的人生，也可以活得伟岸。

想象的深处　□张　炜

在想象的深处，可能有些东西要消失，那通常是我们很熟悉的，比如我们念念不忘的社会和道德，还有类似的一些事物。那时，仿佛临近了一个天体物理学所说的"黑洞"，具有不可思议的吸力，它将一切都纳入其中，永不餍足。我们总是谈到想象力，认为它在很大程度上决定了一个作家能走多远。文学的核心是诗，而诗是最难表达和描摹之物，它就在想象的深处。

诗中写到了爱情、故事、斗争、虚无、理想，但这是它的表象，而不是本质与核心。它其实不是这些具体的存在，而是一道遥遥的虚线，像天地缝合处那不可抵达的迷茫。真正的诗人活在想象里，在沉湎中；沉湎之物，就是所有的奥妙和隐秘。沉湎在沉湎中，它是目的也是形式，是那个"黑洞"。如果说诗意的深邃就在于不可抵达，那么也只有这个物理学的比喻了。它真的具有那样的吸力，吸纳万物而不留痕迹。

没有人能穷尽诗意，没有人能洞悉它。总是小心地避开它，却又不时走入深处，这就是诗人的宿命。我们平时说的想象力，其实与想象的深处没有多大关系，那只是具象的连缀和衔接，是现实拼图。想象的深处不存在这一切，它们全都消失了，湮灭了，浑然了。它绝对诱惑我们。

青年励志馆　容得下别人的风光，摁得住自己的嚣张

顶尖高中是为谁准备的

□ 苗炜

我在微信朋友圈里看到一个孩子的成长。那个孩子的爱好是拍摄星空，他每隔一段时间就跟着爸爸去内蒙古或者兴隆，拍摄星空。他的妈妈会晒一下儿子的作品，也会晒一下儿子的获奖证书，偶尔也会介绍一下他使用的器材。今年夏天，他妈妈说，终于送孩子上中学了。我能感觉到她长舒了一口气。我打听了一下，果然是北京一所很棒的中学。我说，行了，上了这所中学，上大学就十拿九稳了。那个妈妈说，还不行，上了本校的高中，那才算是十拿九稳。

凡事都有两面。从一方面来说，激烈的竞争，向下传递，上大学的竞争从小升初就开始了；从另一方面来说，早竞争早完事，孩子12岁上了一所顶级中学，不出意外的话，就会考上一所"985""211"。要是十五六岁上了一所顶尖高中，那最次也会考上一所"985""211"。孩子是不是读书的料，早早就能看出来。怕的是什么呢？怕的是到了初中，左看像读书的料，右看又不像读书的料，怕的是没见识，在教育产业的忽悠之下，没能更上一层楼。

美国作家大卫·福斯特·华莱士写过一本叫《弦理论》的书，这不是一本理论物理的著作，而是一本讲网球的书。书中第一篇文章叫《旋风谷的衍生运动》，写的是华莱士少年时打网球的经历。他在13岁到15岁期间，算得上是美国一流的少年网球选手，他住在伊利诺伊州，参加少年网球比赛，那里总是有很大的风，会对网球的球路产生难以预判的影响。华莱士写了他对空间的感觉，还用数学来解释网球，也讲了他的一个心结。他少年时拿过奖杯，成年后也一直打网球，心里难免会暗暗比较，觉得自己可以和职业网球选手一战。但他现场看过几个世界排名100之内、世界排名100到200之间的选手的比赛，看到他们在训练中那种极度的自律和专注，看到他们那种苦行僧一样的职业态度后，认识到自己跟职业选手之间有巨大的差距。业余高手和职业选手比赛，就像一个身强力壮的猎食者被另一个体型更大、气力更猛的猎食者撕成碎片。他说自己跟职业选手没有交手的可能，原因有二：一是职业选手几乎没什么失误，高手之间过招还会有失误，但高手和低手过招，高手不会有失误，你不可能靠对手失误得分；二是他们球速快，落点深，你可能根本接不到球。华莱士说，少年网球选手能否达到职业选手的层级，取决于很多因素，比如身体条件、训练条件等，但还有一个关键之处——见识。他说，14岁时，他认识到自己的上升空间有限，虽然知道还有国家级别的比赛，国家级别的比赛能产生更多的高水平选手，但那里的比赛是什么样？水平之高，难度之大，超过了中西部一个州的少年高手的想象。你必须获得地区冠军，才有资格参加高级别的比赛，去见识那些高水平选手是什么样，尔后可能非常残酷地认识到，无论你怎么努力，也打不过别人。

我读到这里的时候，总免不了会想到北京四中、人大附中以及南京外国语学校这样的顶尖高中，那

就是把一群真正爱学习、爱读书的人会集到一起，互相激发。一般来说，孩子上完小学，总会掌握一两项成人并不具备的特殊本领，比如拍摄星空，或者拥有丰富的天文学知识。到初中，这些本领会加强。到了好的高中，同学们除了都喜欢学习，还会交流各自的本领，那是一种极为开阔的视野，一帮青春期的少年相互激发，开始探求自己在知识领域担负着哪种使命。这样说过分吗？我觉得不算过分。我看过北京一所重点高中给孩子开设的课外课，那就是开阔孩子的视野，让孩子探究自己的知识使命。那是对"读书的料"最严格的定义。孩子是不是读书的料，能不能上顶尖高中是一个比较重要的衡量标准。

我承认，这是很偏狭的看法。但大家可以看看那些顶尖高中的市场号召力有多大。许多房地产项目，都会拉一所顶尖高中来，好像有了这所高中，买了房子的业主就多了一份教育保障。以我偏狭的看法来说，学校的名头是没用的，甚至那些师资也值得怀疑，唯有一帮极聪明的十几岁孩子聚集在一起，才是顶级高中最大的魅力。他们就在市区的老校区之内，而不是在某个新建的文旅项目的小镇上，只有在那些学校，学霸才会成群出现，互相激发。

再回到华莱士那本《弦理论》。书中第二篇文章，叫《伤我心的特蕾西·奥斯汀》，这是一篇读书笔记。特蕾西·奥斯汀是一个网球女选手，1979年，她在美国公开赛上拿到了冠军，那时她刚刚16岁零9个月，是有史以来最年轻的美网冠军。1980年，她17岁零3个月时，成为世界排名第一的网球女选手。1981年，奥斯汀再次夺得美网女单冠军，但两年后就因为伤病过多选择了退役。奥斯汀退役之后，在别人的帮助下写了一本自传，华莱士读了这本自传，觉得很没意思。华莱士说，他总忍不住要看那些体育天才的回忆录，想看他们怎么谈论自己的天赋，结果是无一例外的失望。他说，只有我们这些不具备运动天赋的旁观者，才能看清运动员身上的那种神圣天赋并且将它表述出来，而那些具有运动天赋的人，只负责把天赋展现出来，他们对这种天赋视而不见、充耳不闻，倒不是不闻不见是这种天赋的代价，而是说，视而不见、充耳不闻就是这种天赋的精髓。一个过于在意自己一举一动的人，在几万名观众面前，在巨大的压力面前，会变得浑身僵硬、呼吸困难，头脑恨不得分成两半，根本就不能正常地做动作。许多资质一般的运动员，在重大比赛中就是这样的。而那些天生的运动员，能够做到百分之百的自在，能够靠直觉、肌肉记忆、自主的意志做动作，在令人窒息的压力下也能做出最合理的选择。心无杂念，这是体育比赛中的一句陈词滥调，但是像奥斯汀这样的运动员，从10岁起练的就是心无杂念。这种天才运动员不会在回忆录里解释自己的天赋，因为这种天赋的一部分精髓就在于对天赋视而不见、充耳不闻，把天赋转化为一种本能。

我看这段的时候，又想起了一个词：学霸。好学生的学习能力，跟天才运动员一样，真的是一种本能。目前喧嚣的是家长的焦虑，孩子从小就面临的竞争简直无法逃脱，但总是会有许多聪明的孩子，出于本能地热爱知识，从学习中获得极大的乐趣，顶尖高中就是为这些具备学习天赋的孩子准备的。如果没有这样一群聪明的孩子，那未来将是多么无趣。

遗 愿　□李冬梅

皇帝临终之际把一位将军叫到身前，说了三个遗愿：第一，他的棺椁由帝国当时医术最高明的医生来抬；第二，送葬队伍所经之处，遍撒金银财宝；第三，把他的双手放在棺外，让所有的路人都看到。

将军听完疑惑不解，皇帝解释说：

"让医术精湛的医生抬棺，是让大家明白，再好的医生在死神面前也无力回天；送葬沿途遍撒珠宝，是告诉世人，我们在一生中极尽所能获得的财富最终还是会留在这个世上；将我的双手放在棺外，是让众人看到，即使是称霸一方的皇帝，离开这个世界时也是两手空空。"

库克船长的酸菜心理学

□梁水源

詹姆斯·库克船长于1728年出生在英国马顿，他自幼迷上航海，不仅精通航海术和绘图，还给后人留下不少航海日记。他曾参加皇家海军围攻魁北克城之战，展现出勘察绘图方面的才华。他绘制了圣劳伦斯河主要入口的地图和纽芬兰海岸线的地图，在战斗中发挥了极大作用。

战后，库克三度带领船员奉命出海前往太平洋，成为首批登陆澳洲东岸和夏威夷群岛的欧洲人。

在那个年代，远洋航行途中最怕得坏血病。要是得了坏血病，牙龈会烂掉，牙齿会脱落，头发也会脱落，有外伤的话，伤口无法愈合，容易感染，以至于丧命。这种疾病是海员的致命杀手，长期以来人们都束手无策。当时医学还不够发达，人们并不了解维生素C。

后来，库克渐渐发现，吃橘子、柠檬和橙子有助于缓解病情，坏血病人甚至能康复。可是，按照当时的条件，要想在长期远航的船上保存大量新鲜水果，几乎不可能，怎么办？库克调查发现，同样是远航，荷兰人船上的坏血病患者却很少，他感到很奇怪：荷兰人是怎么做到的呢？他到荷兰人的船上考察，结果发现船上有许多木桶，里面装满酸泡菜。虽然不明白为什么，但当时他就想："我要是再远航，酸泡菜也许会有用。"

于是，远航太平洋探险的时候，库克下令把大量的酸泡菜搬到船上。可他又遇到一个难题：如何让船员们都吃酸泡菜呢？当时，英国水手习惯于英国的食物和饮料，没人愿意吃酸泡菜。如果直接告诉他们，吃酸泡菜是为了预防坏血病，一来没有人会相信；二来他们知道马上又有一次远航，抵触情绪更大，会让事情变得更糟糕。

经过几个不眠之夜，库克终于想出一个妙招。他把所有的官员聚集起来吃酸泡菜，而且就在所有水手的眼皮底下吃，并告诉水手们说，这些酸泡菜只有官员才可以吃，普通水手不能吃。要是有人偷吃，就要受到惩罚。此话一出，水手们很不满，觉得对大家不公平。但经过此事，水手们渐渐觉得能吃上酸泡菜是地位和权力的象征。

过了一段时间，库克船长突然召集所有船员说："考虑到大家航行辛苦，从今天开始，允许普通水手每周吃一次酸泡菜。"虽然酸泡菜酸得要命，并不符合英国人的口味，但大家都吃得津津有味。水手们或许觉得自己得到了重视，不仅没有了怨言，而且每周吃酸泡菜的时候都感到特别自豪。就这样，库克如愿以偿地让船员们都吃上了酸泡菜，从而防止了坏血病的发生，航行变得更加顺利。

这次太平洋探险历时近三年，船员中没人得坏血病。回国后，库克把经验写成报告，提交给英国皇家学会，后来得到推广，保住了很多海员的生命，库克也因此获得表彰。

库克船长的聪明之处在于，迅速从荷兰人的航行中找到不同点，直接把荷兰人的经验搬到自己船上。然后通过预见性推理，利用心理效应，成功地将既定目标转化成次要目标，通过实现次要目标从而轻松实现主要目标。也就是让一部分群体，特别是代表优势地位的群体优先试用，试用者觉得受到了优待，显得有身份、有地位，再让其他人少量享有同样的待遇，既保持差异化，也应用了饥饿营销。

剪婆婆

□ 聂鑫森

出阁前,她叫"剪妹";结婚后,她叫"剪姐";有了儿女,她叫"剪嫂";儿女成家立业了,她顺理成章地被称作"剪婆婆"。

"剪"并不是她的姓,她姓刘,叫刘兰芳,是古城湘潭乡下的青山铺人。那地方的妇女,从小到老,都喜欢剪花(也就是剪纸)。剪什么样式的都有,人生礼仪的"礼花""喜花""寿花",岁时节令的"窗花""墙花",还有用于服饰居住、文艺游戏、祭祀祈祝形形色色的"花"。刘兰芳六岁就开始学剪花了,心灵手巧,总是在同龄人中头角峥嵘。到了被人称为"剪婆婆"的时候,她的作品自成一格,构图宏大,多剪大场景画面,花草、山水、人物汇于一体。而且她不用起稿子,运剪凌厉,常采用折剪重复的手法,于对称中求变化、规整中见性灵,作品多次参加市、省和全国大展,成了名副其实的民间艺术家。人们认为她是为一把剪刀而活着的,只有她配得上在称谓前冠一"剪"字。尽管她有忙不完的农活、家务,但只要一有空闲,就是剪纸。在细细脆脆的剪刀声中,她六十有五了,青发间有了白发,脸上有了皱纹。

日子越过越顺心,名也有了,钱也有了——城里的各个旅游商店都争着订购她的作品,而且价格不菲。可她还是农妇打扮,该干的农活、家务照干,然后才是剪纸。

丈夫是耕田、种菜的里手,而

且身体很好,常对她说:"你就专心剪纸吧,别的事不用你动手。"

她摇摇头,说:"人一懒,心就蠢,手就笨。"

女儿、女婿是公务员,儿子、儿媳是私营企业家,挺孝顺,老往她手上塞钱。他们都劝她:"剪纸这几个钱赚得太辛苦,没那个必要。"她气也粗了,说:"不是为赚钱,是为自己赚快乐,也给别人快乐!"

有一天,剪婆婆感到长期握剪刀的右手大拇指疼痛不止,摸上去还有一个硬块,剪刀也握不稳了。若是身体其他部位出了再大的毛病,她绝不上医院,人哪有这么金贵呢?但这是要握剪刀的手。在家人的前呼后拥下,剪婆婆去了湘潭一家最好的医院。

有经验的医生说,是骨癌,必须做截指手术!

剪婆婆急了,一个月后市里有个改稿会,她送审的表现农村改革开放新气象的大幅剪纸《日子越过越开心》,已获通过,但还要进行修改,截除了大拇指,怎么握剪刀?她向大夫诉说苦衷,能否只截去大拇指有硬块的第一个关节?

医生叹口气,同意了。

一个月后,剪婆婆出院了,高高兴兴去参加改稿会。作品到北京去参展了,还得了个金奖。

半年后,剪婆婆动过手术的大拇指又开始剧痛,上面又长出了一个肿块。医生劝她把大拇指或手截掉,以绝癌细胞的扩散,这样可以多活几年。

剪婆婆恸哭起来,又是摇头,又是摆手,这样的手术她坚决不能做。她哽咽着说:"好日子过够了,死算个什么。就是花没剪够,没有手了,怎么剪?不能剪花了,要那么长的寿做什么?"

不管家人怎么劝怎么求,剪婆婆都不答应。医生只好改变医疗方案:先做刮骨手术,再做化疗。

剪婆婆开心地笑了。"我能活多久就多久,再剪些花留在世上,就心满意足了。"

一年后,剪婆婆辞世。

临终前,她只有一个要求:把她常用的剪刀,放在骨灰盒里。到了另一个世界,她还要剪花哩!

深陷痛苦时，你应该花钱买什么

□周欣悦

何以解忧，唯有花钱？

在生活中，我们可能会遭遇一些悲剧性事件，当这些事情发生时，我们应该花钱买点什么才能让自己觉得更好过呢？一项有趣的研究告诉我们：应该花钱买罪受！

我们常常被疼痛搅得天翻地覆，一个简单的偏头痛都可能要了人的半条命。为了让自己少受点罪，我们花钱买药。2016年11月，美国联邦公共卫生署公布了一份名为《面对美国成瘾症》的研究报告。报告指出，美国仅滥用阿片类止痛药的人数就高达1900万，止痛药销售总收入超过4000亿美元。

有趣的是，一方面，人们花钱想要减轻痛苦；另一方面，人们经常花钱买罪受。在英国就有这样一项活动，叫作"强悍泥人"。

"强悍泥人"是一项非常痛苦的挑战，要求参与者在半天时间内穿越25个军事化障碍，其间参与者需要承受莫大的痛苦。

下面随意列几个障碍让大家感受一下。电鳗：参与者必须爬过1万伏高压的电网；水下通道：参与者必须穿过水下冰冷泥泞的通道；走火族：参与者必须穿过燃烧的稻草堆（草堆用煤油浸过）。

看到这里，你可能会想，这些障碍听起来恐怖，但是应该和游乐场的那些刺激项目一样，不会真的对身体造成损害吧。事实上，这些障碍挑战可没有看起来那么简单，参与者会不同程度地受伤，不光是皮外伤，也有可能出现脊髓损伤、中风、突发性心脏病，甚至死亡。

这种饱受痛苦的活动，就算刀架在脖子上我也不会去参加。但即使要差不多1000元人民币的门票，仅2016年9月那一场，就有250万人兴致勃勃地跑去参加。为什么有人花钱让自己少受罪，有人却花钱买罪受呢？

英国卡迪夫大学商学院讲师斯科特为了回答这个问题，亲自参与了这项痛苦的活动。当然，她还采集了大量的数据，包括观察、视觉材料、深入访问等。她揭示了人们花钱买罪受的几个根本原因：

首先，痛苦会让我们觉得自己获得了新生。在日常生活中，我们的身体适应了平静的运作规律，一旦产生强烈的疼痛、刺激，就会迫使我们去关注以前很少注意的身体部位。我们的身体在强烈的疼痛刺激下开始变得跟从前大不相同，就好像重获新生。我们对自己忍耐痛苦和在极大的压力下迸发出的潜能也有了新的认识，就好像遇见一个未知的自己。这就是为什么很多人从西藏艰苦旅行回来后，觉得自己变成了一个新的人。

在这项活动中，痛苦还伴随着一种仪式感。"强悍泥人"有着严格的时间顺序，参与者需要一项一项完成，似乎是在进行一个残酷又有意义的仪式。在经历了这些痛苦的洗礼后，就能获得身体和精神的重生。

其实，世界上很多地方的成人礼都伴随着痛苦。瓦努阿图的成人礼就是陆地跳极。这种活动类似于蹦极，但会用藤蔓代替弹性绳索。参与者一般从18至23米的高处沿着土坡往下跳，必须要头擦过地面才算合格。只有他幸存下来，才会被承认是一个真正的男人。

伴随着疼痛的仪式，一个阶段结束，另一个阶段开始。对那些经历了人生真实不幸的人，例如刚刚离婚、丧偶、失业的人来说，他们迫切需要开始新的生活。因此，他们欣然接受参加一个痛苦的活动来获得新生。

其次，痛苦不但会让我们觉得重获新生，还会让我们忘掉自己。社会心理学家利里在他的著作《自我的诅咒》中提到，很多动物都有思考能力，但是只有人类会花很多时间思考自己。反复思考自己可不是什么好事，高度的自我意识会让人患上精神疾病。有研究证明，精神病人说"我"的次数是正常人的12倍。只有伴随着精神疾病的康复或稳定，他们才能减少说"我"的次数。高度的自我意识是非常痛苦的。著名心理学家鲍迈斯特认为，自我意识高的人很容易认为自己没有价值，从而倾向于自我毁灭，也就是通过自杀来终结自己的痛苦。

疼痛，还可以让我们暂时逃离自我。"强悍泥人"中经历的强烈疼痛，能让我们不再去思考自己的心理感受，而是更多地去注意自己的身体感受。

这就是人性的矛盾之处，一些人在逃避疼痛时，一些人还在花钱买罪受。你身上留下的那些愈合的伤痕，会让你感觉到自己不但浴火重生，而且变成了更加强悍的升级版的自己。

你的口头禅有"但是"吗

□ [日] 岸见一郎

"我可以跑马拉松吗？"临近出院的一天，我向主治医生提出了这个问题。医生的回答让我很意外，他说："要不试试看？"

为什么这个回答对我来说出乎意料呢？因为我想过：以我刚做完冠状动脉分流手术的身体，参加马拉松是肯定不可能的。而我的主治医生教会了我，切莫把自己局限在"一定不行""应该做不到"的框架中，重要的是要想"也许可以呢"。

这不仅仅是说生病。在很多事情上，我们都打着变老的幌子放弃了。

阿德勒说："无论是谁，都能完成任何事情。"当然，有些事情的确无法做成，但如果从最初就不放弃，坚持去做，就一定有其价值所在。相信自己的可能性，相信"也许能做成"，先向前迈出一步试试看。当你迈出这一步，你也许就真的能做到了。

那些嘴里说着"总有一天""终有一日"的人，实际上和说"不行，我肯定完不成"的人是一样的。即使有人跟他们提出"先试试看吧"，他们也会回答："可以，但是……"他们并不是因为做或不做而犹豫，其实就是在说"我不会做"。

如果不能跨越"但是"这个障碍，你就无法勇敢向前。

作为咨询师，我有时候会在对话过程中数对方说了多少个"但是"。"但是"后面跟着的八成是借口，我不会直接加以否定，而是会告诉对方"今天这是第三次听你说'但是'了呢"。重要的是，要让他意识到自己随时把"但是"这个词挂在嘴边。

让我们做个简单的测试：今天你也来数数你说了多少"但是"吧，然后观察一下，自己会在什么时候说"但是"。如果能意识到说的"但是"太多，那么当你开口想说的时候，就试着把这两个字咽回去。总之先试试看，你一定会有意外的收获。

追车记

□ 梅艺璇

在所有的出行方式中,我最不喜欢的就是坐公交车。这可能和我上中学时追车、挤车的经历有关。

当时学校距离我家有7站路,我自行车骑得不好,所以从初一开始,就坐公交车在家和学校之间往返。一天4趟车程中,数晚上回家那趟公交车赶得最辛苦也最"惊心动魄"。

初一下学期,我们开始上晚自习。下自习的时间和公交车的最后两班车时间相近,这意味着,下课铃打响后,如果不能以最快速度冲到公交车站,就有可能错过倒数第二班公交车,然后又会因为人多而再次错过末班车。

为了能每天成功追上公交车,我通常会在下课铃打响前的3分钟,就开始做准备,然后踩着下课铃声以最快的速度下楼跑向公交车站。运气好的话,我可以赶上人最少的倒数第二班车,抢一个靠窗的位子悠哉游哉地坐回家。不过,大部分时候,我都要和少则十几人,多则几十人的追车族们,像沙丁鱼一样一起去挤最后一班车。

这不光是拼体力,也有智慧和运气的成分在里面。时间久了,我也总结出一些规律,末班车司机就那么几位,只要眼神够好,就能在预测停车位置时占上风。

其中有这么几位司机,留给我的印象很深。

光头司机,脾气不好,每次车过了红绿灯后开始慢慢靠站时,学生们便三五成群地冲过去,贴着还在行进的车身跑(危险行为,请勿模仿)。光头司机担心出事,常常在距离公交车站十几米的位置就来一个急刹车。这种情况,便宜了那些"急先锋",而老实在站内等车的人,跑过去时黄花菜都凉了。

因此,我总结出了追车的第一个经验:紧盯着那几位"急先锋"。当认出是光头司机后就开始狂奔,跟在"急先锋"后面,能早早挤进车厢。

三七开司机,中规中矩。他每次都会稳稳地把车停在站内,然后前后门大开,任由我们野蛮地扒着车门冲锋。他从不维持秩序,每次都是在我们发现确实挤不上去自行放弃后,他才抬起右手,关门发车。所以遇上三七开司机,挤车绝对是一场公平的体力竞赛。

还有一位司机,他的样子我已经记不大清了,只记得他脸上有颗大痦子。我对大痦子司机印象深,除了他脸上的痦子外,还因为他比较有文化。

当时我们有周考,每周四晚上,车上此起彼伏都是背单词和课文的声音,有时还会莫名其妙地出现全车人集体背诵同一首诗或同一段课文的神奇时刻。大痦子司机第一次被我发现跟着我们一起背诗,是"荡胸生层云,决眦入归鸟。会当凌绝顶,一览众山小"这几句。

他声音不大,但从口型看得出来,他加入了我们。背诗对我们来说是负担,但对他而言似乎是享受更多一些。背完正好赶上红绿灯,他扭头问当时就站在投币箱栏杆处的我:"决啥入归鸟?那个字我念书的时候读的是zi。"

"就是zi。"

"我听你读的是ci。"

他说完我就脸红了,因为我上学早,拼音没学好,不仅前后鼻音不分,"zi""ci"也咬字不清。

有文化的大痦子司机,开车时喜欢把车开过车站。车停稳后不开车门,等我们在外面开始自觉地排起小长队后,才会先开后门,让下车的人下完,然后打开前门,让我们依次上车。所以,以我的实力,我还是最喜欢大痦子司机这种风格的,毕竟这样有秩序

危机？也是转机

□ [美] 亚当·加林斯基

现在想象你是一名银行柜员，突然发生了极其危险的状况。一名男子走入银行，看不出有携带武器，但是他说自己背包中装有炸弹，现在他需要2000美元。面对这样的情况，你会怎么做？

大部分人的答案都是：给他钱！这是一种合作的方式。另一些人的答案则是：拉响警报，制伏歹徒。这是一种竞争的方式。

但一名银行经理采用了第三种方式。她询问那名男子："你为什么需要2000美元？"男子回答说他需要这笔钱帮朋友付房租。银行经理提议他可以申请贷款帮助朋友。然后她走去拿相关的申请表格，在这个过程中她悄悄报了警。她稳住那名男子，同时利用银行表格使其分心，直到救援人员到达，从而另辟蹊径化解了危机。

所以，询问"为什么"来了解他人立场有时候确实能化险为夷。在谈判中获得成功，了解对方的立场十分重要。但谈判既需要理解他人的立场，也需要强调自身的利益与关切。我们的研究发现，人们换位思考能够增加共同资源，同时为自己赢得更多资源。

现在看看换位思考能力在总统竞选中的运用。

1912年，罗斯福决定乘坐火车横跨美国为大选冲刺做努力。罗斯福的竞选团队计划每到一站都发放宣传册，封面应该是一张罗斯福的照片，显示他硬朗的轮廓和胜券在握的神情。竞选团队找到了最合适的照片，并且印刷了300万份宣传册。但是竞选巡游开始前，一名工作人员发现宣传册封面的照片受版权保护，版权所有人是芝加哥的莫菲特摄影工作室。竞选团队之前没有获得照片的版权，所以可能要支付每份宣传册1美元的版权费。这笔钱放到2015年，相当于7300万美元。在这种情况下你会怎么办？

罗斯福的竞选经理仔细思考了莫菲特的立场，得出两个关键结论：第一，他确认莫菲特还不知道宣传册已经印刷完成；第二，他知道宣传册能使莫菲特的工作室受益。有了这样的想法，竞选团队给莫菲特发送电报，简洁地告诉他："我们计划在即将发放的竞选宣传册上印上罗斯福的照片，照片来源工作室将会从中得到宣传机会，不知贵方愿意支付多少费用？"莫菲特回复道："我们没有参加过此类宣传。根据当前的情况，我们愿意支付250美元。"协议达成了。思考将可能出现的巨额花销转变成了小小的收益。

地上车最为体面和轻松。

在这3年里，我被别人粗糙的尼龙书包擦破过脸，被心急的司机用门夹过手，被各种重量的人踩过脚，还在前胸贴后背的拥挤中，顶着一张油光满面的脸，被窗外我喜欢的男生"嫌弃"又同情地注视过。

当年一同追车的伙伴们如今散落在世界各地，如果当年的我能预料到如今的我在回忆过去时，会有这般复杂的心绪，会不会在追车时少几分抱怨，多几分珍视；会不会在一路狂奔冲向公交车时，抓住更多值得回味的细节与感受。

青年励志馆 容得下别人的风光，摁得住自己的嚣张

霍格沃茨学校的禁书

口 苗 炜

我最近在读《哈利·波特》，似乎对霍格沃茨学校也有了更多的认识。

在《哈利·波特与半血王子》中，霍格沃茨学校并不是一个乌托邦。这里充满势利眼、阶层意识和特权，老师们会随意扣除你的分数，并没有写下来的章程，扣多少分完全看心情；你的血统、父母的身份，会被暗暗比较。如果你能参加魁地奇比赛，那你就享有特权。使用二手课本，学院袍过于破旧，老师穿着不够体面也会招来议论。

霍格沃茨学校的教育，充满"规训"的意味。哈利·波特对斯内普教授的惧怕与厌恶，就是对"规训与惩罚"的厌恶，斯内普教授时刻在用挑刺儿的眼光审视哈利，嘲讽他，经常以开除来威胁。但在麦格教授和邓布利多教授眼里，哈利是享有特权的学生，是"天选之子"。按照福柯的观点，权力在教育场所中无处不在、无时不在，规训就是权力的运作技术，通过层级监视、规范化裁决、考试等方式，对学生进行区分和裁决。霍格沃茨学校的学生们在五年级时要参加普通巫师考试，然后在七年级参加终极巫师考试，学校就是批量生产巫师的，一群学生学会了魔法，也成为观念统一的群体，确保魔法世界的正常运行，以及和麻瓜世界的相安无事。

J.K.罗琳承认，"哈利·波特"系列中最可怕的教师形象就来自她经历过的一位老师，那位老师有"少女感"，喜欢粉嫩发卡、褶边裙、尺寸极小的包包，她把这位老师的形象夸张处理之后，就成了多洛雷斯·乌姆里奇。乌姆里奇来到学校之后，控制欲爆棚，她出台了一系列"教育令"：三人以上学生团体定期聚会未经高级调查官批准，不得存在任何形式的学生组织、协会、团队和俱乐部。禁止教师向学生提供任何与其任教科目无关的信息。任何学生如被发现携带有《唱唱反调》杂志，立即开除。她去学校担任黑魔法防御课的教师，把课堂弄得死气沉沉，学生不许使用黑魔法防御术，只能对着一个枯燥的课本学理论。

罗恩的双胞胎哥哥，喜欢恶作剧的李乔丹，都是在对学校权力系统做轻微的反抗。但是，哈利·波特拿到了半血王子的毒药学教材，那些写在空白处的笔记帮助他学习成绩大幅提高，超过了赫敏，也让他掌握了课本之外的本领。这种"课本空白处"所完成的教育，大概就是心理学家温尼科特所说的"第二阶段教育"。温尼科特把学习分成两阶段，第一阶段是被教育，确认和辨明事物，这是老师可以教的。第二阶段是感受何为真，学会客体的使用。第一阶段的特点是顺从，第二阶段的特点是自我教育。学生会带着怀疑和批评的眼光看待客体，然后发觉其中的意义，学习使用这些客体。在学校里，孩子都是在被教育，他学习的第二阶段都是在课外的自我教育中完成的。这个阶段的学习是不可预测的，只能事后再回溯。他在感受何为真实，他在自己挑选老师，自己挑选教材。

罗琳在"哈利·波特"系列中不断强调读书的益处，看门人海格养龙的时候，专门去图书馆看书。赫敏更是从书本及禁书中得到了有用的知识，但被列为禁忌的图书及笔记，的确很危险。在《哈利·波特与密室》中，金妮得到了汤姆·里德尔的日记，她在空白处写下自己对学校的怨言，这促成了汤姆的复生。密室被打开了，学校的老师们一概否定密室的存在，因为这间密室几乎象征着学校培养出的反抗学校权力的怪胎，象征着规训教育的失败。对学校的反抗，就来自那些被禁止的书及笔记。

想改变人生的价值，先改变你的心态

内心强大的人，再远的路也会一步步走完。幸福没有标准答案，快乐也不止一条道路；收回羡慕别人的目光，反观自己的内心。很多时候，你以为的所向披靡，不过是战胜自己，换个角度看问题，阴霾便会被吹散。

5

我怀疑瑞士人的脑子都装了一块表

□ 老艺术家

别看瑞士风景美到让人怀疑人生，还有各种令人眼睛发光的物质符号：钟表、军刀、奶酪、巧克力、银行……不好意思，只有你接触了瑞士人，你才知道什么叫真正的处女座，连日本人都要被甩在身后——在旅馆洗澡不能超过10分钟，否则自动报警；家门口停车要是有点歪，就会遭到邻居的报警……

比瑞士表还精确的，只有瑞士人。

最近跟一位朋友聊到瑞士，她说在瑞士留学那几年，瑞士人的自律让她惭愧。室友每天早上7点准时到客厅吃早餐学习。"永远都是7：00，一分不多不少。"她简直惊叹瑞士人是不是脑子就是钟表构造的，守时、自律已经成了DNA自带的本事。

瑞士人在欧洲是出了名的勤奋和三好先生。法国人一周35小时工作制，还经常罢工，而瑞士人一周工作时间长达40小时，基本上很少有罢工现象。他们是为数不多喜欢遵循规则和按部就班工作的人类，因为按计划办事，让生活有章可循，这才让瑞士人内心有幸福感和安定感。

在生活上，瑞士人可能比日本人更像处女座。尤其当瑞士人较真起来，性格轴到让你觉得有些不近人情——

极度守时的瑞士人，会因为火车慢了3分钟而变得躁动不安；租房有全世界最严的交房检查，房东和中介会戴着白手套到处摸，只要不合格就交不了房……

千万别对瑞士人轻易许诺，他会超级当真。你随意一句"有空来找你玩啊"，对方就会上心，早就安排好行程，并隔三岔五询问你："到底什么时候来玩呀？"

瑞士人内心住着老灵魂：评论邻居还会在门上贴字条；在全世界人都着迷"刷手机看新闻"时，瑞士人一如既往地喜欢看报纸。这就难怪地表最不性感人类排行榜上，瑞士人与北欧人荣登榜首。瑞士男子总被嘲笑是一种天然呆的物种。

瑞士人并非跟"性感"二字天然绝缘，瑞士人的性感可以参照网球天王费德勒。第一眼看上去外表平平无奇，但一到网球赛场上又有外星人般的专注力，像上了发条的完美主义者，技术就像工匠般无懈可击。在生活中自带"呆萌"气质，球迷们亲切地称他"奶牛"，也自甘化作"奶粉"。

瑞士人大概是最能跟工匠精神沾边的人类了。除去闻名遐迩、人见人爱的瑞士钟表，还有各种精密仪器也是瑞士制造。细小到一把削土豆刀，也非要做到精准极致，让切下的土豆薄片成为世界之最。

如果上帝非要在人类社会中选一个当代物质主义者，瑞士应该拔得头筹。他们脚踏实地，最擅长将精密严谨的物质之魂与我们的生活融为一体。就像你分不清，究竟是先有准时的钟表，还是先有准时的瑞士人一样。

等一等，问题也许就没了

□李松蔚

我在大学心理中心工作的时候，时常有这种情况：一个学生打电话来，说明天有大考，现在心慌得不行，急需找心理老师调节一下压力。遵循正常预约流程，只能遗憾地告知他，这一周约满了，下月可以安排上。

"下月？下月都考完了！"他大喊。他的需求就是现在马上获得帮助。其实见不到心理咨询师，他可能会失眠，考试也可能挂科，但仍然可以撑过考试，活下来。他还可以去补习，去健身房踩单车，学习积极心理学，也可能找朋友吐吐槽。大家一顿劝，睡一觉起来，第二天就好了。

也可能怎么都好不了，在这种情况下，就不得不认清现实：这个问题，暂时解决不了。带着解决不了的问题，他和身边的人就不得不做出调整。也许他终于可以说服自己放弃一些难以实现的理想，或者家人会降低对他的要求。

有时候，不解决问题也是一种解决。很多生理疾病都有这个特

点，莫名其妙地来，人类甚至还没找到对付它们的特效药，又莫名其妙地走了。这叫自限性疾病，比如感冒，时间到了就自然而然地痊愈。

心理学也常常和这种情况打交道。有的小孩会忽然出现怪异的行为。医生也给不出明确的解释。然而，也许只等了一两个星期，问题又神奇地消失了。如果过于急切地处理，说不定反而会制造一种麻烦，比如阻断问题消失的自然进程。就像那些不知道从哪里学来一句脏话的孩子，本来随便一说，却发现大人对这个字眼格外感兴趣。他学到的别的东西很快会遗忘，唯独这个字眼想忘也忘不了。

我确实觉得，适度地等一等是有好处的。让子弹飞一会儿，问题有一点变化，再解决。一方面，我们会更投入，准备得更好。另一方面，多少会有一些新的思考。

你没有"那么"需要解决的问题，接受这一点让人不大舒服，但最终会让人活得更好。

尽管你可能同意英国作家Evelyn Waugh的说法："守时是无聊人的美德。"但你也没法不承认，瑞士人骨子里独有一份尊重时间和物质的教养。

"如果瑞士是一座房屋，那它应该是座标准式的建筑，外观平凡，但内部实用整洁，没有奢侈的按摩浴缸……我希望10年后这座房子还是一样'无趣'，因为这种建筑风格就是协调和妥协的产物，它给我们带来了坚实和安全。"

说这话的是瑞士一位国民会议员。看来欧洲最懂得中庸之道的国家，是瑞士。

喜欢一切稳固的物质，还能创造出属于物质的艺术。谁说瑞士不性感？

青年励志馆 容得下别人的风光，摁得住自己的嚣张

在暗处的约束

□卢继元

复旦大学著名教授章培恒去拜访自己的导师蒋天枢。躺在病床上的蒋天枢年事已高且双目失明，章培恒来看他，他也没招呼自己的学生就座。于是，章培恒就一直站着跟蒋天枢聊天。

两个钟头后，蒋夫人回来了，她见章培恒站着跟蒋天枢聊天，就说："天枢啊，你怎么让人家站着跟你说话？也不招呼人坐下。"这时蒋天枢才幡然醒悟，惊讶地说："怎么？培恒，这么长时间你竟然一直是站着的？"章培恒告辞后，蒋天枢的心里久久不能平静。

章培恒看起来好像显得有些机械刻板、呆痴愚钝，然而，其中潜藏的却是为人处世的实在和诚恳，以及对师长的敬畏。尊重在暗处，尽管别人一时不知情，但只要你是真心实意地尊敬别人，别人肯定是会感受得到的。日常交际中，我们对人的尊重，一般都表现在大庭广众之下或明显处，而对人不经意间的尊重，就显得更加真实可贵了。

西晋时期的大学者皇甫谧刻苦好学，常常挑灯夜读。他家的对面住着一位也爱看书且睡眠很差的老人，两家的窗户正好相对并相距很近，不但从皇甫谧窗户射出的灯光照进了对方的屋里，而且，皇甫谧只要稍稍发出一点声响，就会吵扰到老人。有一天晚上，皇甫谧听见老人家不停地发出动静，似乎很烦的样子。皇甫谧意识到老人可能被自己打扰了。于是，他找来了一块黑布，不顾大热的暑天，把窗户严严地挡了起来，使灯光照不进老人屋子。皇甫谧读书到一定时间，便要在屋里来回踱步思考。为了不发出声响，他便脱下鞋子，光着脚丫在屋里轻轻地走动。良久当他再侧耳细听对面老人的动静时，感觉老人已经安静入睡了才放下心来。一连几天下来，老人终于发现了皇甫谧的举动，一再向皇甫谧致谢。

每个人都有各自的禀赋、习性，所以，人际相处，尊重他人的性格特点和心理需求，是交际中最重要的修养之一。皇甫谧在发现老人爱安静和怕灯光后，就在暗处约束自己，这种在别人不知情时尊重他人的交际方法，一方面，需要我们在交际中情感细腻柔软，能够多体会别人的内心世界；另一方面，要有一种从内心深处尊重别人的善意。

人际交往中，在暗处尊重人，同样会获得他人的尊重，反之在隐晦处播种蒺藜，得到的将是荆棘。

詹姆斯·洛夫洛克大概是当今最有争议的科学家之一，他在20世纪70年代提出了著名的"盖亚假说"，借用希腊神话中地球女神的名字，认为地球是一个巨大的生命体。

究竟什么是生命？其实有很多不同的定义，有生物学意义上的生命，有哲学意义上的生命，还有人工智能意义上的生命，这些意义都还在不断发展变化中。而"盖亚"的生命假说则立足于法国生理学家克洛德·贝尔纳在其著作《实验医学研究导论》中对"稳态"现象的描述。"稳态"使得有机体能在多变的外部环境中，将自己的各项生理数值保持在正常范围内。在这位法国医生看来，生物和非生物的区别在于，前者能通过多种进程，使自己的内环境保持动态平衡。

显然地球符合这一特征。与其他已知行星相比，地球的经历复杂且多变。比如，太阳系其他行星的发展是线性的，相对可以预测，而地球则从一次蜕变走向另一次蜕变，这主要是由生命引起的。生命的行为在很大程度上使地球在数十亿年的时间里不断改变颜色，从黑色、橙色、白色到蓝绿色。地球的温度也曾经历迅猛的变化，6000年前的最高温度甚至超出当代纪录整整15℃！尽管存在火山喷发、小行星撞击、太阳辐射强度提升30%等影响地球正常运转的问题，但从总体温度或是大气和海洋的化学成分来看，地球在40亿年的时间里保持着一种相对稳定、适宜生存的状态。洛夫洛克甚至认为地球的目的是使自己尽可能保持最适宜生存的状态，而这种"目的"论越过了大部分科学家的"红线"。

"盖亚假说"提出后在民间大受欢迎，却引来科学界暴风雨般的批评。其中，最尖锐的批评来自进化生物学家。他们称其为"邪恶的宗教""江湖骗术"。

这场论战持续了30年，洛夫洛克本人批评生物学家思维狭隘，但他还是对许多观点进行了反思，比如，将"目的"归为一种隐喻。然而，他始终拒绝弃用"盖亚"之名，或是放弃"地球是活的"理念。洛夫洛克的固执使他被同行抛弃，虽然他是英国科学院的一员，还摘得诸多奖项，包括被誉为"生态学诺贝尔奖"的蓝色星球奖，但他的名字在学术界还是甚少被提及。

然而，事实上，过去30年地球科学之所以不断发展，正是因为人类逐渐认识到生命扮演着地球"副手"的角色，地球各系统的互动和反馈极为重要。"盖亚假说"已成为人类应对生态危机的最佳思维工具，推动了地质学、气候学、海洋学、冰川学、天体生物学、生态学、进化科学乃至科学哲学的发展。很多人相信，从这一视角出发能预见人类活动引发的各类危机。

地球*是活的*

编译/王 隽

古人的节俭之风体现在各个方面，而舌尖上的节俭尤为突出。这方面，普通百姓自不待言，多数士大夫也以俭为美。特别在餐饮文化比较发达的宋代，许多名士大家都以俭朴引领时尚，成为后世的楷模。

苏轼：粟饭藜羹间养神

北宋元丰三年（1080），苏轼因"乌台诗案"被贬到黄州任团练副使（相当于县武装部副部长），一家人的吃用只靠他微薄的收入来维持。

为此，他绞尽脑汁，精打细算：每月初一这天他便从积蓄中取4500钱等分为30串，挂在屋梁上，每天用画叉挑下一串来做饭钱，这样每天的用度不得超过150钱，剩下的就放进一个大竹筒里，用来招待客人。就是这样俭朴度日，苏轼依然过得有滋有味。

平时，他在生活上也严格要求自己，坚决反对大吃大喝。他曾写过一篇《节饮食说》的小文，贴在自家墙上，让家人监督执行。他告诉家人，从今以后，我每顿饭只饮一杯酒，吃一道荤菜。若有贵客来访，设盛宴招待，也不超过3道荤菜，而且只能少不能多。如果别人请我吃饭，也先告诉人家，不要超过这个标准。若人家不答应，就干脆不去赴宴。他认为这样做一可安分养福气，二可宽胃养神气，三可省钱养财气。一次，一位久别重逢的老友请他吃饭，他嘱咐朋友千万不可大操大办。几天后，他应约去老友家赴宴时，见酒席异常丰盛，便婉言谢绝入席，拂袖大步而去。他走后，老友感慨说："当年东坡遭难时，生活很节俭。没想到如今身居高位，依旧本色不变。"

苏轼还提倡蔬食养生的理论，并身体力行之。

他在各地做官，都常去挖野菜吃。他在《宋乔全寄贺君》一诗中写道："狂吟醉舞知无益，粟饭藜羹间养神。"以自己的经验劝别人不要醉生梦死，而要粗茶淡饭养生。

司马光：随家所有自可乐

作为一名政治家，司马光似乎比苏轼更加成熟、老练，官也做得更大。但在生活节俭上，二人如出一辙。

司马光在宋哲宗当政时，就已被擢升为宰相。在这以前，他曾辞掉官职，在洛阳居住15年，专门编写《资治通鉴》。在洛阳期间，他同文彦博、范纯仁等后来都身居相位的同道，相约组成"真率会"，每日往来，不过脱粟一饭、清酒数行。

相互唱和，亦以俭朴为荣。文彦博有诗曰："啜菽尽甘颜子陋，食鲜不愧范郎贫。"范纯仁和之曰："盍簪既屡宜从简，为具虽疏不愧贫。"司马光又和道："随家所有自可乐，为具更微谁笑贫？"寥寥数句，充分表达了他们兴俭救弊的大志。

司马光居家讲学，也是力行节俭，不求奢靡。"公每五日作一暖讲，一杯、一饭、一面、一肉、一

宋代舌尖上的节俭之风

□戴永夏

麦当劳理论

□[美]乔恩·贝尔

有时，我会和同事们商量午餐要去哪里解决，但大家都拿不出主意。这时，我会跟他们开个玩笑：提议去麦当劳吃饭。

接下来，有趣的事发生了。大家一致认为我们绝对不会去麦当劳，于是开始七嘴八舌地提出更好的午餐建议。真的很神奇！

这就像是抛砖引玉，用最糟糕的主意打破僵局，讨论一旦开始，大家就会突然变得很有创意。我将这种现象称为"麦当劳理论"：人们受到激励，想出好主意来避开坏主意。

著名作家安妮·拉莫特主张"先打个拙劣的初稿"，耐克的口号是"只管去做"，而我建议去麦当劳只是为了让大家感到反胃，之后他们就会想出更好的主意，道理都一样。拉莫特、耐克和麦当劳理论都在说：第一步并没有我们想象的那么难。采取行动，别想太多。

这个道理同样适用于工作中

的团队。在项目的初期阶段展开讨论时，不妨拿起一支记号笔，走到白板前在上面写下一些东西。写出的想法可能很愚蠢，但这一举动是好的，麦当劳理论告诉我们，这个想法会激励团队行动起来。

为了让所有的疑虑平息下来，继续前进需要一种近乎疯狂的勇气、专注力和鲁莽的坚持。你需要鼓起勇气，冲破心理上的第一道障碍行动起来。你必须写点什么，画些草图，做点什么，然后在此基础上加以修改。

不知道如何开始？你可以画几个图形，然后给它们加上标签，并设法根据你要解决的问题调整画出的草图。神奇之处就在于，当你在白板上写下你的想法时，不可思议的事情就会发生。同事都会看到你的想法，他们会提出自己的想法，修正你的想法，经过15分钟、30分钟、1小时，你们就会取得进展。

菜而已。"（《懒真子》卷第十）这就是他讲学接受的招待。他回故乡山西夏县祭扫祖坟时，父老乡亲前来迎候献礼，用瓦盆盛粟米饭，瓦罐盛菜羹。他"享之如太牢"，觉得味道胜过鱼肉。

陆游：从来简俭是家风

陆游是宋代著名的爱国诗人。在文学上，他与王安石、苏轼、黄庭坚齐名，并称"宋代四大诗人"；在仕途上，他始终坚持抗金，屡遭当权派打击，遭遇比较坎坷；而在生活上，他力戒豪奢，一直以节俭为荣。

陆游对饮食讲求"粗足"，力求清淡。他主张多吃蔬菜，如白菜、芥菜、芹菜、香蕈、竹笋、枸杞叶、菰、茄子、荠菜等，都是他喜爱和常食的蔬菜，而荤菜少之又少。他说，之所以这样节约，不只是为了省钱，"不为休官须惜费"，这还是一种良好的家风，"从来简俭是家风"。更何况，"邻家稗饭亦常无"，自己吃粗茶淡饭，心中更坦然一些："但使胸中无愧怍，一餐美敌紫驼峰。"

陆游不但自己生活俭朴，还要把这种俭朴家风传之后世。他让后代子孙务必引以为戒，不为所动，将节俭家风世世代代传下去！

"懒马效应"的不同版本

□ 木 木

两马各拉一车货。一马情绪高涨、走得快，一马暮气沉沉、走得慢。主人把懒马拉的货全搬到快马拉的车上去。豁然轻松的懒马不禁心中窃喜——越努力越受罪、越偷懒越舒坦！拉完这趟货，主人就琢磨，既然一匹马就OK，干吗养两匹？于是他把懒马宰掉吃了肉。

故事讲完了，所有讲故事的往往还会"太史公曰"一下：公司员工都要学快马，不能做懒马，否则，迟早被淘汰。

故事，一般都是讲给别人听的，往往带了各种各样的目的。"懒马效应"的故事，想要传达的意思，当然也格外清楚，鉴于"懒马"被宰吃肉的下场，听者往往难免害怕焉、惕惕焉，讲故事的目的就达到了。不过，类似的故事，由于专攻一点、不及其余，许多时候就难免有逻辑漏洞，禁不住推敲。"懒马效应"当然也有这个问题。

这个故事可推敲之处颇多。比如，这匹"懒马"为什么懒？可能是身体恰好不舒服；可能是主人总不喂饱，身体实在没力气；也可能是昨天夜里被快马踹了一脚，伤了腿；还可能人家原本就是"千里马"，根本就不是为拉车而生的。唐代的韩愈曾经写过一篇《马说》，对这个问题专门论述过。

再比如，快马虽然表现出色，一次拉两车货，实在勉为其难，加之随后的任务量倍增，饲料却没翻倍，很快就累出了内伤，"懒马"被宰之后不久，快马也累死了。或者，快马看到"懒马"被宰吃肉的下场，受惊吓不小，强烈要求主人给自己再"加码"，一次拉三车、四车的货量，终于累吐了血，死在了半路上。再或者，"懒马"被宰之后，快马得到主人"专宠"，没了"竞争"，慢慢恃宠而骄，拉的货越来越少，吃的料却越来越多，时不时地还撂挑子，主人终于气不过，把它也宰了。

你看，同一个故事，根据视角的不同，其实是可以讲出许多版本的，不同的版本，表达出的意思当然也大不同；不过，别管是哪一个版本，唯一被"固化"的角色，就是那个马主了，无论从哪个角度看，此人都有点儿不聪明——虽能获短利一时，但长期损失很大。

其实，他的选择可以有很多，比如，找个兽医或者伯乐来，看看"懒马"到底是怎么回事，再做决定不迟；或者，舍不得额外花一笔"咨询费"，自己偷偷观察一下也可以，找到原因，对症下药，最终得到的结果，肯定要比简单粗暴地宰马强得多。

从这个角度看，一个原本"批判""懒马"的小故事，听故事的人只要稍加琢磨，合理推演一下，就不难得出"马主实在蠢"的结论，于是，讲故事者原本想达到的宣讲效果，瞬时就走到反面去，另外，自己的认知能力也马上露了馅儿，和马主绑定到一个水平上。就此而言，小故事不能随便讲，尤其在促成一个复杂问题解决的过程中，想单纯地依靠"小故事"、依靠灵光乍现式的"绝招"，就立时取得终极胜利，不但很不现实，往往还会把事情搞复杂化，甚至走向愿景的反面去。

实在说不好这个"懒马效应"到底是不是简易经济学里的小故事，答案无非有二，或者是真，或者是有心人托伪的。但别管是不是，碰到有人讲这个小故事或者类似的其他什么故事，听者最好多琢磨一下，看看故事还有没有其他版本，能不能得出其他结论。故事有风险，听者要谨慎。

人和香蕉是亲戚

□尹贻坤

美国史密森尼自然历史博物馆曾经在一个科普视频中指出：人类和香蕉的DNA有40%的相似度！看到这个结论，你是不是会大惊失色——人类和香蕉是亲戚吗？那以后怎么好意思吃香蕉呢？科学家们的严谨态度和科研成果毋庸置疑，但是如果因此就判定人类和香蕉是亲戚，那也太不可思议了。

我们来看看这个结论是如何得出的。首先，科学家要分别提取人类和香蕉基因组中的基因序列并进行分析，根据分析结果可以预测出这些基因合成的全部蛋白质的氨基酸序列。然后，把人类和香蕉的基因所对应的蛋白质进行对比，相似度会各有不同，但是只要两个基因的相似度高于预期，就会被认为相似并记录下来。这项复杂而细致的对比工作总共进行了四百多万次，得出的结果是：人类和香蕉大约有60%的基因可以有效配对。最后，把这些相匹配的基因进行研究后发现，其中的40%竟然是完全相同的！

这个结论听起来很震撼，但是如果仔细分析一下，就会发现我们好像被忽悠了。难道是科学家在骗我们吗？当然不是。

首先，从物种起源来说，在三四十亿年前，所有物种都是相同的单细胞有机体，拥有共同的祖先。经过长期的不同方向的进化，才形成今天物种繁多的现状，所以地球上所有生物的基因都有一定程度的重叠。早在2005年就有研究结果表明，人类和猩猩的基因相似度达到了惊人的96%！全世界最权威的学术期刊《科学》杂志曾经在2009年报道，人类和家牛的基因相似度可以达到80%。令人意想不到的是，看似和人类相去甚远的昆虫——果蝇，竟然和人类基因的相似度也达到了60%。难怪美国航空航天局在研究太空环境对人类基因的影响时，会选中果蝇作为实验品。

其次，科学家在报道中提到的基因组的相似性，绝大多数是指编码蛋白质基因的相似性。在生物体内，发挥功能的绝大多数基因就是这些编码基因，其他的非编码基因被认为是无用的"垃圾基因"，根据这些编码蛋白质的基因序列就可以判断物种之间的相似性。而在人类的染色体中，编码基因在整个DNA序列中所占比例极小，在1.5%～2%，而其他部分并没有列入相似性比较的范围。但是，随着科学技术的不断发展，科学家发现那些被认为是"垃圾基因"的区域，也会通过转录非编码RNA或者染色体折叠的方式，对细胞的生理活性产生一定的影响。也就是说，目前科学家所测得的结果尚有待商榷。

最后，物种之间DNA的相似度再高，也并不代表物种之间就有"亲戚"关系，因为生命之间的真正差别，是隐藏在基因密码中那些神秘莫测的东西。

现在，你还会认为人和香蕉是亲戚吗？

牙疼的时候，没有一颗糖是无辜的

□ 果 舒

"牙疼不是病，疼起来要人命。"这话说得一点也不假。

我第一次感受这种要人命的牙疼，是在我6岁的时候。我记得，那时我痛到在我家的地板上一边号啕大哭，一边捂着蛀齿的那边脸颊，蜷缩着腿，像球一样在地板上滚来滚去。我爸从外面赶回来，抱起不断挣扎的我去牙科诊所。在路上，我妈不停地哄，而我爸则是一路骂，骂我偷吃糖，跟老鼠一样，藏得多深都能找出来吃掉。

在糖面前，小孩子是最不长记性的。即使牙医大叔和我爸妈万千嘱咐我不可以再多吃糖，但很神奇的是，我吃糖的时候从来不会想起那句重要的叮嘱。到了换牙期，我依然没有戒掉爱吃糖的"恶习"，以至于蛀齿屡次出现，大有带着周边的牙齿"是牙齿，就一起蛀"的趋势。等到我醒悟过来止损时，一口牙齿已经祸害得差不多了。

没有一个人是不爱美的，而牙齿对于颜值的提升真的太重要了！好多明星出道前后样貌差别大，你以为她是整容了，其实她有可能只是整牙了。有一口没有任何毛病的强劲牙齿，真的是这世界上最幸运的事之一。这种幸运每个人都曾经拥有，但后来很多人都经不住诱惑失去了。不要问我如今感受如何，问就两个字：后悔！

曾经我也是个无肉不欢的少年，一生挚爱无非就是火锅、烤肉加烧烤。但现在不行了，屡屡碰壁后，我终于接受了这一残忍的事实——肉食是我不可多碰的美食，不然有的是罪受。上火的食物不仅容易让我口腔溃疡，肿起的芽孢更会刺激得我连吞咽都酸疼。

朋友曾带我去她的城市吃她最喜欢的韩国烤肉，大酱汤是很美味的，生菜包烤肉也是很好吃的，这一餐吃得宾主尽欢，还没结束，我们就已经商量好再约一次了。但很快，我就改变了想法，后劲来得太猛了！

先是嚼肉嚼得最起劲儿的左侧牙齿开始隐隐作痛，当那种细细的疼痛从口腔钻进神经系统的时候，我大脑里直接蹦出来三个字——"完蛋了！"果不其然，即使我马上刷牙清洁、喝凉茶下火，依旧阻止不了牙疼愈演愈烈的趋势。不到几个小时，出毛病的牙齿开始如虫子钻刺激得我半边脸都肿了起来。

牙疼那种疼，不是磕碰那种直接的疼痛，它慢慢的，一阵一阵的，尤其折磨人。我小时候看过一部《青蛙军曹》的动漫，里面就有一个单元主题是关于牙疼的。在动漫的场景描绘里，画家把牙疼拟物为炸弹，军曹想要拔出这颗炸弹，但它一碰，就被炸一次，碰一次炸一次，炸得脑子完全空白，失去言语，只剩流泪。硬来是不行的，来软的也就是接受它的慢慢折磨，直到整个口腔系统恢复良性，危机解除，牙齿里的毛病才被镇压。

这场牙疼提前结束了我的异城旅行，赶回家中接受凉茶与土药方的灌溉。从此我都不敢想起韩国烤肉，因为实在承受不住再来一次的脸肿与牙疼。

牙疼的时候，恨不得牙齿全部消失，后悔当初为什么不把蛀了的那几颗牙齿全拔掉。但当风波过去，即使记得"拔牙计划"这回事，也懒得提上日程。"拔牙"二字真是让人恐惧的字眼儿，想起来就让人觉得眩晕。

对于我这种牙齿问题多多的人士来说，这世界上最恐怖的地方不是游乐园的鬼屋，而是牙科诊所。在路上看到牙科诊所的牌匾，我都会选择绕着走。即使没有走进诊所，只要有过在牙科诊所治疗的经历，那种"吱吱吱"的声音就永远忘不掉。我想可能在治疗牙齿的时候，牙医不小心把这种让人毛骨悚然的声音刻进了牙齿的缝隙里。"吱吱吱"的响声宛如死神的脚步声，最好的方法就是不要听到，远离它！

幽默如汪曾祺，也曾被牙疼折磨得痛苦不堪，曾斥巨资去治疗它，甚至还写下一篇名为《牙疼》的文章。牙疼真的是件很费钱的事，无论在哪个时代。假如你拥有一口好牙齿，那么恭喜你，你已经拥有了一大笔财富。

最近很长一段时间都在家里待着，我妈每天变着花样做美食，我一不小心就吃肉吃多了，整个口腔开始"浮火"，牙疼的危机向我袭来，吓得我好多天没敢碰零食和荤食，好在几天后，口腔终于恢复正常。接下来的日子里，我会努力管住自己的嘴巴不再乱吃东西，希望牙疼这个大怪兽不要再出来啦！

从《红楼梦》看移民经济学

□张麒

读《红楼梦》会发现清初的人口处于四处往京城流动的状态，而且波及范围相当广。

美国经济学家曼昆在《经济学原理》一书中指出："大量移民流入一个地区也会鼓励新工人可以使用的资本流入、技术或生产流程进步。因此，劳动供给增加了，但劳动需求也增加了，从而移民的工资效应减弱了。"

清代前期有个突出的特点，就是由于土地兼并十分严重，加之清代是中国历史上人口最多的朝代，乾隆六年，当时的人口就突破一亿大关。人口的增加引起耕地严重不足，失去土地的人们只能流落四方，他们被称作"流民"，像贾府这样在京城的豪门大户自然是他们落脚的对象。

贾府的荣、宁两府，仆人不下千人，各工种门类齐全，而他们的薪水和劳动报酬却少得惊人，每月都是一两银子不到，只几百钱或更少。有一大批是只管吃饭，糊糊嘴而已。

正如曼昆所言"移民的工资效应减弱了"。那么试问：这些人给贾府带来了什么样的资本、技术和生产流程的进步呢？答案是肯定的。如姑苏来的一帮戏子，带来了戏曲和歌舞技艺；贾探春采取"大观园经营承包制"，让那么多有技能、有专长的老妈子、嬷嬷和她们的男家丁，派上了用场，有了用武之地。而贾府又出了什么？除了不给报酬，只是出了荒废不堪的田园，这是贾府的固定资产。而这帮仆人一年下来，就挣来四百多两银子的收入。

史料载，清朝康熙中期到乾隆末年（1690—1795年），这一百年间，各种物价全面上涨，但是有一种价格没有上涨，这就是劳务价格，也就是工资。学者指出：劣质工资效应，是贾府败落的又一原因。试想，一艘封建大船在海上颠簸和航行，只有主人悠闲自得，而叫机长、大副和船员们忍饥挨饿，那大船迟早是要沉没的。

碗净福至

□京 博

一餐一饭，一筷一碗，吃饭从某种意义上就是与天地结缘。而食物，永远是芸芸众生与天地神灵沟通的最直接通道。对生命心怀敬畏，对食物心怀感恩，方能以淡定的心态，从容而优雅地走完这一生，这也是"碗净福至"的意义所在。

北宋年间，汴京城外有一富家子弟，仗着家境富裕，生活奢靡。他每顿饭都要吃各种馅料的水饺，但每次只吃里面的馅，将外皮吐出。十几年后金兵入侵，将汴京城洗劫一空。那个不经事的少年已成中年人，此时的他家产散尽，一路跟随着人群逃亡，无奈路途艰辛，吃完了干粮后，终于饿得倒地不起。就在他奄奄一息之际，一个老和尚将他背到寺里，给他熬了一锅面糊，这才获救。

他起身拜谢，老和尚却摇头道："无须谢我，你方才所食，本就源自你家，此时不过物归原主而已。"老和尚指着房后的一堆口袋说，当他还是少年时，奢靡之风已被众人熟知，这老和尚每天早上就守在他家门前的河边，将后厨洗碗倒掉的饺子皮细心收集起来，用清水洗净后再晒干，日积月累早已堆满了整个房间，如今身逢乱世，老和尚用它救济了不少人。他听完后，顿时羞愧不已。

著名主持人汪涵曾透露，为了让孩子养成好的吃饭习惯，他在餐厅挂了一块"碗净福至"的匾，以此作为家训。

据说当中国女排队员朱婷在土耳其打球时，记者去她在伊斯坦布尔的家中采访，发现客厅里也挂了一幅"碗净福至"。

不管多么匆忙，在烟熏火燎中品味美食，依然是生活中不可或缺的仪式感。遗憾的是，随着生活节奏的加快，现代人缺乏的，不仅是对食物应有的尊重，还有对烹饪食物的耐心。

如今越来越多的年轻人，选择将外卖作为自己的食物来源，习惯了在手机里下单的双手，再也回不到那载满油盐酱醋的灶台……

从心理学角度来看，男女在狭小的厨房里互帮互助，为一道美食而精心筹备，那种在锅碗瓢盆的碰撞中累积出的情趣和风韵，正是爱情永葆青春的奥秘。这便是所谓的饮食男女。

也许年过半百，我们才终于明白：爱情无须珠光宝气，它渴望的，是在柴米油盐的现世安稳中慢慢变老。

你的碗里，也藏着你一生的福报。

把花种在门外

□ 魏 霞

夜读汪曾祺的《人间草木》，看到里面有这样一句话："如果你来访我，我不在，请和我门外的花坐一会儿。"于是，眼前浮现出这样一幅画面：一位来访者，正坐在汪曾祺家门前洁净的台阶上，兴趣盎然地欣赏门外的花花草草。多么美妙的情境，多么美好的际遇，不禁为汪曾祺的善解人意和富有情趣而赞叹不已。

不料在现实生活中还果真遇到了这种情况。周末，去山中访一位旧友，想给他一个惊喜，事先没有打电话通知他，到了却是"铁将军"把门。这时再打电话联系，朋友在百里之外，我心里不免有些失落。正欲离去，扭头看见朋友家门外的凌霄花铺了一墙，墨绿的叶子油光发亮，火红的花朵灿若云霞，我不由得驻足歇息欣赏。自知没有千年前唐代诗人贾岛的才华，作不出《寻隐者不遇》那样的诗，但和朋友家门前的凌霄花坐了一会儿，访友不遇的不快也一扫而光了。

乡下母亲年逾八十，阳光明媚的下午，爱和几位老太太摸摸小牌。我问母亲常去哪里玩牌，母亲说自然是去前院大娘家门外。问其缘故，母亲说，大娘家门外种着许多花。我惊异，跟母亲开玩笑说，你们老太太也赏花啊。母亲似不满地反问我，门外有花的地方老老少少谁不爱去呢？是呀，爱美是人的天性，赏心悦目的花让人心情愉悦，是人见人爱的。

北京大学教授季羡林先生曾写过一篇精美隽永的短文——《自己的花是让别人看的》。讲的是自己在德国留学期间，常为德国人"人人为我，我为人人"的思想境界而赞叹。在那里家家户户都养花，且他们把花栽种在临街窗户的外面。许多窗子连接在一起，汇成了一片花的海洋。人走在这样的街上，仿佛置身于人间仙境，心情舒畅是不言而喻的。

陶渊明老先生更是有趣，除了种菊，他还种了其他百盆花草。他每天早上起来，把百盆花草搬到院子外面，下午再搬回。陶渊明如此做，想必不仅仅是让花儿得到阳光充足的爱抚，或者是锻炼身体。陶老先生那时候住的不是深宅大院，篱笆墙没有阳光不充足的道理。至于锻炼身体，老先生那么博学想必也是知道"五禽戏"的，何苦早晚搬花盆锻炼呢？答案似乎只有一个，他要与人共享鲜花的美好。

孟子曰："独乐乐不如众乐乐。"把花种在门外的人，是一个有生活情趣的人，也是一个善解人意、领悟了快乐真谛的人。因为这样的人懂得，与他人分享美好，才会获得真正的快乐。

曹操的两笔"投资"

□ 陶康永

在三国波澜壮阔的时期，我们往往记住了武将们的英勇无畏和谋士们的神机妙算，却不承想，一场战争的胜利虽要依靠前线将士的浴血奋战，也离不开后方文臣的运筹帷幄。

曹刘两家在汉中对峙时，如果没有诸葛亮坐镇川蜀，源源不断地供应粮食和武器，赤手空拳、饿着肚子的蜀军能攻下汉中？

说到底，战争是综合国力的较量。魏蜀吴三家谁的综合国力强，谁就能在统一天下的道路上占得先机。深谙此道的曹操在创业过程中进行了两笔"产业投资"，大大加强了曹魏的实力。正是有这两笔投资，魏国才能抵挡住诸葛亮的北伐，笑到最后。

食盐换牛

东汉时期，中原地区的农业生产中普遍使用耕牛，这是我国农业技术的一大飞跃。耕牛的普及扩大了耕种面积，粮食产量得以提高，足以养活更多的人口。

但农业生产极易受到自然灾害的影响，一旦遭遇长时间的、大范围的灾害，粮食产量连续锐减，养不活新增人口，东汉政府又无力赈济灾民，走投无路的农民只能拿起武器造反，去抢劫那些囤积粮食的地主。于是，一场席卷全国的"黄巾之乱"爆发了。

自然灾害和"黄巾之乱"严重破坏了农业经济，导致人口锐减，甚至出现"白骨露于野，千里无鸡鸣"的惨况。战争还要进行下去，如何快速恢复农业生产成为曹魏集团的头等大事。只有农业生产稳定了，才能提供足够的兵源和粮食。曹操通过"屯田制"招募流民，授予他们土地，并且发放耕种工具，鼓励生产，缓解了当务之急。但依靠纯人力的耕种效率太低，无法应对前方战事的军粮缺口。

看看官渡之战中曹操与许攸的对话就知道了，当时曹军所剩的军粮只够维持数日，如果找不到快速消灭袁军的方法，曹操只能命令大军撤退。而许攸给曹操带来极为关键的情报：袁军的粮草都囤积在乌巢，只要一把火烧了乌巢，袁军不战自溃。后来的事实也印证了这一点，丢了军粮的袁军被杀得大败。

可以说，官渡之战的胜负手就在粮食，曹操和袁绍谁能先把对方"饿死"，谁就能获胜。险胜回朝的曹操认识到，打胜仗的第一要务是筹集足够的粮草，必须搞好农业生产。这时，一位名叫卫觊的大臣向曹操建议道："如果能给农民提供耕牛，劳动效率将大大提高，何愁没有足够的军粮？"

曹操对此建议非常感兴趣，追问道："那耕牛从哪儿来呢？"

卫觊答道："食盐专卖是国家的一项重要收入，如果把卖食盐的钱用于购买耕牛，再把耕牛租给农民用于生产，问题就迎刃而解了。"

公元202年，曹操下令正式推广"食盐换牛"，为农民免费配备耕牛。这样一来，国家征收的粮食多了，农民留下的口粮也多了，一举两得。据载，这笔投资成功后，当年逃到荆州避难的人纷纷迁回中原地区，曹魏实力因此大增，从此北方再无可以与其抗争的势力。

推广水排

想要在三国争霸中占据优势，解决粮食问题只是第一步，要扩充军队和提高战斗力，还需要足够的武器。

三国时期战事不断，武器消耗颇大，新补兵员如果不能及时配备武器，在战场上无疑是待宰的羔羊。这时，冶金技术的高低就决定了军队的实力。

三国时期的冶金过程通常是建一座高炉，然后点火熔炼矿石，熔炼速度的快慢取决于炉内的温度，必须保持炉内有持续的高温，才能又快又好地完成冶金任务。

要保持高温就需要外界不断地向炉内吹风，这就要依靠马力了，用马拉动鼓风机给炉内送风。可当时能用的马匹都被抽调到前线打仗去了，哪还有足够的马匹投入生产？

曹操为了解决马匹数量不足的问题，招募大量民夫参与冶炼，用人力鼓风，这样做虽解了燃眉之急，却产生了新的问题：人力毕竟比不上马力，一匹马能干好的活，放在人身上可能需要很多人才能办到，无意间占用了大量宝贵的农业人口，间接导致粮食产量下降。

转机出现在曹操平定荆州之后，一个叫韩暨的人出现在曹操面前，说他发明了一种水排技术，完全可以取代马力和人力为曹军冶金。

什么是水排呢？简单说就是在河流的湍急之处兴建一个圆筒形水轮，再通过传导装置将水流推动产生的力量传导到岸边的风囊之中，利用水力源源不断地向风囊提供动力，保持熔炉内的高温。

这种水排技术不但解放了大量人力，其效率还远超马力，可以昼夜不停地熔炼铁矿，为部队提供足够的兵器，为农民提供足够的农具。冶炼速度可以立刻提高三四倍，让军队从硬实力上超越刘孙两家。

曹操闻之大喜过望，立刻下令在全国推广，并让献帝下旨褒奖韩暨，任命他为司金都尉，专门掌管全国的冶金工厂，地位之高仅次于九卿。

曹魏通过投资耕牛和水排解除了自己的后顾之忧，占据了战场的主动权，所以在诸葛亮六出祁山之时，司马懿才敢毫无顾忌地采取防御策略，不给蜀军正面决战的机会。

高墙深堑易守难攻，纵使诸葛亮再怎么神机妙算，也拿躲在城墙后的司马懿毫无办法。魏蜀两军陷入长时间的对峙，时间是站在粮食充裕的魏国这边的，等到蜀军粮草耗尽，诸葛亮只能退回汉中，积攒粮草，等待下一次机会。

曹操生前进行的这两笔投资奠定了魏国强大的基石，北方经过长时间的恢复与发展，实力渐渐凌驾于吴蜀之上。

诸葛亮敏锐地察觉到了这一点，才会在《出师表》中写"此诚危急存亡之秋也"，蜀国实力不够，只能努力来凑，诸葛亮把自己熬得油尽灯枯，终究也不能取胜。

我们在叹息诸葛亮命运的同时，也不得不佩服曹操的远见卓识。

高峰和低谷

□［英］马特·海格

我曾说过，每当我惊恐发作时，我都希望有一个切实的危险存在。如果你的惊恐发作是有原因的，那就不算是惊恐发作，而是对可怕情境的合理反应。同样，每当我感到即将滑入沉重的、无边无际的悲伤时，我也都希望有一个外部原因。

然而，随着时光流逝，我懂得了一些以前不懂的道理。我懂得向下不是唯一的方向。如果你坚守在那里，忍耐住，情况就会变好。会变好，然后又变糟，再然后又变好。

正如我住在父母家里时，一名擅长顺势疗法的医生告诉我的："高峰，低谷；高峰，低谷。"她的这句话比她的药酒更管用。

"前院"与"后院"

□ 杨德振

与北方来的一位作家吃饭闲聊,他说道,每个人的心理坐标中都藏有"两个院子","前院"负责身体的喂养,一切吃喝拉撒、柴米油盐酱醋茶在"前院"完成,"后院"负责精神的滋养与储备。有些人只顾"前院"热闹、风光,"后院"则冷清、寂寞,把人生弄得收不了场甚至惹出灾祸,实在是可悲。他的一席话,令我陷入沉思之中。

是啊!时下很多人的"前院"是丰盈、富足的,不愁吃,不愁穿,还有一定程度的家底,足以应付突发的变故,活得从容自在,安逸顺心。但是,有些人并不重视打理自己的"后院",走进那些人的"后院"去窥探一下,就会发现那里杂草丛生、空虚破败,让人忧心忡忡。

一个人生活的"前院"绚丽多彩、舒适宜人,"后院"却凋敝不堪、愁云惨淡,是什么原因造成的呢?

行为科学研究人马斯洛曾表示,人类第一个需求是生理需求,第二个是安全需求,第三个是社交需求,第四个是尊重需求,第五个也是最高的一个需求便是自我价值实现的需求。这五种需求像阶梯一样从低到高,按层次逐级递升,最后到达自我价值的实现。这个"自我价值"涵盖了自己的审美观念、精神价值、思想主旨等受到别人认同和敬重的元素。离开了这些元素,"自我价值"是经不起时间检验的,更经不起人们的审视与追问。用这个理论刚好可以解释为什么有些人"前院"热闹非凡而"后院"死气沉沉,就是在解决人生基本需求之后,不愿意向更高层次的需求去努力和追求,造成"后院"荒芜或失管。

我觉得,生活的"前院"要构筑好,生活的"后院"也要营造和守护好。要知道,"后院"的作用在某种程度上说比"前院"还要重要。"前院"养身体,"后院"养精神,而决定一个人幸福程度的主要指标是心灵的有趣度、活跃度和精神的清爽度、饱满度等,这些都属于"后院"。时下,大家不缺衣少食,那么,能够让人感到幸福感更强烈的是来自"后院"的心灵愉悦与精神富足。

从人生的另一个维度讲,一个人所在的家族兴旺繁荣所隐藏的"代际密码",可以在"后院"里找到它一脉相传的根脉。"前院"那些光鲜亮丽的"枝叶",在"后院"总能找到它们的"根系",树高千尺,营养却大多数来自根部,"后院"就是一个人最大的根基所在。我们几千年中华文明薪火代代相传,也缘于我们的祖先营造了一个坚实而牢固的"后院"。

生活的"前院"也是人生的"前院",生活的"后院"也是人生的"后院"。每一个人既要照看好"前院",也要守护好"后院",内外兼修,不能让"后院"失火,成为"前院"坍塌的引线;也不能让"前院"疏于构建和监护,成为贫瘠之地,带来苦痛,影响"后院"的安宁与幸福。

一次失败的离家出走

□ 路 明

初一那年,我离家出走了。

这是一次预谋已久的出走,原因是:我厌倦了当一个好孩子。

我对着镜子,忧伤,沮丧,无可奈何。镜子里的自己,长着一张平庸无奇的脸:瘦弱、白净,还戴一副金丝边眼镜,标准"小红花少年"的模样。我无数次比画,这里,对,就是这里,斜下来,有一道刀疤该多好。

更要命的是,因为成绩好,加上管教严,我一直是"别人家的小孩"——走路中规中矩,放屁细声细气。只是,没人知道,在我内心深处,燃烧着怎样的火焰。

十三岁的少年,两点一线,写不完的作业,却渴望像草莽英雄那样揭竿而起,像江洋大盗那样行走江湖。

那天的早饭是稀饭和白煮蛋。我吃完稀饭,把白煮蛋放进书包里,又从厨房拿了一只冷粽子。然后背上书包,右手插在裤兜里,紧紧攥着两张皱巴巴的钞票,一张五块、一张十块。钱是昨天问爷爷要的,理由是买学习资料。

出门,沿老街一直走,前方有一座石桥,过了桥就是中学。我走过桥边,卖卤豆干的阿婆抬头看了我一眼。带着做贼心虚的快感,快速穿过一片旧街巷,我来到了小镇的尽头。

镇北边是村庄,大地在我眼前徐徐打开。春天,油菜花盛开,三两农人在田里劳作。我走在田埂上,呼吸着新鲜的空气,一股悲壮感油然而生。你看,我自由了。我将浪迹天涯,永不回头。像格瓦拉走向丛林,像贝吉塔走向那美克星,像小小的十二月党人走向他的流放地。世界如此辽阔,而我是孤独的。意识到这一点,真是让人又心酸又骄傲。我不由得想起了高尔基的《童年》,狄更斯的《雾都孤儿》,以及日本动画片《咪咪流浪记》。我情不自禁地唱起来:

落雨不怕

落雪也不怕

就算寒冷大风雪落下……

接下来的歌词我不好意思唱出来,什么"我的好爸爸","我要我要找我爸",一律用"啦啦啦啦"代替了。

我没去找爸爸,我爸爸来找我了。

中午的太阳白晃晃,我坐在田埂上,吃完了白煮蛋,正在剥粽子。我爸骑着自行车,悄无声息地靠近。发现得太晚,逃跑已绝无可能。我爸是高中部老师,对我的动向从来了如指掌。嗯,一定是班主任跟他讲我没去上课,然后卤豆干阿婆泄露了我的行踪。

我爸停了车,倒也不着急。他摸出打火机,半靠半坐在后座上,点了一支烟。

抽了几口,他摁掉烟头,说,走。

我爸推着车走在前边,我垂头丧气地跟在后面。一路上,谁也不说话。到校门口,他开口了:"我跟老李(我的班主任)打过招呼了,说你身体不舒服,请半天假。"

我"嗯"了一声,低着头往大门里走。他叫住了我。

"钱交出来。"

"什么?"

"跟你爷爷要的钱。"

十五块钱,相当于三十根雪糕,五十个游戏机铜板,一百五十只甩炮,说没就没了。我欲哭无泪。

我爸有点得意,"这点小花招,哼哼,还能瞒过我……期中考到年级前三,我就不告诉你妈。"

他抽出五块钱扔给我,剩下的十块钱塞进上衣内兜。一甩腿,他骑上车走了。

青年励志馆 | 容得下别人的风光，摁得住自己的嚣张

日本年入超千万者，反而不幸福

□ 王雪

在日本，年收入税前达到1000万日元（约合63万元人民币）的人，常常被称为是"人生赢家"。比如，驾驶飞机的副机长，在25岁以后就可以轻松地年收入突破千万日元。如果是机长的话，年收入甚至可以拿到2000万日元。还有，中小企业的老板、大企业的高层、那些外资以及咨询行业的精英、律师、税务精算师等，在30岁左右也都可以稳稳拿到超过千万日元的收入。

不过，像这样个人工资年收入超过千万日元的，只占日本工薪阶层的5%；如果是以家庭为单位，夫妻双方都工作的情况下，年收入1000万日元的也只占工薪阶层的12.2%。

令人难以置信的是，近年来，由于日本的国家增税和社会保障制度的改革，即使收入达到了很高的水平，生活并不会因此变得更加美好。

比如一位40岁男性A先生，他的年收入在税前正好是1000万日元，需要抚养自己的家庭主妇太太，还有两个在上小学的孩子。

在用于日常开销之前，用于他个人和家人的社会保险费通常约为年收入的15%，再扣除所得税和居住税后，他实得年收入约为733万日元（约合46万元人民币）。如果将其转换为月薪的话，约为61万日元（约合3.8万元人民币）。这要比原先1000万日元除以12个月的83万多日元（约合5.3万元人民币）差了不少。

可对于A先生和他的家人来说，还要面对以下的"陷阱"：

第一，是躲不掉的"增税"制度。日本采用的是"累进税"制度，收入越高，税率越高，在某些情况下，还将无法获得有关津贴和政府补助。根据日本国税厅的资料，日本只有9.8%的人年收入超过800万日元，但其税额占税金总额的65.6%。

第二，日本日益高涨的房产价格。在过去5年内，东京及周边或是大阪、京都、神户等大城市，不管是新房还是二手房的价格都在持续上升，既想选择满意的房屋又要有合适的预算，可谓"难上加难"。

第三，如"无底洞"般的子女教育费。日本作为少子化严重的国家，其背后重要的一个原因是教育费负担。对于日本夫妇来说，什么时候生孩子，生几个孩子都要经过"严密计算"。稍有不慎，轻者紧巴巴地过日子，重者甚至会"家庭破产"。

去年12月，日本还免除了年收入超过1200万日元家庭的儿童补贴。儿童补贴从0岁开始每月发放到初中毕业，合计每个孩子可得到补贴金213万日元（约合13.5万元人民币）。

而在日本，一个孩子从幼儿园开始直到大学毕业，如果全上公立学校的话，需要交纳学费2113万日元（约合130万元人民币），私立学校的学费更高达3000万日元（约合200万元人民币）。除此之外，为了增强孩子的竞争力，从小学到高中阶段都需要上各种课业的补习班还有兴趣班，这部分的费用平均每年在70万日元。

这样看来，辛辛苦苦工作一辈子的日本人，到头来没有给自己留下什么。高收入，并不等于生活质量的提高。现如今，日本的养老制度也无法再为他们提供足够的保证，没有足够的储蓄是不敢老去的。

动物如何看待死亡

□[日] 阿部弘士

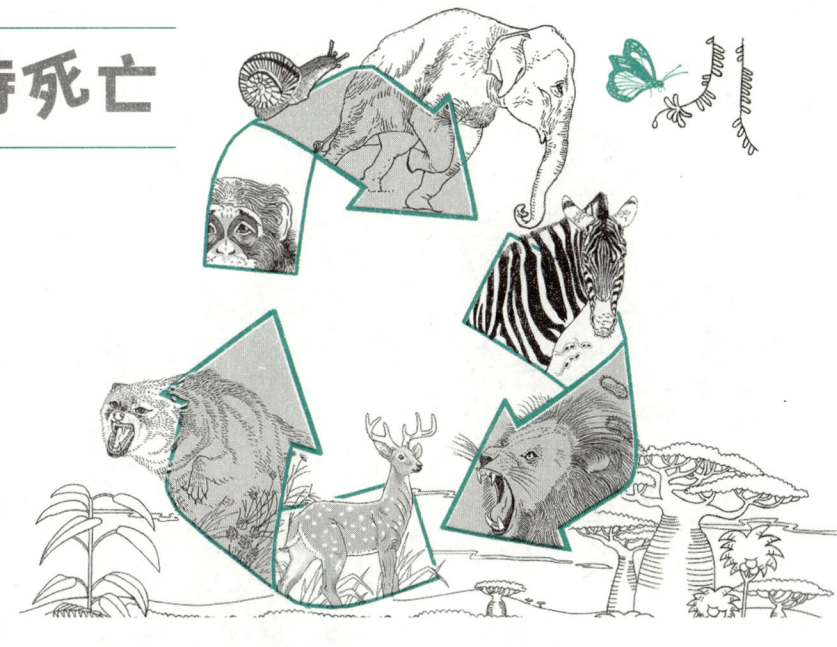

动物们是怎样看待死亡的呢？大象似乎知道死亡是怎么一回事。有同伴倒下的时候，它们会用鼻子拱它，帮它站起来。如果还是不行，它们就知道那头象已经死了。之后就会待在死去的同伴身边，仿佛在凭吊，久久不肯离去。黑猩猩的孩子死后，就算孩子的身体已经干瘪，妈妈还是会抱着不放。动物们多半是懂得死亡的吧？

"我快要不行了吧？"它们也许会这样感受到死亡的气息。动物的听觉和嗅觉比人类敏锐许多，有时候可以感受到我们察觉不到的异常。

我的一位朋友是兽医，同时还是动物摄影家。他告诉过我这样的事情：染上传染病的斑马似乎会发出类似"快杀了我""把我吃掉吧"的讯息，狮子收到这种讯息，便将狩猎的目标选定在它身上。如果它在斑马群中散播传染病的病菌，整个斑马群都会灭亡。如果它死得早些，病毒就不至于蔓延到整个斑马群中。因此，狩猎动物吃掉患上传染病的那匹斑马，就能阻止病毒波及整个斑马群。

野生动物的世界里，大家都在尽职尽责地扮演自己应有的角色。

人们都说，野生动物活在一个弱肉强食的世界里。但真的是这样吗？那不过是人类观察到每个物种之间的关系后，随口发出的感叹罢了。"强壮的狩猎者狮子"和"柔弱的猎物斑马"，看上去的确符合弱肉强食的逻辑，其实并不尽然。狮子和斑马不过是构成了一条合情合理的生死关系链，这并不代表其中有一方强大，另一方弱小。所谓的"百兽之王"，不过是人们强加的印象。大自然中的狮子并没有那么威风凛凛，生了病会死，抓不到食物也会死。它们对生命同样专注和谦逊。我去过非洲的热带稀树草原，反而觉得成群结队的斑马比狮子更有风采。

大自然是建立在生态平衡上的。如果没有动物扮演狩猎者的角色，食草动物的数量一味增加，最终会把所有植物吃光，原本扮演猎物的一方就会灭绝。因此，负责保持平衡的狩猎者肩负着十分重要的任务。

北海道的狩猎者——狼，因人类的猎杀而灭绝，已经一匹都不剩了。于是，北海道的鹿群暴增，如今森林、草原、田野都被啃噬得一片荒芜，非常凄凉。

走遍世界，见过各个地方的野生动物后，我想，也许不被人类干涉的死亡都是正确的。无论是非洲的热带稀树草原，还是热带的亚马孙雨林，无论是严寒的西伯利亚，还是日本——一切自然界生物的生长和死亡，都应该顺应自然的规律，不受任何外在因素的打扰。

我们每个人都在一天一天老去，我们的每一天，都是向死而生。人迟早会死，我希望我死的时候，能认为自己的一生是快乐的。今天的我在努力工作、努力吃饭、努力喝酒、努力玩乐，也在努力绘画、努力创作。作为一名饲养员出身的绘本作家，我应该向世人传递的信息，不就是一幅幅充满生命力的图画吗？否则，如何对得起那些死去的动物和此时此刻活在世上的昆虫和蛇呢？

"你画的都是些什么东西嘛！"

"如果把我画下来，那我也算没有白死。"

它们大概会这么想吧？我用自己的画来表达对动物的感恩。

青年励志馆 | 容得下别人的风光，摁得住自己的嚣张

匍匐在地，才会看到细节

□ 董建昌

日本第二大汽车精品及维修保养公司社长键山秀三郎在创立皇帽株式会社之初，曾面临诸多困扰。最令他头痛的是公司招不到人，等好不容易招到人了，员工的流动性又很大，而且因为素质不高，员工对待客户的态度很粗暴。

开始，键山试图用语言或文字来改变现状，结果却难如人意。思来想去，键山另辟蹊径——通过创造干净的工作环境来改变员工的心性。

第二天，键山就一个人清扫了公司所有的公共空间，包括彻底清洗公司的厕所和停车场，洗公司的车，也洗来宾的车。

后来，他觉得厕所是大家最抗拒却又最重要的地方，于是，他就将更多的时间花在了打扫厕所上。当然，键山不只打扫公司，也打扫公司周围的地方。拜访上下游厂商时，如果见人家的厕所不干净，他甚至会将手伸进马桶里捡烟蒂。

作为一个公司的领导，居然做这等事，许多人都表示不解。

键山打扫厕所的时候，员工都装作没看见，照样站在小便斗前方便。他在擦楼梯的时候，员工也是直接从他面前跨过去，然后还对外人说："我们的老板只会打扫厕所。"这令键山很尴尬，也非常沮丧、矛盾。

其实，键山自己一点都不喜欢打扫厕所，但他又固执地认为，人在不干净的环境里工作，心情肯定会受到影响；而环境洁净，人的心情就会平和，就会对未来充满希望。

就这样，键山一干就是10年。

终于，10年后的某一天，键山正在停车场洗车时，一个员工静静地加入了，两个人一言不发，默默地清洗；再过几天，又多了一个员工；再过几天，又一个……最令键山开心的是，自从员工自觉地加入后，公司的气氛开始转变，员工间的互动和协调的质量有了显著提升：每个人都变得细心、周到、热情起来，而且无论公事还是私事，大家都能主动相互帮忙了。

由于清扫工作更注重小地方、小细节，公司员工对规范的意识和自我要求都有所提高，工作失误和产品瑕疵都减少许多。

皇帽自己也做过市场调查，"皇帽员工待人亲切周到"这一点最让客户印象深刻。也因此，现在的皇帽员工对营收的平均贡献度已经超出日本第一大汽车精品及维修保养公司12%。

键山秀三郎坦诚地说："我花了10年的时间，匍匐在地，才看到细节，才感动员工加入，然后又花了10年时间，才吸引来上下游的厂商登门求访，要求研习打扫。没错，我在弯腰洗厕所的同时，也洗涤了人的心灵。"

想改变人生的价值，先改变你的心态

你要做东非的猴子还是西非的猴子

□ 柴 可

为什么跑得快、资本也融得快的企业，最后好像并没有变成赢家？答案是：节奏可能更重要。以前我们说"大鱼吃小鱼"或"快鱼吃慢鱼"，但是当我们真正做一家企业很多年后会发现，找准自己的节奏，远远比单纯的快慢更重要。

大家如果看过《人类简史》，应该会发现里面有一个很有意思的故事：

十几万年前，东非大裂谷居住着一群特别快乐的猴子，它们都生活在果树上，树非常高，果树周而复始结出新的果子，猴子不用下树，就可以在树上生存得很好，猛兽是攻击不到它们的。

忽然有一天，全球气候大变化，发生了一次巨大地震，于是就产生了今天很著名的东非大裂谷。大裂谷把非洲大陆分成了两块：西非和东非。

大裂谷西边依旧是雨林环境，有很高的面包树，也有丰富的果实；东边的大陆，很多地方只有比较凶险的灌木林和一些不毛之地。

猴子也被强行分成两拨，一拨留在西非大陆，和以前一样，只要待在树上就有果子吃；一拨留在东非的猴子却面临着凶残的生存环境，不仅常有猛兽出没，而且没有大树，只有灌木，它们要学会制造工具，学会用更复杂的语言交流。

久而久之，它们变得更聪明了。

最后，东非的猴子慢慢进化成为今天真正的智人，西非的猴子呢？还是西非的猴子。

在创业的这些年，我发现做互联网和东非西非的猴子一样。在互联网上获取流量，就像猴子获取果实一样简单，只要投资人给钱，就会有源源不断的流量。

有了流量就会有用户，有了用户，就会继续有人给钱。周而复始，好像生存的规则非常简单。

但是东非大裂谷产生了，资本寒冬到了，大家在融资的时候会发现，以前给1000万元都不要的，现在100万元也求着别人给。

资本环境冷却，流量慢慢开始产生更多的成本，对企业造成新的负担，这个时候你要去拿新的钱，就必须要有商业模式。就像"东非的猴子"一样，要开始制造把用户变成消费者的工具，需要学会更复杂的沟通模式。

残 蝉 □ 胡竹峰

在商丘得一古蝉，不知何年。玉质褐色呈半透明状，不知何料。几根线条，雕法极简，不知何工。双翼折断，蝉附身的树叶只剩半片，展翅欲飞不能飞。它的样子很特别，忍不住收存了。把残蝉清洗干净，贴身放着。偶尔拿出来看看头，看看残躯，看看残叶。

此蝉陋而不丑。丑必陋，陋未必丑。有人审美，有人审丑，我审陋。审陋比捡漏更难。捡漏是古玩界的行话，说白了就是捡了个大便宜。有人捡了便宜卖乖，有人捡了便宜卖弄。

耳机：当代青年的社交保护伞

□万物拣史

对当代年轻人来说，最日常的焦虑不是买不起房、摇不上号、找不到男女朋友，而是忘记带耳机。

这种焦虑其实在耳机刚发明那会儿就有了，只不过当时的焦虑不是忘了带耳机，而是戴耳机。1881年，为了提高接线员的效率，美国发明家埃兹拉·吉利兰德打造了一款"肩扛式听说一体机"。这套设备重约10斤，每天扛着一对音箱上班，你说焦不焦虑？

1891年，法国工程师梅卡迪尔对耳机进行了决定性的改良，把10斤减到了两个鸡蛋的重量。虽然还是很重，但至少把"耳箱"改造成了耳机。

这么重挂在耳朵上也太难受，那就举着呗。但这不是听诊器嘛。这个听诊器，呸，耳机进化成这样和一项特殊服务有关。19世纪80年代，随着电话的普及，催生了早期的在线服务——电话广播服务。其中一项服务就是音乐直播服务。订阅用户先通过电话连接到提供直播的服务公司，直播服务公司再把剧院的演出信号转接到耳机接收终端。为了减轻用户耳朵的负担，耳机才进化成听诊器的造型。

头戴式耳机到20世纪才出现。

1910年，美国发明家纳瑟尔·鲍德温发明了头戴式耳机。这款耳机没有获得市场认可，却受到了美军的青睐。由于耳机是鲍德温在厨房手工打造的，产量完全不能满足军方需求。军方希望他申请专利，建厂扩大生产。不过鲍德温朴实无华地说，这只是个小创新，不值得申请专利。拒绝了军方，深藏功与名。

后来，这个"不起眼"的小发明在一战中起了奇效。这个长得像大型管弦乐器的装置就是耳机在战争中的一项应用。通过监听远处的声音，精确定位敌机。简单来说就是实体版的顺风耳。别看这些耳机长得虽然奇形怪状，一副很挫的样子，但血统是"高贵"的动铁。

动铁是耳机驱动单元的一种。耳机的原理是将电信号传到发声单元，发声单元再将电信号转化为机械振动，发出声音，简单来说就是电声转换。动铁耳机就是将电信号转化为衔铁的机器振动，再牵动振膜转化为声波传到你耳朵里。

不过早期的动铁耳机衔铁都比较大，振动范围很窄，低频达不到，高频又上不去。所以1937年，拜耳动力推出第一款动圈式耳机后，动铁耳机很快就被"用更容易驱动的线圈"做驱动单元的动圈耳机取代了。

不管你们怎么觉得，这时候的动铁动圈耳机都只能算是听个响。没什么人用耳机听音乐，耳机的使用范围大部分集中在广播、无线电通信等专业领域。

一直到1958年，立体声耳机的出现，耳机才靠着音乐敲开消费者的钱包。

本来发明家高斯与工程师兰格想推销的是便携式立体声留声机，没想到消费者对随机配送的立体声耳机更感冒。具有现场感的高保真声音，一下让音乐爱好者的耳朵怀了孕，让耳机在极客圈成为爆款。

立体声耳机小范围火了之后，高斯马上和the Beatles合作推出了Beatlephones，有了Beatles的带货，耳机这才跳出专业圈，成为大众消费品。不过，有一说一，我们现在能用上各种耳机，还得说一句索尼大法好。

1979年，索尼推出的Walkman把耳机带到了全世界。大范围的流行给耳机带来了第二春。几乎同一时间，Bose的创始人Amar G. Bose博士写出了降噪耳机的最原始方程式。

降噪耳机到底怎么降的噪啊？有两种方式，一种是把噪声挡住，一种是把噪声抵消。

严格来说所有的耳机都有降噪功能，只不过一般耳机是被动降噪，也就是通过物理的方式尽量把声波挡住，不让你听到。

主动降噪则是在挡住噪声的同时，通过耳机内置的收音麦克风收集噪声，然后通过降噪系统发出这些噪声的反向声波，把噪声抵消。简单来说就是，外界向你的耳朵发了一个噪声冲击波，降噪耳机反手发射了一个同等威力的冲击波，两波互相中和了。

既然能中和噪声，那为啥戴上降噪耳机之后还能听到外面的声音呢？

降噪耳机又不是消噪耳机。外界的声音频率不一样，汽车喇叭的声音尖，发动机声音低沉。目前主动降噪耳机降噪范围是100Hz～1KHz，而人耳能听到20Hz～20KHz的声音。

在降噪耳机出现之前，除了听音乐之外，社交大概是耳机另一个重要功能。

想想曾经和你用一副耳机的同桌；你买过的花里胡哨的耳机；40℃的夏天也要挂着耳机的你。有过以上经历的朋友请对号入座。

和现在的耳机相比，这些耳机音质渣、没有蓝牙，更不能降噪。但就是通过这些"三无"耳机，我们找到了同类。不知道从什么时候开始，我们开始习惯通过耳机暂时切断与外界的联系，耳机渐渐从"寻找同类"变成了"拒绝不同类"的工具。对于996的打工人来说，耳机甚至是"避难所"。

经过一百多年的发展，耳机已经从一件单纯的播放设备成为我们外化的器官。你会随身带耳机吗？忘带耳机你会焦虑吗？如果说手机是社交工具的话，耳机大概就是反社交的保护伞。未来的耳机会变成什么样？电影《她》里，耳机里的人工智能变成男主角的灵魂伴侣。如果那一天真的到来，你会热烈欢迎，还是恐惧？

力争做一个发现之人 □寇士奇

人可分成发现之人和追求之人。追求之人往往只关注前面的目标，很容易被目标所左右、所僵固、所异化。他们直奔在一条狭窄的道路上，道路以外的万千未知和纷繁感受往往被弃之不顾，而发现之人则是自由、敞开、全无目标的。因为全无目标，他们很容易将一切当作目标。他们对宇宙、地球及人类社会的所有奥秘有着浓厚兴趣，以发现新事物、新现象、新感受为己任。

另外，发现之人的热情来自生命内里，持久、稳固、百折不挠、不计利害；追求之人的干劲来自生命外部，火暴、躁动、飘忽不定、患得患失。发现之人总是兴致勃勃的，追求之人常是心灰意冷的；发现之人大都是开拓者，追求之人大都是追随者。

这两种人在社会中没有明显分类，但一般而言，追求之人中企业家、政府官员、演艺家等多一些，发现之人中科学家、哲学家、诗人、探险者等多一些。特别需要指出的是：发现之人中没有世俗的成功的概念。他们即使没有在各领域发现新事物、新现象，没取得事业的成就，也会在存在中发现新感受、新体验，达到生命的圆满。所以，无论成功与否，他们都是幸福的人。年轻人，应该力争做一个发现之人。

常听有人说："有爱孙猴子的就有爱猪八戒的。"这是由于孙猴子和猪八戒都有鲜明的个性，使得取经路途妙趣横生。而沙和尚给人留下的印象好像比较模糊，谁也说不清他到底干成了几件事。

然而这实在是看错了少言寡语的老沙。

沙和尚当年那可是天界最高行政领导玉皇大帝身边的贴身侍从，灵霄殿上什么场面没见过？只是由于不留神没端住个杯子，倒霉的老沙就被贬到凡尘的弱水里吃苦受罪。为什么？别说读者弄不明白，连老沙本人也弄不明白。

老沙在流沙河里整天反思，一天终于明白了：被贬下界其实并非由于那个没端住的杯子，而是本人没有处理好同上下左右各路神仙的关系。

沙僧的道

□ 崔岱远

曾经以为自己是领导身边的人，对那些想经过自己找玉皇大帝办点儿私事的神仙不予理睬，对那些想带俩亲戚朋友混进蟠桃大会的天宫里的神仙吹胡子瞪眼。

这天界里神仙之间的关系太复杂、太微妙了，老沙的做派指不定哪天不知不觉中就得罪了哪位神仙，让人家嫉恨在心。

最终是被心怀芥蒂的家伙经过王母娘娘在玉皇大帝那儿吹了风："这老沙早就看出他不成了，连个杯子都端不住，哪能伺候好领导啊！让他去流沙河里谋生去吧！"

在流沙河里，老沙经过深刻反思，终于顿悟：侍从的职责不仅要伺候玉帝，还要服务好更多相关各级领导；不但要服务好本人的上级，服务好本人的平级，还要照顾好本人的下级。

总之，要左右逢源，协调好与各路神仙的关系。老沙这一深刻认识，在他以后的取经生涯中发挥了关键作用。

自从加入唐僧的取经队伍，对于领导，老沙忠心耿耿。对于二位师哥，老沙始终保持着淡淡如水的君子之交，始终把"和为贵"放在第一位。

老沙为人坦荡，尽管他深知唐僧与孙猴子有矛盾，但从不像猪八戒那样在师父面前煽风点火。

对于两位师哥的纠葛，老沙也从不介入，而且经常调解。每当猪八戒吵吵散伙，孙猴子举棒要打的时候，老沙总说："二师兄，你和我一样笨嘴拙腮，不能惹大师兄生气，我来替你挑担子。"这话让孙猴子、猪八戒都能够接受。

到西天取经是艰苦的事业，没有团结是不成的，而维系这团结的恰恰是默默无闻的沙和尚。

取经队伍里，老沙行事低调，不喜张扬，但细心观察就会发现，尽管话语不多，老沙却总能言必中的，表现出一种从容淡定的灵智。

红孩儿挡道那一难，开始的时候，孙猴子以为这小孩儿会看在自己与其父牛魔王的交情上，不敢把唐僧怎样。当时老沙就提醒："三年不上门，当亲也不亲。"结果被老沙言中。后来当孙猴子为降服红孩儿一筹莫展的时候，还得老沙从旁提醒，以"相生相克拿他，有甚难处"，打开了孙猴子的思路。

老沙的聪明往往就像沉闷的阴雨天突然而至的闪电，叫人眼前猛然一亮。

地球上不存在没用的人，只有没有用对地方的人。老沙沉静而不求回报，甘居人下却胸怀大局。尽管论争斗的本事，老沙远远比不上孙猴子和猪八戒，但若论心智，这二位绑在一块儿也比不上他沙悟净。

《西游记》里有句原话是"沙和尚真是个灵山大将"。能把自己看得很轻，那是一种智慧。

持续努力的人，幸福感更强

我们每天做的小事不但会影响自我成长，也会塑造我们的生活样貌，决定我们成为什么样的人。对高手来讲，努力本身就是一种生活方式，就像村上春树，每天早上4：00起床，跑10公里，然后写4000字的文章，几十年如一日。这类人根本不用拼天赋，持续努力足以碾压大多数人。

吃字

□ 郭华悦

老家的方言里，把读书叫"吃字"。

一个"吃"字，既简单又生动，把读书这事儿，形容得如柴米油盐一般，妥帖入味。吃有百态，书有百味，吃与读，很多地方都是相通的。

就像年轻时，很多人在吃这件事上难免偏好浓烈之食。一日三餐，无肉不欢。这样的饮食，看似享受，但每次在饱食后，总觉得腹中饱胀，油腻不堪。刚才的大快朵颐，似乎一下子将人的食欲挥霍殆尽。

在那个年纪读书何尝不是如此？情节上，喜欢光怪陆离、起起伏伏的，就算以感情为题材，也得有撕心裂肺的分分合合，才能吸引目光。一本书读下来，固然痛快，但也难免心生腻味。

当一个人上了年纪后，不管是吃，还是读书，都发生了变化。

在食物上，不再偏好浓烈，而是向往清淡。健康的考虑是一方面，但更主要的还是人的味蕾在不知不觉间发生了变化。一碗小粥，几碟素菜，胜却佳肴无数。一顿饭下来，腹中清爽，人亦如此。

在读书上，也是去油腻，喜朴实。那些咋咋呼呼的文字，看似热闹，却往往经不起品味。人在有了一定阅历后，更喜欢静静捧着一本书，泡一壶茶，品尝字里行间平淡悠长的味道。这样的文字，养身亦养心。

食与读，原来很多时候是相似的。

一种食物，能吸引人的，不是浓烈，是在放下碗筷后，味蕾上犹有余味的悠长。太浓烈的食物，难免令人饱胀，让人将对于食物的热情一下子挥霍殆尽。放下碗筷后，摸着鼓胀的腹部，心中满是烦腻。

一本书，能吸引人的，也是这样的余韵。字里行间的浓烈，让人在获得短暂的痛快后，继而心生的是对眼前这本书的饱腻。而朴实平淡的文字，更像是一碟余味悠长的菜肴。合上书，脑中清爽，似有余地，但余味不绝，令人流连。

于是，就有了"吃字"的说法。字如食，贵在慢品，方得真味。

耶鲁课堂为何拒绝电脑和手机

□ 王烁

不论是在耶鲁大学商学院那样的超现代化课堂，还是法学院十几把椅子围着张桌子这种小教室，教授对学生在课堂上使用电子设备都深怀敌意。客气点的老师会说，电脑只能用于记笔记；不客气的就直接说，记笔记也请用笔。

写过《大国的兴衰》的著名教授保罗·肯尼迪就是这样。他在课上说："绝对不许用电脑和手机，

□ 李 奇

《百家姓》为什么以"赵钱孙李"开头

根据南宋人王明清的《玉照新志》，《百家姓》的开篇诸姓顺序是这样来的："如市井所印《百家姓》，明清尝详考之，似是两浙钱氏有国时小民所著。何则？其首云，'赵钱孙李'，盖钱氏奉正朔，赵乃本朝国姓，所以钱次之，孙乃忠懿之正妃，又其次，则江南李氏。次句云'周吴郑王'，皆武肃而下后妃，无可疑者。" 也就是说《百家姓》的起首八姓，"赵"为宋朝国姓，因而排于首位；"钱"为作者故国吴越之国姓，因而次之；"孙"为当时的吴越国王钱俶（即忠懿王）正妃，所以位列其后；"李"则为南唐国姓。次句"周吴郑王"则都是吴越国开国君主钱镠而下的后妃之姓。

武肃王钱镠，被后世传为美谈的"陌上花开，可缓缓归矣"，即是这位吴越国主写给他夫人书信中的句子。吴越国从来奉中原政权为正统，而钱镠在临终前亦曾嘱托诸子，"子孙善事中国，勿以易姓废事大之礼"，这"事大"可谓吴越一以贯之的国策。

钱镠之孙钱俶，即忠懿王，是吴越国末代国君。即便吴越国一直以来对宋俯首称臣，且对于宋朝皇帝，钱俶是毕恭毕敬，出钱出粮出兵力，可谓有求必应，百依百顺。然而，吴越国还是免不了要被宋吞并的命运。钱俶在宋的不断施压之下甚感忧惧，知道已经不能负隅顽抗，不如主动退让，于是他下令撤去境内所有御敌之制，"文轨大同，封疆无患"。

当代有学者推测，《百家姓》作者很有可能是钱俶之弟钱俨。钱俨其人文思敏捷，好学而博闻，《吴越备史》即为其所著。假如《百家姓》作者真是他，那么在这王朝更替惶遽不已之际，其辑录《百家姓》，以"赵"为首，"钱"在其后，便相当好理解了。这既是奉赵宋为正朔，体现出恭顺与臣服，又是在暗暗提醒北宋勿忘君臣之恩义，力求"保俶"，希望宋朝廷能够善待吴越王钱俶与其旧臣。如今家喻户晓的《百家姓》，只是作为童蒙识字读本通行于市，大概也早已无所谓当初的真相究竟怎样了吧。

必须学会用手记笔记，这对你的职业生涯极为重要。"肯尼迪花了十分钟歌颂了另一位耶鲁教授、美国前副国务卿查尔斯·希尔的笔记传奇。希尔年轻时曾经是基辛格的顾问，无论多么紧急忙乱的会议，他都会坐在一旁沉着地记下会议的精要，"漂亮、有组织、可识别"。肯尼迪对学生说："你们是不可能达到他的水平了，但清楚扼要地记下正在发生的事情，极为重要。"他讲了个故事：上校给将军做汇报，照着汇报文件念，将军打断了他："上校，我也识字的。这样吧，阿拉斯加见。"于是上校职业生涯的后半段就被发配到阿拉斯加了。

不知道你会怎么样，反正我听完就把电脑合上了。不是每一位教授都如此重视笔记，之所以敌视电子设备，主要还是因为需要学生保持专注。我曾问过某教授用电脑记笔记有何不妥，教授说："我需要每个人的脑子。"

这我同意。虽然我这样早已习惯用电脑做笔记的，损失一点表面的效率，转而从专注获得回报，划算。

青年励志馆 容得下别人的风光，摁得住自己的嚣张

怪书"复活"

□ 桂 涛

大英博物馆对面有家不起眼的书店，玻璃橱窗里立着一本书，封面上是醒目的红底黑字的书名——《怪书》。过去几年这本书一直摆在那里，仔细看，书的副标题是"《快乐赚钱养蛙法》及其他（怪）书"。从博物馆出来的人总有买书、买古玩的冲动，看到这样奇怪的书名，更是忍不住要进去翻一翻。店也应该是觉得这书噱头十足，引人入店，于是总用它装饰门脸。

《怪书》由两人合著，一个是幽默作家，一个是古旧书商。两人共同的爱好就是收藏历朝历代不登大雅之堂的各种怪书。这本书就列举了他们经眼的数百种稀奇古怪的书名。比如，《犯了罪的动物》《自动上弦手表简史》《驾驭蚯蚓》《接电话的鱼》《机关枪社会史》《裸体老鼠》《与冲水马桶道别》《如何自己在家验尿》《腹部文化》《做目录的乐趣》《新鲜空气及其使用》《写给幼儿看的橡胶业指南》《为何人要迁徙》《英格兰的野餐》《婚后如何仍保快乐》《在迪斯科舞厅如何把妹》《便秘与我们的文明》《爱尔兰人学习荷兰语的难点》……我特意查了《怪书》副标题中提到的《快乐赚钱养蛙法》。这本出版于1954年的书详细描述了巨型牛蛙的习性、繁育、饲养、销售等方面的情况，还提供饲养牛蛙当宠物、用牛蛙当原料制作美食的信息，比如一道"苹果塞牛蛙肉"的烘焙方法。现在在旧书网上，《快乐赚钱养蛙法》只剩三本，最便宜的也要200元人民币，而同年出版的莎士比亚《麦克白》最便宜只要25元人民币。我明白物以稀为贵的道理，我只是感叹书的命运同人一样难测。

《怪书》的作者写道：什么是怪？在你看起来荒诞怪异的书，在别人看来可能正是苦苦寻求的宝贝。"一本《探求铁路电报通信系统》在我们看来可能深奥搞笑，但你知道吗？曾有一个电子学的讲师追问我哪里能买到这本重要文献。"

《怪书》里记载的都是英美的正式出版图书。但我估计这些书里没有一本是当时的畅销书，荒诞的书名就让大部分人敬而远之。谁又能想到，它们在出版一两百年后，竟然被收入一本夺人眼球的书，让爱书人垂涎，供猎奇者一笑。

这些怪书并没有因为不再出版而死去，如今它们反倒成为淘书人抢购的珍品。英国大一些的旧书店都设有"Oddity（古怪书）"专柜，一些初版初印、存世较少、荒诞离奇的怪书总是热销。

而当年被大众热捧的畅销书如今何在？

我收藏了一封1929年伦敦一出版社致书店的书信，信中推介畅销书《爱的历程》，说此书认购已"严重供不应求"。百年后，我查找《爱的历程》，想一睹当年的宠儿，但四处查询无果，它至今早已无人记得，没了踪影。

这不禁让人唏嘘。今天的畅销书、热门文章、好稿、头衔荣誉，有多少会被扫进历史的垃圾箱？而那些曾经的怪书，那些被认为是怪的、荒诞不经的、难登大雅之堂的又有多少会咸鱼翻身，流芳百世？

我买下了那本《怪书》，但当我再次路过那家书店。橱窗里又摆上了另一本。

你是牧羊人还是羊

□ [美] 凯蒂·兰登

那是在我读高二的时候，我忘了是哪个影院哪部电影，但我永远不会忘记爸爸那天所做的事。

一群人在排队，等着买票，我本能地寻找着队伍的后面，然后朝那个方向走去，但是爸爸呢？他直接绕过他们向前走！我停了一下，以为他会看到，然后回来和我一起排队，但爸爸朝我挥了挥手，继续往前走。

我不情愿地跟着，我能感觉到他们皱眉和指责的目光，我们一路走过时，排队的人都用谴责的眼光瞪着我们，我真的是太尴尬了。

但是，当我们走到前面之后，发现这支队伍其实是为一部新电影的放映专用的！我和爸爸径直走到一个没人排队的售票口买了票。

我们走进电影院时，一位经理走出来说："这支队伍只出售专场电影票。要看其他电影的人，请上前面买票。"你猜出现什么情况了？大约有一半的人急匆匆地跑到队伍前面，抱怨等了那么久。

"都是羊。"检票员撕我们的票时，爸爸低声笑着说。我不解地沉思着，羊？在我们等待电影开始时，我问爸爸他那话是什么意思。

"亲爱的，大多数人都像羊一样活着。他们总是紧跟着羊群，他们喜欢群体的安全感和舒适感，他们被吸引到各支队伍的后面。很多年前，我就决定了要过牧羊人的生活，而不是羊的生活。"

电影开始时，我看了看周围坐的一排排的人。羊？我是它们中的一员吗？

在驱车回家的路上，这个话题又被提起了。"好的，"爸爸说，"我想让你下周在学校里测试一下这个理论，午饭后你第一个到教室去，把门关上，然后站在那里等着进去。到时看看有多少人排在你后面，而且以为门是锁着的。"

在接下来的那个周一，我真的这么做了。我午饭后第一个赶到我们的英语教室。门已经是关的，但没有锁上。让实验开始吧。

我站在外面，等着"羊"。第一个回来的同学排在了我后面，甚至都没有问我一声，也没有试一下门把手。然后又来了一位，接着再来了一位。几分钟后，我身后就排起了长长的队伍，就像一群羊。没有人问，没有人试图开门，他们都只是假设。

最后，老师来了。终于有一个牧羊人来引领羊群了，她当然知道门没有锁。可是，当她看到我们都站在那里的时候，她就开始笨手笨脚地找钥匙开门！然后，她把钥匙插进锁孔，转动钥匙，却发现门锁上了。

那天和爸爸一起看电影，我得到了一个永远也不会忘记的教训。以我现在所做的这一切，我是牧羊人还是羊呢？

青年励志馆 容得下别人的风光，摁得住自己的嚣张

你凭什么不能上北大

□王羽端

1

某个周日下午，我已经记不清是距离高考多少天，约莫已经不远了，我从寝室走去教室自习。好像是刚又经历了一次失败的数学考试，在长长的石板路上，我一直有些失魂落魄地胡乱思索些什么，后来竟然开始瞎想，假如要上北大的话高考要考多高的分数。算分真的是一件顶无聊顶糟心的事情，但是对于高三的学生来说，确实是经常抑制不住地胡思乱想。

算出来了，我大概还差50分，其中有40分都差在数学上。

我站住了，目光呆滞地望向玻璃幕墙外午后的阳光和花坛里葱茏的草木。真的，我在距离高考还有两个多月的时候，数学还只能考一百零几分，全年级一百多名文科生，我总是在十名之外徘徊，那时候我做梦都希望能达到人大的分数线，而北大根本不会出现在我的梦里。

我想起在百日的班会上班主任发问："有没有同学把清华北大作为自己的目标的？"小小的骚动后，无人举手，我感觉有些目光落在了我身上，但我尴尬地咧了咧嘴，没有动。没想到老师严肃地看着我们："我觉得一个班上连一个敢于说自己想考清华北大的同学都没有，是这个班级的悲哀。"那时我一定是低着头的。我一直觉得我们是最值得骄傲的平行文科班，我们有最棒的一届国际部文科。可是，太难了，难到以至于退缩仿佛是理所当然。

但我那一刻就是突然在心里对自己狠狠地说了一句："你凭什么不能上北大？"伴随着这一阵咬牙切齿，好像全身的血液都涌上脑门。

"数学提40分，考上北大。"在我至今18年的记忆里，我从没下过这么狠的决心。

但是这自我仇恨式的决心之后随之而来的不是激情豪迈，而是巨大的痛苦。那种痛苦真切到了极点，仿佛从身体里咬出来，把我整个人都吞噬。

这是一种什么样的痛苦呢？我无法解析，或许是悲哀，或许是恐惧，或许是像王小波所说的，对自己无能的愤怒，我不知道。我只知道，然后我倏地站起来，不顾脑袋的缺氧，拼命地跑上四楼、跑进教室，在计划本的最后一面写下"你凭什么不能上北大"，然后翻出了买了很久没做的一大摞数学卷子开始列目标。

虽然这种决心在紧接着再一次的数学考试失败之后就归于平淡而模糊，但我一生都不会忘记这发的一次狠，不会忘记在这么一个周日的午后，被遥不可及的梦想射穿心脏的感觉。

###

我把"去北京"这三个字写

在便笺上，贴在我桌面的文具架上面。有一天早读，也许是因为我的语文作业又没有好好完成，也许是因为我的数学测验又一次惨不忍睹，也许只是因为我迟到或是刚好走神，班主任在走道里巡视转到我座位边时，轻轻叩了叩我的桌子，在我茫然地抬起头时，她抬手指了指我面前文具架上的字条："像你这个样子，还想去北京？"

如果当时手里有支铅笔，一定会被我因为羞愧而紧握的拳头攥得折断。我飞快地垂下眼帘，可摊开的书上的字仿佛自己调换了顺序，一句也读不通。当我再抬眼去看那三个字，仿佛看到自己日思夜想的目标就站在我面前，用既悲悯又嘲讽的眼神看着我。

我不能看着我最清晰的动力被自己摧垮，我把那张便笺揭下来，用笔重新描了一遍，又贴了回去，然后振作地坐直，心想：等老师走到教室尽头再转回来时，就能看见更大、更清晰的"去北京"，以及一个决心用行动去北京的我。

后来呢？你要问了，在这些看似细琐的镜头之后，故事总是有结局的。

一般意义上的故事结局是，我的数学最后也只提高了30分，但是幸运地考到了北京。

但我要告诉你的是，这个故事最大的意义，就是我永远都记得这100天。

也许从100到001的每个日子我已经不能记清，但这段记忆在被拉扯、被蒸馏、被磨洗侵蚀之后，我还是能在面目全非的岁月中触到感动，捡拾当年的勇气——

在还有100天的时候发誓要做3000道文综选择题，最后也只完成了4/5；

和最好的朋友吃完晚饭在食堂里刷题到食堂关灯，然后迎着夕阳晚霞冲回教学楼，老师从不知道我们为什么老是踩点；

算圆锥曲线算到崩溃，跑到漆黑的操场上，走了十圈还是哭了出来；

一边吃早饭一边看政治提纲，油汤渍最多的那一面熟到倒背；

和同桌从烦躁的晚自习逃出来，在顶楼吹着冷风把肚子里的话倾倒干净，聊完整个人生；

……

当我告诉他们，我专县生考试时怎样挣扎着踩上国际部的录取线挤进华师一、高一数学及格比登天还难、高二期末调考是怎样勤苦却排名跌落哭得眼泪打透本子，他们的第一反应都是"不可能吧"。第二次八校联考一百名开外，高考考进全省前二十名，彼时的我没妄想过后者，现在的人们不相信前者。

高三这100天，会有巨大的变化等着你。2月份班主任觉得我太不刻苦："你要达到那种状态，吃饭、睡觉都在想学习！"那时我在心里根本不信。5月份，我和朋友在赶去食堂的路上都在疯狂讨论怎么提分，午睡铃一打马上下床，就为第一个到教室。从小到大所有老师批评不努力的我，从来没想过可以做到这样。

忘了是在哪里看到的一句话："回头望去，高考只不过是人生路上的一个不能再小的小山包而已，但当你离它足够近时，它就大得能遮蔽你的整个视线。"所以，我真的很明白你的感受。你也许要苦笑着说"这时候了别和我谈什么梦想"，但我想你大概只是厌烦别人对你空扯以此为托词的淡寡的鸡汤，可在你最隐秘、最柔软的心底，问问自己，你是不是依然相信着什么。

当岁月的风卷走一切吹散曾经的结局，一低眸时你会发现，这个属于你的故事恍如昨日，字里行间没有"后悔"二字，你亲手写就的每个笔画，都已经刻进自己的掌纹，化为成长的肌理。

——是的，你总还是要相信着，这个属于你的100天的故事，终于将谱写与众不同的壮丽，拥有属于自己的扣人心弦与荡气回肠，让你骄傲感慨，让你此生难忘。

现在，轮到你了，给我讲讲这个你正在书写的故事吧，从100到001，好吗？

诗歌

在落日的余晖里
一阵风吹过
那片寂静的樟树林
一朵云在天边消失
像一抹青灰色的记忆
有人采摘了盛夏的果实
然后开始肆意奔跑
恍如多年以前
那个逝去的身影
——李一苇《盛夏落日》

青年励志馆 容得下别人的风光，摁得住自己的嚣张

在瘟疫中求生和写作的莎士比亚

□ 张薇

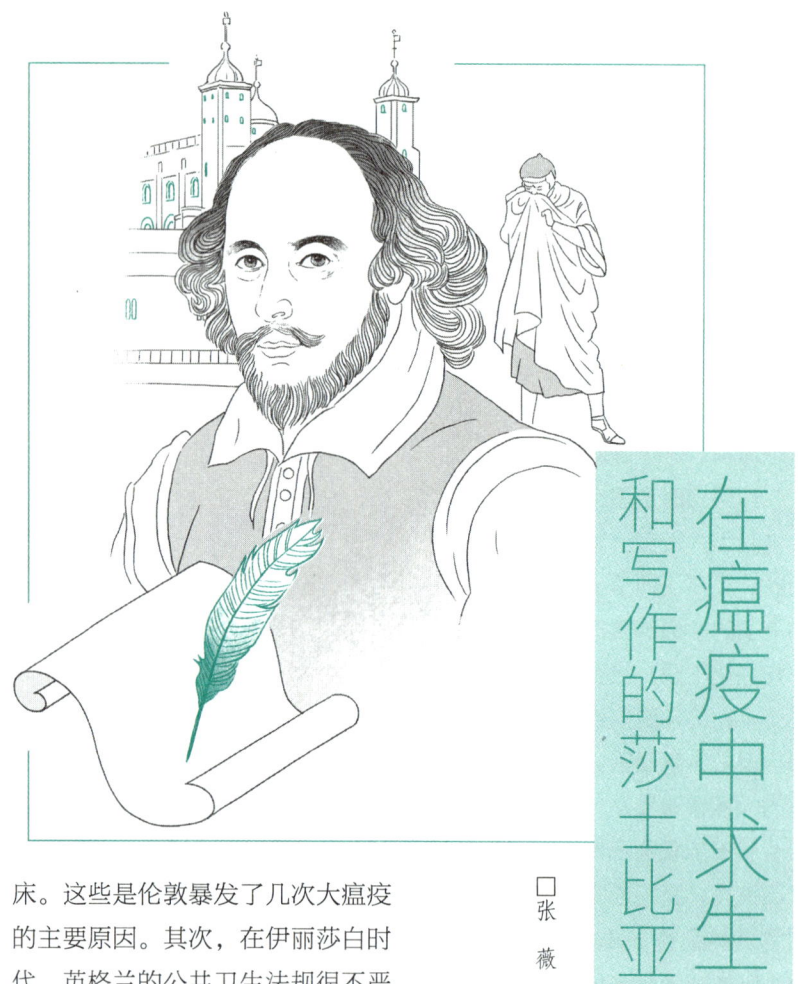

瘟疫笼罩了莎士比亚的一生。据哈佛大学斯蒂芬·格林布拉特在《俗世威尔——莎士比亚新传》和彼得·阿克罗伊德的《莎士比亚传》中记载：就在莎士比亚出生的1564年，7月份斯特拉福镇暴发了黑死病，冬天到来之前，镇上的人死了六分之一，237名居民丧生。哈雷街上和莎士比亚家住在同一侧的一个四口之家都死了。那年镇上出生的婴儿只有三分之一活到了一周岁。据说母亲把出生不久的他带到邻近的威尔姆科特村的娘家去住了几个月，躲过了一劫。我们不由得感叹：幸亏他母亲明智，否则我们人类将失去一个伟大的戏剧天才。

莎士比亚到了伦敦后从事戏剧事业。1592年发生了瘟疫，死了一位放荡不羁的诗人。1593年伦敦大瘟疫，超过14%的人口死于瘟疫，两倍于这一数目的人受到感染，最猖獗时一周夺走一千人的性命。瘟疫肆虐期间，戏院关门歇业，直到12月26日才开放。1594年圣烛节，瘟疫搅得人心惶惶，各剧场再次关闭，到4月才开放，因为人们认定戏院是疾病传播的罪魁祸首。导致瘟疫的原因首先是卫生条件差。居民把粪便都倾倒在河里，泰晤士河臭气熏天。安东尼·伯吉斯在《莎士比亚》中提到这座城市街道狭窄，鹅卵石的路面到处是垃圾，湿滑难行。拥挤的房屋之间夹着无数阴暗的小巷。人们向窗外倾倒便壶。剧院里没有厕所，观众要么到剧院外面的泰晤士河边排泄，要么在剧院里面随地大小便。另外瓜果皮和垃圾乱扔，这一切混杂在一起，滋生了瘟疫的温床。这些是伦敦暴发了几次大瘟疫的主要原因。其次，在伊丽莎白时代，英格兰的公共卫生法规很不严格，人们对瘟疫的实际起因没有任何概念，至少是没有任何正确概念。当毫无办法的时候，官方一贯采用的措施就是杀狗杀猫，结果消灭了老鼠的敌人，老鼠到处猖獗，而老鼠携带了可怕的病菌，导致鼠疫。腺鼠疫可能是随货船混入伦敦的病鼠引起的，鼠虱吮吸病鼠的血后袭击人类，把鼠疫杆菌传入人体。由鼠至虱，由虱至人，这是鼠疫的标准传播方式。管理者用隔离患者延缓瘟疫传播的速度。当瘟疫死亡人数达到每周30人以上，他们就关闭剧院。

格林布拉特说：瘟疫期间，莎士比亚所在的波贝奇的剧团不能在伦敦演出，不得不进行全国巡演，在乡间能赚多少是多少，以求生存。在1593年这难忘的一年里，人们认为莎士比亚当时可能客居在霍尔本或蒂奇菲尔德的骚桑普敦府，成为伯爵的一个家臣，一个驯服的诗人，一个朋友。这段时间他写了很多十四行诗，献给骚桑普敦，以答谢他提供了躲避瘟疫的避难所。1594年5月玫瑰剧院恢复演出，莎士比亚才恢复戏剧生涯。

到莎士比亚晚年，1603年再次暴发大瘟疫，莎士比亚所在的国王剧团还没来得及一直待在伦敦享受他们的特权，约翰·斯托后来估计，20万左右的人口中，有3.8万人死于这场瘟疫。在此之后，莎剧中所写的瘟疫带上了比之前更黑暗的色彩。阿克罗伊德说：莎士比亚

的戏剧里多处提到过死亡的象征和瘟疫留下的伤痕。

瘟疫在当地不是什么局部性事件,而是紧迫不祥的现实。据保守估计,莎士比亚创作生涯中约有七年时间受到当时所谓的"死亡之神"的影响。在疫情暴发期间,国王最终给自己的这些新演员发放了约30英镑的"生活补助费",这显然不够,这些演员不得不再次出去巡演,在考文垂、巴斯、牛津等没有疫情的地方巡演,一直到10月份瘟疫停止蔓延,所有的剧团都回城。有资料显示剧团在1607、1608、1609年瘟疫期间在私人剧院进行私人表演。1609年这一整年,鼠疫在伦敦肆虐,国王剧团再次踏上巡演的旅途。此时的莎士比亚很可能完全卸去了表演的职责,考虑永久搬回斯特拉福镇。

虽然莎士比亚几次遭遇瘟疫都大难不死,但瘟疫的阴影一直萦绕在他的脑海中,挥之不去,他频频地在戏剧中提及。"plague"这个词在莎士比亚作品中出现98次,有瘟疫、灾祸、折磨的意思。这些作品有《罗密欧与朱丽叶》《哈姆雷特》《李尔王》《麦克白》《奥赛罗》《雅典的泰门》《科利奥兰纳斯》《亨利四世（上）》《亨利五世》《亨利六世（上、中、下）》《亨利八世》《理查二世》《理查三世》《裘里斯·恺撒》《约翰王》《爱的徒劳》《威尼斯商人》《无事生非》《第十二夜》《终成眷属》《泰尔亲王配力克里斯》《辛白林》《暴风雨》《特洛伊勒斯与克瑞西达》以及长诗《维纳斯与安东尼斯》《鲁克丽斯受辱记》《十四行诗》29部。

在莎士比亚笔下,瘟疫或者作为情节元素,或者作为意象,或者作为诅咒语。作为情节元素的最著名的例子就是《罗密欧与朱丽叶》,朱丽叶被父母逼婚,劳伦斯神父想出假死的计划,让朱丽叶喝药假死,并让约翰神父送信给罗密欧,让他赶紧来接朱丽叶出走。可是瘟疫阻挠了送信的约翰神父,他灰溜溜地拿着未送出的信返回。罗密欧惊闻侍从鲍尔萨泽说朱丽叶死了,万念俱灰,赶回来殉情,朱丽叶也因此香消玉殒。换句话说,如果没有发生瘟疫,约翰神父准时把信送到,也许就可以避免这场悲剧的发生,一对情人不会丧生。瘟疫在该剧中起了至关重要的作用,决定了该剧的性质、主人公的命运走向。作为意象,泛指灾祸之意,这种用法在《哈姆雷特》《李尔王》中有体现。作为诅咒语,诅咒别人遭受瘟疫和灾难,在《暴风雨》《李尔王》《亨利四世（上）》《科利奥兰纳斯》《泰尔亲王配力克里斯》中有体现,比如《暴风雨》中卡列班说:"你教给我语言,我得到的好处就是懂得了怎样诅咒。红瘟病毒死你。"又如《李尔王》中李尔王悲愤至极地说:"全给我遭瘟吧!杀人的凶犯,奸贼,你们全都是!"再如《亨利四世（上）》中福斯塔夫骂巴道夫和皮托:"真是该死,贼跟贼也不讲信用了。呼!你们这帮该死的家伙!把我的马给我,你们这帮浑蛋,把我的马给我,然后找死去。"通观莎作,"plague"最常见的用法是作为诅咒语用。

从史料与莎作中,我们至少可以看出四点:一是当时英格兰政府一直未重视城市公共卫生,导致瘟疫反复暴发。二是当时的民众缺乏文明和卫生的意识。三是对莎士比亚而言,瘟疫已进入他的潜意识,成了灾难和恐惧的象征。四是瘟疫成了文学中的一种意象。

听故事的感受　□徐云松

人天生就喜欢形象化的东西,比如一个故事、一幅画面、一场表演……

故事总是以不同的形式帮助我们整理略显混乱的人生,寻找生活的意义。人类对故事的嗜好反映了人类对追求人生意义的深层需求。这不仅是一种简单的知识实践,更是一种个体化的体验。

打个比方,你去电影院看电影,当你坐在漆黑的卡座里,你体验到的是电影中故事的意义,以及随着对故事的见解而展开的、强烈甚至痛苦的情感刺激,这种情感会随着故事的发展而让你获得极大的满足。

这就是爱听故事者的真实感受。

"心满意足的人生"不存在

□ [日]河合隼雄

"满足的人生"或许是人类的理想蓝图之一吧？没有任何遗憾、总是心满意足，如果能保持着这样的心情过上一辈子，这不就是幸福吗？可是实际上真的存在这样的生活吗？或者说怎样才能得到它呢？

想到这里，我便试图到民间传说中一探究竟，看看是否有差不多的素材。正因为民间传说是经过人们长时间口口相传留存下来的，所以即便乍一看荒诞不经，其实却包含了不起的"民众智慧"。如果读得足够多，自然能发现优秀的故事。伊塔洛·卡尔维诺的《意大利民间故事集》里就有一个故事"知足男人的衬衫"。我先来介绍下这个故事吧。

有位国王有个独生王子，王子的内心总是无法满足，整天茫然远眺。国王为了让儿子心满意足，想了很多办法，却无济于事。于是国王找学者们商量，学者们提出一个好主意："找到一个永远心满意足的男人，让他和王子殿下换换衬衫就行了。"

国王发出告示，命人寻找"心满意足"的男人。一名神父被带了过来，说自己"心满意足"。国王说："如果是这样，我就让你当大主教。"神父大喜，说："真是做梦都没想到。"但是国王说："想过得比现在好的人并不是心满意足的人。"于是赶走了他。这个国王真是聪明过人。

接下来邻国国王派来使节，说自己过着"非常满足"的生活。可是这个邻国国王却说："我什么都不缺，然而我必须留下这一切死去，这太遗憾了，为此我夜不能寐。"所以他也不行。

有一天，国王出去打猎，听到一个在田野间放歌的男人的声音显得无比满足，于是上前搭话。国王对他说，要是他来都城一定会盛情款待，年轻人却说："我现在这样就很好，也很满足。"国王大喜过望。他终于找到了自己要找的人，正准备脱下年轻人的衬衫，"国王的手却停了下来，无力地垂下双臂，年轻人根本没穿衬衫"。

故事到这里就结束了，大家怎么看这个故事呢？读过民间故事的人可以想一下自己喜欢的故事，里面常常不会出现"正确答案"。

我觉得这个故事很有趣。因为要找心满意足的男人，先是神职人员出现，却暴露出他也有强烈的入世欲望。接下来是一位无所不有的国王，但他因为害怕"死"，所以无法"心满意足"。最后竟是一个一无所有、连衬衫都没穿的穷小子以"心满意足的男人"的身份登场。说到"心满意足"，我们马上就会想到已经得到了很多东西的人，莫如说，故事所揭示的一无所有的人才能真正过上心满意足的生活这一现象让我们有些许难以接受。人生包含有趣的悖论，民间故事似乎正适合讲述这些。

就算能让那个年轻人转让衬衫也对王子无济于事，我想这揭示了"心满意足的人生"是无法从别人那里借到的。认为只要有了这件衬衫，儿子就会得到幸福的国王正高兴着，却发现对方赤身裸体，随即变得心灰意冷，这给我留下了深刻印象。想来，希望儿子过上心满意足的生活的父亲热心过头，这一出发点本身或许就是错的。

为了过上心满意足的生活，富有者必须不断扔掉一些东西，这是一种人生方式。或许还有另一种生活方式，那就是从一开始就不要追求"心满意足的人生"，而是享受自己一点一点得到的东西。

日本学生的"整理整顿"课程

□ 刘小新

日本人的收纳能力举世闻名，甚至由此催生了火遍全球的收纳产业——"整理师"，它成为各国抢手的钻石职业。我们所说的收纳，在日语中叫"整理整顿"。"整理"有"使之减少"的意思，"整顿"指的是把杂乱的东西放置整齐。这四个字准确地概括了收纳的核心——先做减法，再以方便使用为目的，妥当安置物品。

孩子们在日本小学学习整理课程后，我发现日本的整理不单是一门家庭课程，更是一个完整的社会支撑体系。收纳整理这件再普通不过的事情，在日本却演变成一种收纳文化。在五六年级的《家庭》课本中，开始有整理整顿的相关内容。日本人对整理整顿工作高度重视，除了因为整理整顿会让工作、生活的环境变得更便利，还因为日本是一个自然灾害多发的国家，人均居住面积相对较小，整理整顿能有效避免物品的堆积，在发生自然灾害时，还能避免因杂物堆积而引起不必要的伤害，从而可以第一时间逃生。

除了课本上的内容，整理整顿实践从孩子们一上学就有。比如新学期开始的时候，学校都会随课本下发一个空白的文件夹。孩子们会在文件夹上进行装饰，让它变成自己独一无二的物品。孩子们上学期用了一个文件夹，这学期又发了新的文件夹。那么这个文件夹是做什么用的呢？

原来它是用来夹学校的各种通知单和课程表的。从一开学，除了每月会发一张"月安排表"外，班里每周都会发"本周课程安排表"以及每天要完成的作业和上学要带的学具物品清单。这件事情并不简单，要知道，日本小学生的学具是真的种类繁多、五花八门。比如，开学前给孩子们做的学具包就有5种，分别是装图画纸等大物品的包、装体育服的包、装鞋子的包、笔袋、装饭盒和餐具的包，后来还

多了装纸巾、手绢的随身小包和装漱口杯的包。此外，根据课程和季节的不同，还要带图画包、书法包、缝纫包、游泳包等，再加上要背的课本和书包，要带齐这么多东西并不是一件轻松的事情。但是，按照清单在每天上学前查看准备，就可以清楚地知道当天要带什么东西。

每门课需要用到的学具包，有不同的品牌可供选择。在日本，各种整理收纳用具很齐备，设计实用美观，还很便宜。

最近孩子们在家上网课，各种笔和文具散落了一桌子，看着难受，于是我去了一趟百元店，买了几个小收纳盒。盒子下面的小盘子可以放便笺纸，上面的部分可以移动，并且有专门收纳图钉、小夹子的超小盒子，挂在笔筒上。这样一来，橡皮、胶棒这类随时会用到的小物件也可以很方便地取用，再也不用在笔筒里翻找了，桌面整齐了，心情也更加清爽。

此外，学校组织的在外面住宿的活动，也是特别好的学习整理整顿的机会。学校在活动开始之前的几个月就开设了相关的准备课程，教授野外活动的必备技能和对自己生活用品的整理；外出前还会列出长长的清单，按照清单准备用品。这些活动里穿插着很多书本之外的学习内容。

当我们学会了取舍和安置身边的杂物，处理大大小小的事情，就会更加气定神闲。当整理成为一种习惯，计划能力、处理事情的能力都会得到提高，这些都是孩子们未来在这个世界上摸爬滚打必须具备的能力。

我们与天气的"心理战"

□ 何吴明

天气一直以来都是人类面临的来自大自然的挑战之一，因此其与人类心理之间的关系备受一些"大环境心理学"学者的关注。

热、愤怒和暴力

在环境心理学领域，最著名的研究是热与暴力之间的关系，两者之间的关系已有较为坚实的证据基础。例如，平均气温越高的美国城市，其暴力犯罪率也更高。即使在排除其他因素（如人口密度和收入水平）后，这个联系仍然存在。而且，相对于气温较低的月份，气温更高的月份具有更高的暴力犯罪率。更加令人惊奇的是，在一天之内气温高的时段比其他时段更容易出现暴力犯罪。因此，在地理和时间的维度上，热和暴力是相联系的。

热与暴力的因果关系也得到一系列实验研究的证实，而愤怒是其背后的心理机制。当我们感知到别人的愤怒情绪时，我们会说他"怒火中烧"；当我们描述自己的愤怒情绪时，我们会说"怒火攻心"。为何用"火"来形容愤怒呢？因为这是人对愤怒的一种形象的表征。

火会带来热，而热在心理上是跟暴力和攻击性联系在一起的。当社会心理学研究者激活人脑中关于热的概念时，其他关于暴力、冲突、愤怒的概念也更容易被回想起来。这说明，热和攻击性在人的记忆网络中具有很强的联结性。打个比方，这就好像我们读"里约热内卢"之后，更加容易联想起"炉"字。

晴天、心情和亲社会行为

当然，热并非只带来负面的心理。热也意味着温暖，居住在温暖地区的人在情绪表达上更加明显。这样的好处是人们更直白地表达自己的情绪，从而自然地具有一种"治愈"的效果。叙事心理治疗方面的研究发现，当被试者在表达性写作上更多地表达自己的情绪时，其心理问题就越有可能好转，抑郁的可能性就会降低。

除了温度，天气的另一个重要维度是阳光。一年之中晴天的数量，一天之中日照时间的长短，都会直接影响我们的心理。阳光对人类最明显的影响就是我们的心情变化。比如，在日照时间长的地方，人们普遍拥有更加愉悦的心境；阴沉沉的天气则容易让人心情低落甚至抑郁。这就是为什么人们会产生季节性情感障碍。

上面说的都是天气对个体心理的影响。除此之外，天气还对人际关系行为有影响，具体表现在人们的亲社会行为上。在美国明尼阿波利斯市街头，研究者请路人参与一项调查。结果发现，相较于多云天、夏天的阴凉天和冬天的暖和天，身处晴天的路人都更加愿意帮助研究者完成该调查。

在另一项研究中，研究者连续追踪调查了芝加哥郊区的餐馆服务员获得小费的情况。结果发现，在排除客流量因素后，服务员在晴天获得的小费明显多于在多云天获得的。在接下来的现场实验中，研究者告诉一部分顾客明天是晴天，告诉另一部分顾客明天是多云天。结果发现，认为明天会是晴天的顾客会支付更多的小费。

这些研究说明，人们在晴朗的天气下更愿意与人交往、为人提供帮助，表现出更多的亲社会行为倾向。

最适气温和幸福感

夏天的到来会使人更加有活力，也更主动释放心情。那么，温度在多少摄氏度是最舒适的？天气和幸福感是否有关？

据科学家研究，22℃对人来说是最能促进总体幸福感的温度。偏离这个温度越多，无论更冷还是更热，都对我们的幸福感有不利影响。但是有意思的是，在低收入国家，气温偏离最适温度越多，国民的幸福感就越低；在高收入国家，这个效应却不明显。研究者的解释是，富裕国家的人们有更多资源来抵御气温带来的不适感。比如，天热有空调制冷，天冷有暖气保暖。这些设施都能保护人们的幸福感不被极端天气影响。

对收入水平差距较大的不同国家来说，天气对国民心理的影响也有很大差异，在幸福感、自杀率、身体健康程度、焦虑、抑郁、工作倦怠等指标上都有所反映。

这些结果表明，天气和幸福之间的关系与国家的经济实力相关。

如果这个结论成立，那么与气温和风相比，晴天的光照时间对人的幸福感的影响应该更加明显，因为光照时间比较难以被人为控制。你可以开空调避暑，但无法用某种设备让光照时间变短。这么看来，光照时间对人的影响会较少受到人们经济实力的干扰。

纵观天气对人的影响，我们能看到它可以使人情绪波动、行为失范，或者乐于助人；可以使人际间产生更多冲突矛盾；也可以使人际关系更加和谐。从另一个角度来看，人类也在使用高科技应对天气所带来的影响，让自己过得更舒适。可以说，除了外部的天灾和人们的救灾，我们和天气之间也一直暗中进行着"心理战"。

莫里哀的荣耀　□祁文斌

在世界文学史上，法国戏剧家莫里哀声誉卓著。然而，他生前更多的时候是一个演员，一个经常饰演自己剧本中被嘲讽的那个"丑角"。而演戏在当时是一种许多人不屑的行当。

莫里哀一生钟情于戏剧和表演。为从事自己的所爱，他放弃了原本可以世袭的"国王侍从"名分和父亲希望他继承的事业——经商，或者做律师。由于债务，他曾颠沛流离十多年，劳累过度又使他罹患肺病。集编剧、导演和演员于一身的莫里哀，最终死在了他热爱的舞台上，年仅51岁。因为教会的压制，莫里哀的葬礼在一个黄昏后举行，冷冷清清。

"他是一个独来独往的人，他的喜剧接近悲剧，戏写得那样聪明，没有人有胆量敢模仿他。"德国文学家歌德说。

法兰西学院成立后，当时炙手可热的诗人、文艺评论家布瓦洛被选为院士。他曾劝莫里哀不要做演员，这样便有可能当选院士。莫里哀谢绝了。传闻，莫里哀去世后，路易十四问布瓦洛，自己在位期间，是谁在文学上取得过莫大的成功？布瓦洛回答："陛下，是莫里哀。"

今天的人们，很容易在法兰西学院大厅中发现一尊莫里哀的石像，洁白的石像底座上刻着这样两句话：他的荣誉什么也不缺少，我们的荣耀却缺少了他。

高手与顶尖高手的差距

□ 叫我以实玛利

格拉德威尔写过一篇文章叫《失败的艺术》。他把导致失常的情况分成两种：第一种是惊慌失措，第二种是紧张失常。

什么是惊慌失措呢？就是当一个人遇到紧急状况时，只能凭借本能行事，而不是凭借理智。

有些车祸就是因为司机惊慌失措造成的。惊慌失措导致的失败，可以通过更多的练习和积累更多的经验来避免。

什么是紧张失常呢？如果你爱看体育比赛的话，经常会听到解说员很惋惜地说，某某今天的发挥实在是太失常了。这就是紧张失常。一名运动员，辛苦训练了一年，但就是临场发挥不好，完全没有表现出自己应有的水平。

为什么会出现紧张失常这种情况呢？心理学家说，这是因为人类在学习某件事的时候，有两种模式。一种模式叫"显性学习"。举个例子，打篮球时的投篮，你要一步一步拆解动作，每个动作都要做标准，在教练的指导下，甚至通过回看录像的方式，来不断练习，这就是显性学习。另一种模式叫"隐性学习"。你在练习了几次之后，动作越来越快，不假思索地出手，然后球进了。

看NBA的篮球比赛，高水平的运动员在场上的表现如行云流水。像库里这样的高手，可以做到运球到前场，急停跳投，或者接到球之后马上起跳出手。这都是隐性学习模式在发挥作用。

但是，在压力非常大的时候，有些运动员会从隐性学习模式回调到显性学习模式。这时候，他们每做一个动作，都要稍稍思考一下，然后，就会失误频频。

简单而言，惊慌失措是在压力状况下，你的反应没过脑子导致的；紧张失常是在压力状况下，你想太多导致的。

问题来了，为什么有些顶级运动员会在比赛时紧张失常呢？

在体育比赛里，有一些经典的对手，比如李宗伟，似乎陷入一种魔咒，总是要败在林丹手下。李宗伟的球技真的就比林丹差吗？

西班牙网球名将纳达尔说过一句话，世界排名前一百的网球运动员在训练时看起来都是一样的。如果你只看他们的训练，没有办法判断谁能赢得比赛。顶尖高手们的相同之处是，他们都拥有很好的运动天赋、出众的身体素质，训练也都非常刻苦。只有比赛时的发挥，才把冠军、亚军、季军区分开来。

美国社会学家丹·钱布利斯研究了包括美国奥运会代表队队员在内的游泳选手。他希望发现，为什么有些人进了决赛、半决赛，但最后输掉了比赛。

他们的差别究竟在什么地方呢？

差别不在训练的刻苦程度上。既然能成为高手，这些人其实都非常努力，冠军和亚军、季军以及代表队里面的其他人一样，都在努力训练，而且，冠军在泳池里的训练时间，其实并不一定比其他人更多。

不同之处在于：

第一，越是顶尖的高手，越是技术流，越重视细节。

冠军水平的选手会非常注重细

节。比如划水时，会刻意使手指保持一定的角度；在折返时，他们希望能够准确触碰到泳池的池壁。这些人在训练中更注意这些看上去没那么重要的细节。

钱布利斯说："这些细节不仅仅是细节，在他们看来，这些细节是成败的关键。外行往往会认为细节毫无意义，或者根本就看不到细节。这就是绝大多数人是外行的原因所在。"通过对细节的训练，形成肌肉记忆，然后，在肌肉记忆之上，选手做到身心合一。

第二，越是顶尖的高手，越享受训练。

对冠军级别的选手而言，训练对于他们不是什么苦差事。他们不需要不断给自己灌心灵鸡汤，告诉自己训练的目的是追求胜利，"台上三分钟，台下十年功"。相反，他们喜欢自己正在做的事情。

这也能解释为什么他们会不厌其烦地去抠各种细节。这些细节对其他人来说是枯燥乏味的，但是他们乐在其中，享受着细微的改进带来的乐趣。

这让我想起一句话："你一说努力，我就知道你输了。"因为你下意识地要努力，顶尖高手从来不觉得自己是在努力，而是在享受。

第三，比赛时，他们能专注于自己所做的事情。

他们并不认为所做之事有什么特殊。在他们的理解中，只要做好一件又一件事，自然就会有结果。"在获胜者看来，成功意味着去做一件又一件平凡的事情，并且把每件事情都做到极致。"

他们身上有一种自信，那就是"我知道该怎么做"。这种自信来自他们意识到自己是在做一件很擅长而且会得到正反馈的事情。他们是专家，如庖丁解牛，如卖油翁打油。

钱布利斯发现，很多失败者对胜利者感到困惑，因为他们理解不了，为什么一个并不比自己更有能力、更有决心的人，总是能打败自己。所以，他们认为这其中一定有某种魔力存在。

相反，冠军级别的选手不会去想这些问题。他们只是保持自己最冷静、最专注的状态，把注意力集中在做好一件又一件在训练中做过无数遍的事情，而不是集中在对手、魔力或者可能犯的错误上。这是一种情绪控制。"获胜与技巧以及情感支配有关，你需要足够冷静来使用自己的技巧。它们都很重要，只不过这二者相比，情绪控制更有全局性影响力。"

有些优秀的运动员会在比赛中发挥失常，就是因为他们失去了情绪控制的能力，开始过于关注对手，开始迷信，开始思考自己的一举一动会不会出错。

礼物归谁
□[巴西]保罗·科埃略

日本东京近郊住着一位闻名遐迩的武学宗师，宗师近垂暮之年，开始教年轻人禅宗佛理。

一天下午，来了一名勇士，勇士年轻力壮，身经百战，从未失手。他专程前来，想一试宗师的身手。如果宗师成了他的手下败将，自己必将声名显赫。

宗师的弟子们不赞成师父迎战，宗师却欣然接受。

大家聚集在小镇广场上，勇士开始辱骂宗师，并拿石块砸宗师。数小时过去了，勇士还在想方设法激怒宗师，但宗师平静如常。傍晚时分，筋疲力尽的勇士失去了兴致，悻悻地离去了。

弟子们目睹了宗师被侮辱却保持平静的窝囊劲，气不打一处来，没好气地问："你怎么能忍受这样的奇耻大辱？"

"如果有人送给你礼物，你不接受，这礼物属于谁呢？"宗师问。

"当然属于送礼的人。"弟子说。

"忌妒、愤恨和侮辱也一样呀！"宗师说，"你不接受的话，它们还属于原来的那个人。"

日本年轻人：「抠门」成习惯

□ 许黛如　文竹

"低欲望""佛系""不爱消费"是对日本当下这一代年轻人的普遍评价，与20世纪90年代"消费即美德"的疯狂爆买相比，这届年轻人简直"抠门"到令人发指。对此，日本政府可谓"操碎了心"，商家和媒体也拼命鼓吹消费，然而年轻人不为所动，再加上新冠肺炎疫情肆虐，收入骤减，他们更是将"抠门"进行到底。

"远离汽车"是热点话题

近些年，日本媒体对年轻人的形容可谓五花八门。窝在家里看动漫、打游戏的"宅男"，低欲望、得过且过的"食草男"，相比满腔热血的"昭和男儿"，日本的90后甚至被谑称为"平成废柴"，惨遭各界批判。笔者在网上搜索栏输入"日本年轻人"，便有"不愿意消费""追求极简生活""远离消费的一代"等词句跳出。过去的日本年轻人有"三样神器"：汽车、酒、海外旅行，以此彰显他们对生活的追求与热爱，然而与父辈反差明显的是，现在的很多日本年轻人对汽车和酒完全无感。

近几年，日本不愿购买私家车的年轻人逐渐增多，对豪车的推崇更是逐年走低，年轻人更愿意选择方便快速的地铁。尽管商家绞尽脑汁，汽车类广告"满天飞"，但依然无法打动年轻人的"小心灵"。

很多日本年轻人也觉得海外旅游太麻烦，宁可在家附近散步或在家睡觉打游戏，也不愿意去消费和"买买买"。日本媒体曾在街头采访年轻人："最近是否想去海外旅行？"令人震惊的是，回答"自出生以来，一次都没出过国"的年轻人竟占到一半以上。

用"二手商品"成时尚

到日本旅游的人一定能看到，繁华的商业街上到处都是写着"中古"字样的二手商店。笔者刚来东京时非常不理解，为什么要买二手物品呢？使用别人用过的东西难道不会觉得不舒服吗？然而日本的二手店随处可见，连寸土寸金的银座都不能免俗。笔者曾去过二手服装店，生意红火到令人咋舌，且店里顾客多为年轻人。据调查，光顾二手服装店的多是大学生和年轻的上班族。问他们为什么如此钟情二手货，他们会口气无比自然地说，因为价格十分优惠，且"买二手物品也是一种时尚和与众不同"。

庆应大学曾经对日本年轻人进行过"是否介意二手物品"的调查，结果一半以上的年轻人都认为"并不觉得有什么反感"，只有不到30%的人表示"希望是新的"。

"抠门"不是贬义词

日本社交媒体上有种说法，叫"富女子"。很多二十几岁的女性都会以"在三十岁之前存款1000万日元"（相当于人民币66万元）为目标，所以拒绝奢侈品、海外旅游或娱乐活动，省吃俭用，拼命存钱。据日本媒体调查，80%的日本年轻人每月都会存款，买东西必货比三家。平时看起来彬彬有礼的日本年轻人，在网络上砍价时却异常彪悍，几十日元都可以争论半天，让人不禁感叹："这也太抠门了！"

日本年轻人并不觉得"抠门"是贬义词，甚至很多人认为这是勤俭节约，是宝贵的品质与美德。

现在的日本年轻人更追求精神生活，渴望拥有自己喜欢的生活方式，所以他们拒绝"不需要的东西"，崇尚断舍离和极简生活。但在外国人看来，这无疑是相当"抠门"的，曾经有来自中国的女同学跟我吐槽："每次和日本朋友吃饭都要AA制，这是他们的习惯和文化，我也能理解，但正追求我的日本男生还坚持每顿饭都要和我AA，出去逛街的时候即使是很便宜的小东西他都没有替我付账的意思！"我不忍心提醒她，这样的"抠门"或许是日本年轻人的一种约定俗成。

有时候，一个小小的瞬间，就足够造就一部经典。

虽然源于一时起意，但也是因为他们胸有丘壑，才能把某个瞬间的小火花变为熊熊燃烧的烈焰。

◆《哈利·波特》：从伦敦去曼彻斯特的火车上，J.K.罗琳在窗外看到了一个戴着眼镜的小男孩向她挥了挥手，小男孩穿着黑色的袍子，像一个小男巫。

◆《巴黎圣母院》：雨果在教堂上看到有人刻下的字"ΑΝΑΓΚΗ（命运）"，看着就像一个痛苦挣扎的灵魂。于是，就有了克洛德·弗罗洛。

◆《魔戒》：托尔金在办公桌前批改考卷时突然拿出了一张白纸，他莫名地提笔写下"在地底洞穴里住着一位哈比人"。当时的他根本不知道哈比人究竟是什么。

◆梁羽生：因为觉得吴氏太极拳代表人物之一的吴公仪和精通白鹤拳的陈克夫的比武不够刺激，干脆自己写武侠小说。

◆金庸：梁羽生连载了两本书太累了，于是被临时抓来顶替梁羽生凑单，写了第一部小说《书剑恩仇录》。

◆《小王子》：飞行员圣埃克苏佩里曾两次在沙漠里坠机，而书里的狐狸很可能来自一次因为缺水和饥饿而出现的幻觉。

◆《悲惨世界》：当时一个贫苦农民因偷了一块面包被判五年苦役，出狱后又因黄色身份证而不能就业，这件事深深触动了雨果。

◆《彼得·潘》：这是作者所处镇上一个很早去世的男孩的缩影。

◆《纳尼亚传奇》：刘易斯在某一年的白日梦里看见了一只人羊。

◆《安娜·卡列尼娜》：灵感来自报纸上一则卧轨自杀的新闻。

◆《冰与火之歌》：马丁的脑子里突然出现一幅荒原雪地中母狼死了，五只小狼围着妈妈尸体的画面。

◆《简·爱》：夏洛蒂旅行时去参观一所大宅——"北李思府邸"，这座大宅的前主人精神失常，闯进了一间有软垫的房间，最后死于一场大火。

◆歌德：年少时因为失恋而想自杀，而后灵感就来了，写出了《少年维特之烦恼》。

◆莫言：邻居作家竟然一天三顿吃饺子，非常羡慕，立志当作家。"小时候听说当作家的话就可以每顿都吃很多饺子。于是，就决心当作家了。"

作家们各种古怪的创作契机

知书少年果麦麦

几种真正有效的学/习/方/法

□ 万维钢

2017年，美国的一个教育研究小组，提出了一个儿童早期教育的规律，叫"凋零效应"，是说如果你快速给学生灌输一些知识，的确能让他们迅速获得成绩优势，但是这个优势总是保持不了多久就凋零了。其实凋零效应不仅限于早教，所有的教育都有这个规律。

这是因为能突击灌输的知识，都属于"封闭式"技能，也就是说都是一些按照规定动作操作的流程。这种知识包教包会，但是缺乏累加作用，不能成为继续进步的基础。要想让别人没那么容易赶上你，你需要掌握的是"开放式"的技能——这种技能可以跟别的知识发生连接，有复利效应。

但是开放式的技能学得慢。有几种真正有效的学习方法，它们的共同特点就是慢。但实践后，你会意识到，"输了现在，赢得未来"的功夫，才是真功夫。

美国空军学院是个很大的教学机构，教学严格而且非常系统化。学院的基础课程是两个学期的微积分，"微积分Ⅰ"和"微积分Ⅱ"。有经济学家专门对空军学院教微积分的方法做了一番研究。

空军学院先把学员随机分成几个班，每个班讲课的老师不同，但考试题目和评分标准是完全一样的。而且上完"微积分Ⅰ"之后还会随机分一次班，再上"微积分Ⅱ"。用这个制度特别容易看出来哪个老师教得好，哪个老师教得不好。

这些老师可以分成两类。第一类老师特别善于让学生考出好成绩。他们把课程讲得很顺，知识点有板有眼，解题思路清清楚楚。学生完全知道自己在课堂上学到了什么，练习非常有针对性，考试也充满信心。第一类老师教的，是快功。

而第二类老师教的是慢功。他们经常给学生讲一些规定内容以外的东西，比如把微积分思想和物理学的知识联系起来。他们希望学生对微积分能有更深入的理解……而这些都不能直接用在考试上。学生听了课，回去做练习题，都得自己想办法解决，因为老师没有进行针对性的套路训练。可想而知，这些学生的考试成绩就不怎么好。

学生普遍更喜欢第一类老师。

但是，经济学家用数据证明，喜欢给知识建立连接的第二类老师，教的才是真功夫。研究者关心的不是学生在"微积分Ⅰ"中的考试成绩，而是他们是不是真的掌握了微积分——而这体现在学生在后续课程（比如"微积分Ⅱ"），以及在会用到微积分的科学和工程课程中的表现。结果非常明显，第二类老师教出来的学生，在后续课程中表现得更好。

有的老师教应试技巧，有的老师教真功夫……连学生都喜欢第一类老师，他们可能已经忘了，学习不仅仅是为了考试。

对有经验的老师来说，想要让学生学得又快又能在考试中取得好成绩，是比较容易的。最好的办法就是直接练习：教一遍操作规则，然后马上用这个规则去做练习。

比如，今天讲的是数学，那就分析一种题型，总结一个解题套路，讲完课马上让你做10道相同题型的练习题。你会做得非常得心应手。第二天马上测验这个题型，你的成绩肯定好。

可是，现实生活中的问题是这样的吗？比如，你今天下午会在工作中遇到一个难题，你能先在上午学学解决这个难题的套路吗？不可能。问题都是猝不及防的，有的是你从没见过的新题型，你需要的不仅仅是怎么操作，你先得能判断该用哪一招才行！

正确的方法是混合练习。每次练习中都应该是混合的题型，每做一道题都得临时判断该用哪个套路，这才有点学以致用的意思。

如果你想学习欣赏名画，你希望拥有看到一幅画就能判断它是哪个画家的作品的能力。一个方法是你依次学习鉴赏每个画家的作品，比如先连续看10幅毕加索的画作，再看10幅塞尚的画作，再看10幅勒努瓦的画作；另一个方法是把他们的画混在一起，一个一个分别判断。第二种方法会让你出很多错，但是它更能加深你对不同画家风格差异的认识。

甚至有研究发现，连练钢琴都应该使用混合方法。比如，我们现在要学一个高级技巧：在0.2秒之内，用左手跨越15个琴键做一个动作。研究者规定每人可以回家练习190次。有的人回去就只练这个动作，而有的人则是交叉练习了跨8个、12个、15个和22个琴键……测验结果发现，混合练习的这组人的掌握程度明显更好。

有句格言叫"手里拿着锤子的人看什么东西都是钉子"，其实说的就是那些只会演练自己那有数的几个套路而不知道变通的人。混合练习，每一次都现场判断该用哪一招，能帮你克服这个弱点。

心理学上有个说法叫"有利的困难"，意思是说有困难，才能让你深度学习。

要加深对新知识的记忆，一个办法是先测验后学习。这个知识点你还没学过，上来就测验肯定很容易答错，但是这就对了，犯错能让你的印象更深。

另一种方法是有意识地设置时间间隔。不要追求在几天之内突击学完一个课程，最好的办法是同时学几门课，今天学完这个，放一两天不学它，隔一段时间之后再学。

几天之后回来，当你提取这段记忆的时候，你会感到有点困难——有困难就对了，这就是我们想要的那个"有利的困难"。克服困难才能深度学习。

学习，真是一个有意思的活动。人人都知道逆境可以让人学会新东西，什么"吃一堑，长一智""不经历风雨怎么见彩虹"——可是真要学习的时候，人们还是希望老师把什么东西都讲清楚，让自己顺顺当当地考个好成绩。

2007年，美国教育部搞了一次大规模的研究，调研了很多老师和学生，想弄清楚到底什么学习方法是真正有效的。结果经得起科学检验的方法只有前面提到的这几个：建立连接、混合练习、间隔和测验。

也许后发才能先至，也许慢功夫才是真功夫。遭遇困难才是真的学习，这大概也是学习的门槛。因为有这个门槛，才能把行的人和不行的人分开。如果你是行的人，你会很高兴门槛是这样的。

异想天开

□[荷]马蒂斯·范博克塞尔

一条狗嘴中叼着一根香肠过河，突然在水的倒影里看到另一条狗也叼着一根香肠。为了对得起自己，它把自己的香肠扔掉，去咬另一条狗嘴中的香肠。于是，它自己的香肠和水中对手的香肠一起消失得无影无踪。

与其说痴愚源自感官缺陷或是推理漏洞，不如说是因为某种形式的异想天开：为了向别人展示我们的价值，我们自己都找不到北了。这种盲目的愚蠢的意愿，让我们丧失了一切分辨力。

青年励志馆　容得下别人的风光，摁得住自己的嚣张

□ 说　姐

清华神秘学院，
为什么用外国人来命名

在北京清华园的东北角，坐落着这样一个神秘的学院。

这个学院面向全球招生，每年仅招200人到该书院进行硕士学位学习。每年招生时刻，哈佛、普林斯顿、耶鲁、麻省理工、西点军校毕业生纷纷争相报考，竞争激烈。

2016年9月开学时，中美双方领导人还发来贺电，场面十足。

它就是清华大学苏世民书院。

说到这里你肯定疑惑，这个苏世民到底是谁？清华最难进的学院凭啥用他命名？

苏世民确实来头不小。

苏世民这个名字，其实只是这个人的中文名，他的本名叫作史蒂芬·施瓦茨曼，曾被《福布斯》杂志誉为私募股权行业无可争议的"华尔街之王"，是美国最富有的人之一。

他一手创立的投资公司黑石是全球最大的私募投资管理公司，调动着数百亿美元的资产。

而他本人在2007年被《时代》杂志评选为全球25位最具影响力的商界领袖之一，个人身家达到183亿美元。

这么多年来，苏世民一直潜心于各种慈善事业，积极推动社会教育的发展，清华大学的苏世民学院正是他的手笔。

1

1947年2月14日，苏世民出生在美国宾夕法尼亚州的一个犹太家庭，父亲是一位普通的窗帘商人，生意算不上大红大火，但在当地也是小有名气，因此家境还算不错。

苏世民对于事业的野心，在很小时就展现出来。他和爸爸提出，应该把家里的店铺做大做强，走出当地，遍布全国，最好可以把自家品牌打造为全美首屈一指的标志性亚麻制品企业。

在苏世民心中，人生之途，做不到"止步"和"满足"，他野心勃勃、不断进取，万事努力做到最好，或许，这股冲劲儿正是他缔造传奇的关键。

2

很快，苏世民到了考大学的年纪，当时的他已经拿到了普林斯顿和耶鲁的offer，但他野心勃勃，立志要进入全世界商业精英的摇篮——哈佛商学院。于是，苏世民满心欢喜地向哈佛提交入学申请，却没能被顺利录取。

就这样，22岁的苏世民转而带着"遗憾"投入了耶鲁的怀抱，那时的耶鲁还是纯男生的学校，学校里的学生鲜少能见到异性，校规也规定，女性不能出现在男生宿舍。但这群正值青春的男孩子，怎么会不想和异性交往接触呢？

苏世民思来想去，还是觉得校规不合理，我们要争取正当的权利，让女生也能合理合规地走进校园。

于是，他准备了一张问卷，询问是否会因为异性出现在宿舍里而妨碍学习，借着午餐时间在校园

大肆分发。不仅如此，苏世民还请《耶鲁每日新闻》的副主编把这份问卷报告发布在了报纸的首页，这下上级领导想不注意都难。

很快，这条延续了将近270年的校规被废除，也因此，苏世民在耶鲁的威望水涨船高。

3

1969年，苏世民从耶鲁大学毕业以后，在一家资产管理公司找到了工作。

这段工作经历让他对股票市场、资金管理业务，以及如何分析财务报表产生了基础认识，但当时的这个毛头小伙并没有系统学习过金融相关的知识，也不懂基本经济学的原理，工作起来也是一头雾水，经常挨骂。

于是他转而去到哈佛商学院深造，以期找到解决问题的方法。1972年，苏世民获得了哈佛MBA学位，随后进入了华尔街著名的投资银行雷曼兄弟公司工作。在这里，脱胎换骨的他展露出了无与伦比的商业野心和潜质，他聪明自信、事业心强，控制力和领导力都极佳。

他出色的工作能力还得到了原雷曼兄弟的董事长兼首席执行官皮特·彼得森的青睐，也因此结识了很多金融圈子里声名显赫的人，这里也就成了他大展宏图的起点。

31岁那年，苏世民成为雷曼兄弟全球并购的董事总经理，同年促成了一笔4.88亿美元的并购交易，饱受赞誉，前途一片光明。

但天有不测风云，20世纪80年代，雷曼兄弟内部斗争严重，美国运通（AXP）收购雷曼兄弟，彼得森被排挤出局，连带着苏世民也辞职离开。

失去工作之后，年少的梦想和追求在胸中冉冉升起，他想创业，他决定创业！

4

离职之后，苏世民沉寂了一段时间，虽然也知道想要创业，但对具体要做些什么、怎么做，还是有些迷茫。

直到一年后，苏世民和前上司彼得森意见达成统一，两个人琢磨着，各自出资20万美元，成立了黑石公司。

创建之初，公司上下只有一名员工，还要兼任彼得森的秘书，除了这三个人，只剩一间空荡荡的办公室和几张孤零零的桌子。

现实也确实很难。

六个月之后，抱着最后一丝希望，苏世民去拜访了英国最大的保险公司——英国保诚集团，去谈投资时，保诚的首席投资官只是在一旁默默听着，嘴里嚼着三明治，一声不吭。

苏世民没有受到影响，不遗余力地阐述着自己的观点，终于对方在吃到最后一口的时候，放下了三明治，说："你的计划听起来很有趣，我愿意投一亿美元。"

这笔钱对苏世民来说至关重要，因为正是保诚集团的认可让后来者看到了黑石的潜力，不久，通用电器总裁杰克·韦尔奇也入伙了。

此后，黑石集团在其建立的30年内，保持着30%以上的年平均增长率。如今，黑石集团已成为集私募基金、房地产、资产管理和财务咨询等多个领域于一身，资产规模超过2000亿美元的全球性商业帝国。

而苏世民本人，也当之无愧地成为私募帝国之王。

5

近几年来，苏世民所领导的黑石将加快进入中国市场作为自己在亚洲的重要举措。

一次偶然的机会，苏世民结识了中国教育界的几位精英人士，于是计划设立一个大型教育项目，也就是后来的苏世民学者项目。

在接受《华尔街日报》采访时，苏世民曾说："西方最优秀、最聪明的人才来到中国，不是为了干别的，而只是为了了解中国，这在200年来还是第一次。"

他更加相信，亚洲及世界其他地区都将从中受益，随着经济合作关系由此增加，世界将迈入共同繁荣的新纪元。

段子铺

吓人

最近，我们小区的大妈为了不影响居民休息，统一改为戴蓝牙耳机在广场上跳舞。昨天晚上，我下楼买东西，发现广场上一片寂静，几十位大妈面带微笑，翩翩起舞，比之前吓人多了，导致我好几个晚上没敢出门。

青年励志馆　容得下别人的风光，摁得住自己的嚣张

自律的人

□ 狄　青

村上春树从30岁开始跑步，从此就喜欢上跑步。每天不跑够10公里他绝不打道回府，并给自己规定哪天只跑步，而哪天又跑步又游泳（游泳一定游够1.5公里）。他参加了许多重要的马拉松比赛。如果感觉身体不错，他就跑"全马"；感觉一般，就跑"半马"。他成为跑步里程最长的作家。

村上春树还是著名的品酒师，他喜欢喝有年份的红酒。有统计表明，红酒、威士忌以及小黄瓜沙拉在他的作品中出现最多。苏格兰人显然要感谢村上春树，因为很多人就是读了《如果我们的语言是威士忌》一文而来到单一麦芽威士忌的发源地苏格兰艾莱岛的。可村上春树从不酗酒，他有定量，绝不超量，哪怕与他喝酒的是他最好的朋友。

村上春树数十年早睡早起，不主动与陌生人说话，再好的朋友劝他，他也坚决不吃一口"油大盐多"的食物，喜欢美丽女性却从不主动搭讪，以保持绅士风度。更令人意外的是：村上春树所有的衣服都是自己买的，从袜子、手绢到衬衣、外衣，自己手洗衬衣、熨衣服，去什么场合穿什么衣服，从不混淆。村上春树说："那是对他人的尊重，也是对自己的尊重。"

村上春树25岁时与妻子一起经营音乐酒吧，家藏两万张左右的黑胶唱片以及数不清的CD，还写过3本与音乐有关的书，分别是《爵士乐群英谱》两册，以及《没有意义就没有摇摆》。他听音乐的时候，即使身边没人也一定会正襟危坐。我想这就是慎独吧。《礼记·中庸》曰："君子戒慎乎其所不睹，恐惧乎其所不闻。莫见乎隐，莫显乎微，故君子慎其独也。"意思是说，最隐蔽的东西最能体现一个人的品质，透过最微小的东西最能看出一个人的灵魂，有德行的人独处时，也不会做违规逾矩的事。

托尔斯泰说得好："只要你从年轻的时候就习惯于让肉体的人服从灵魂的人，你就会很轻易地克制自己的欲望；而习惯于克制自己欲望的人，在现实生活中就会轻松而快乐……谁最有智慧？是以人人为师的人。谁最富有？是对自己所拥有的感到满足的人。谁最强大？是善于克制自己的人。"深以为然。

边睡边学，真的能行　□ 领研网

《自然·神经科学》杂志的研究人员找来一群志愿者，让他们在计算机键盘上学习两种随机的旋律，然后进行90分钟的小憩。当他们逐渐进入慢波睡眠（与记忆处理有关的睡眠阶段）时，研究人员轻声地播放了让他们学习的两种旋律之一。

受试者醒来之后，能比之前更准确地演奏所听旋律，研究人员表示，这是小憩带来的有效助益；但有过音乐经验的志愿者表现更为出色，这表明睡着时的环境暴露能精进我们的感觉运动技能。

科学家强调，边睡边学并不是捷径，只能帮你更好地精进自己的技术，你还得在清醒的时候加倍努力。

暗处的 尊重

□忠毅村人

春秋时期，卫国大臣蘧伯玉一天因事外出，半夜时分才匆匆往家赶。路经王宫时，他吩咐车夫说："快停下，我要下车，你也下来牵着马走过去。"按当时礼节，臣子经过王宫门口必须下车，以示敬重。但由于已是深更半夜，路上不见一个行人，车夫便不太情愿地嘟囔道："反正也没人看见，何必呢？"闻此，蘧伯玉一脸严肃地批评说："敬重国君就应该发自内心，可不是做给别人看的！如果大家都人前一套、人后一套，这国家还有个好吗？"

如果说，尊重别人是做人的基本礼仪和准则，那么，暗处的尊重蕴含的则是一种为人处世的实诚和善意，尽显一个人良好的品德修养。

1972年3月，钱锺书回到北京居住，隔壁是他在北大的老邻居——曾任北大西语系英语教研室主任的吴兴华一家。其时，吴兴华已去世，家中只有吴兴华的遗孀谢蔚英和两个还在读书的女儿。看到一家人生活非常艰难，钱锺书很想帮助她们，但他深知谢蔚英敏感自尊的个性，所以就让夫人杨绛去请谢蔚英的女儿吴同给她做助手，好名正言顺地给钱。"那时我每天帮杨先生誊写《堂吉诃德》翻译稿。她给我的报酬远远超过我的实际劳动所得，时不时给我20块、30块甚至40块钱，这在当时可是很大的一笔钱。对于生活极其窘迫的我家，帮助实在太大了！"吴同在《追忆钱锺书伯伯的点滴往事》中如是说。

最好的善良，是不动声色，不露痕迹，不求人知，在别人不知不觉中，悄悄地呵护受助者的尊严。高调的帮助，居高临下的付出，那不是行善，而是施舍。胡适说："真正的教养，是把舒服让给别人。"顾全对方脸面和尊严地助人，是真正有教养的体现。

穆里尼奥能熟练使用6种语言。执教热刺队后，57岁的他仍决定学习一门全新语言——韩语。由于韩语和之前学过的欧洲语言完全不一样，学起来很吃力，但他仍努力坚持。一天，夫人法里亚好奇地问他原因。"因为队中有位韩国球员。"穆里尼奥说。

"难道他不懂英语，你们之间没办法沟通？"面对夫人的追问，穆里尼奥又道："他英语很棒，我们不存在交流障碍，但用对方的母语和他交谈，能体现出我对他的尊重，对其祖国文化的尊重，沟通效果就好得多。"

在球场内外，很多人都被穆里尼奥的人格魅力吸引，从这件事上就能找到原因。母语是一个人赖以生存的文化基因和精神家园，穆里尼奥这种从内心深处生发出的尊重他人的善意，怎能不让人感到温暖？

没有人要求，自己主动、默默地给予别人尊重，这是在为人处世方面的严格自律。这样的人充满人格魅力，很容易赢得别人的敬重和拥护。

青年励志馆：容得下别人的风光，摁得住自己的嚣张

为什么锤子一定是锤子

□［德］卡尔·诺顿

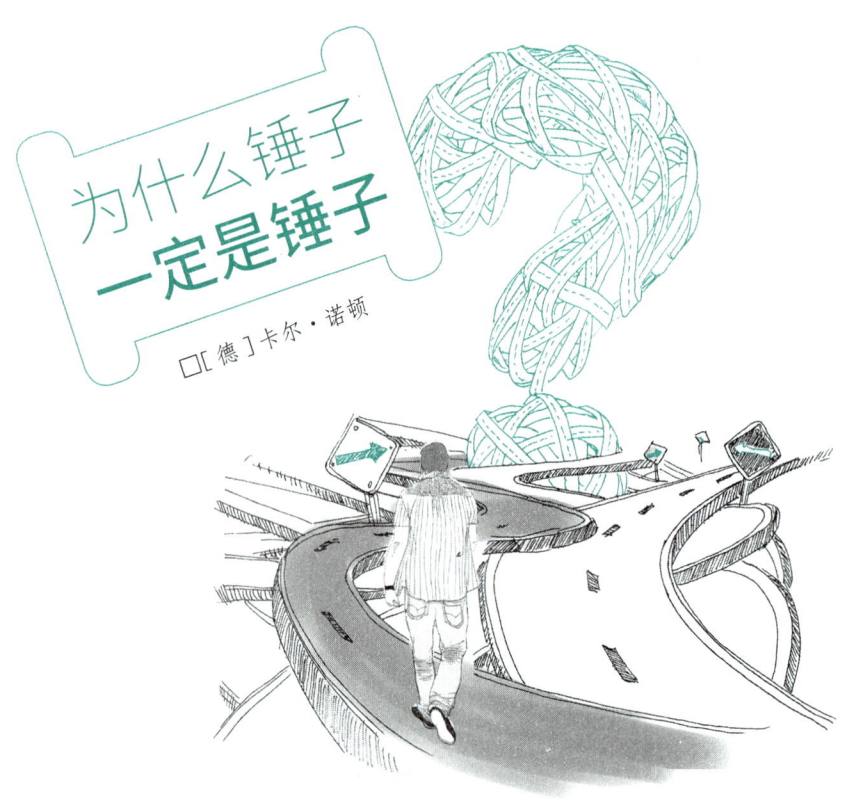

锤子的典型功能是什么？敲东西。还有吗？一时想不起来了，因为你的思维已经固定在"锤子是用来敲东西的"上面了。

心理学家诺曼·迈尔的"绳索实验"差点儿将参试者逼疯。参试者进入一个房间，天花板上的两个位置挂着两条绳索，他们的任务是将两条绳索绑在一起。遗憾的是，两条绳索之间的距离太远，参试者无法同时够到它们。

参试者在解决问题的时候，思维是固化的，完全没有想到利用房间里的其他工具，例如钳子。如果把钳子当作摆坠，它就成了完成任务的关键道具。

将钳子绑在一条绳索上，让它像钟摆一样摇摆，用手拽住另外一条绳索在一旁等待，当"钟摆"晃到自己附近时拽住钳子，这样就可以顺利将两条绳索绑在一起了。

问题的关键在于处理信息的方式。其中，智商起到的作用要远远小于信息处理质量。

一个好的思考者会注意到两点：在脑中对情况和问题有全面、清晰的设想，并且具有简单、清楚的创造性思考策略。

我在科隆大学工作的时候，听过一位客座教授的讲座。投影仪已经装好了，但是没有经过测试。演示的时候，人们可以明显看到：投影仪放的位置太低，观众只能看到屏幕上的一半内容，另一半被挡住了。高年级的学生很快采取了补救措施，他们找了一本书垫在投影仪下面。但是，书太厚了。解决方法：必须换一本薄点的书。大家用尽方法去找薄书的时候，一个低年级的女学生走过来，把那本厚书从中间翻开。现在好了，高度正合适。

被一条鱼改变的人生

□毛丹青

我认识一位名叫海部真的日本渔民，他是爱知县知多半岛的人，现在很喜欢钓鱼，我问过他是不是因为从小生长在海边才喜欢上钓鱼的，他说"不是"。

海部真说："我从小生长在海岛，总是看父亲出海捕鱼，看都看烦了，上中学时就去了名古屋，每年也就过元旦时回来一次。后来考大学考到了东京，也只有元旦才回家。我念书

如今，人们已经习惯一边看电视，一边玩手机。还有一些人，笔记本电脑、平板电脑会同时用上，因为他们感觉这样更有乐趣。同时使用多个媒体设备，叫作"第二屏效应"。

尼尔森公司发布的一项研究报告显示，第二屏、社交网络和电视观看行为的融合，正在提升看电视的体验和乐趣，第二屏甚至导致人们看电视时间的延长。

□未　铭

然而，你真的以为一旦养成这种习惯，会让你更开心吗？英国的研究人员发现，人们同时使用多个设备消费媒体内容，可能会引发大脑病变，出现抑郁症或情绪问题。

偶尔多屏幕操作，可能会带来乐趣，但是时间长了，患上抑郁症，你还开心得起来吗？

英国萨塞克斯大学的一个研究小组招募了75名志愿者，对他们的脑部进行了细致的扫描，并调查了他们平时使用智能手机和电脑、看电视、看纸质媒体的习惯。

他们通过对实验者的检查和行为分析，发现经常开着两个以上电子设备的人，大脑前扣带皮层的体积比一般人的更小。而同时使用电子设备的数量越多，大脑前扣带皮层内的灰质密度就越小。

大脑前扣带皮层是做什么的呢？其中的神经系统主要负责处理我们的情绪，除此之外，一些心理活动也是由这部分大脑皮层负责的。比如在进行逻辑推理时，就需要调动它，而大量的冲动行为也依赖前扣带皮层的控制。要是这部分大脑皮层罢工了，我们很可能会变成一个逻辑混乱、行为冲动、决策失误的人。

所以，网络世界虽然很精彩，但是为了自己的身心健康，还是放下多余的媒体设备吧，专注一些会更好。

念的是文学，有回读到一个故事。一个钓鱼人在海边遇见了一个想自杀的年轻人，年轻人目光呆滞，一直往海里走。钓鱼人拦住了他，说家里有急事，马上要回去一趟，请年轻人帮忙看一下钓竿。在海边一列排了5根钓竿，正在等鱼上钩。年轻人犹豫了一下，看到钓鱼人焦急的样子就答应了。

"而就在年轻人看钓竿时，每根钓竿竟然都钓上一条鱼，让年轻人应接不暇。他笑了，突然变得很忙。等钓鱼人回来时，5根钓竿钓到的5条鱼全都平躺在了海滩上。钓鱼人表达了谢意，让年轻人把这些鱼都带回去，别再往海里走了。年轻人哭了，一条鱼也没拿，离开了海岸，返回了城市。"

我问海部真："这个故事打动了你？"

他说："是的。大学毕业后，我回去接了父亲的班，当了一个渔民，这正好跟那个年轻人返回城市是相反的。"说到此，他笑了，笑得很可爱。

历史上的"斜杠青年"

□ 娜总

从古至今，人们对有趣灵魂的追求从未间断，而一个有趣的灵魂哪能满足于自己的履历表上只有一个身份，于是，"斜杠青年"应运而生。

"斜杠青年"是指不再满足于"专一职业"，而选择拥有多重职业和身份的多元生活的人群。古人之所以踏上"斜杠青年"这条路，有的是因为兴趣使然，有的是因为仕途坎坷，有的是因为职业发展需要。

王维：差一点儿就凭唱歌出道了

王维在成为诗人之前，其实是一位唱作俱佳的音乐人。

当年，他经人引荐，参加了一场皇家举办的名流盛宴，在场的都是当朝有头有脸的大人物。王维自弹自唱了一曲自己作词的琵琶曲，独特的嗓音、文艺的气质，立马让现场的来宾为之折服，在场的玉真公主当即就为他"爆灯"！

公主决定力捧这个新人，马不停蹄地带着王维去参加各种名流局，而王维也没有让她失望。有一次有人出题让大家写一首跟酒有关的诗，王维便在那时写下了他的代表作《送元二使安西》："渭城朝雨浥轻尘，客舍青青柳色新。劝君更尽一杯酒，西出阳关无故人。"

从此王维一夜成名，很快就在朝中谋了个一官半职，也开始了自己的诗人生涯。

最怕比你优秀的人比你还努力，在外人看来已经是"人生赢家"的王维，居然还生怕自己哪天失业，默默跑去学了画画，硬是让自己成了诗人里面最会唱歌的，歌手里面最会画画的，画家里面最会写诗的。

袁枚：开营销课一定火爆

在古代的文艺青年里，多的是受不了官场黑暗辞官回家的，但大多数过得比较惨淡。不过袁枚就不一样了，凭借出色的商业头脑，辞官后的他依然过得风生水起。

24岁中了进士的袁枚，在中央上了9年班后彻底厌倦了苟且的生活，于是果断辞官。33岁的他，拿着3600两银子，开始了自己的创业之路。

他首先把目光转向了投资买房，买下了大观园旧址并改名为"随园"，花重金重修，把随园打造成了当时的"网红景点"，还不设门票，引得文艺青年和平民百姓都前去打卡。

他还会邀请名人政客、"网红"等参加私家食宴，设宴在室外的亭榭，还安排歌舞表演，慕名前来赴宴的人一度络绎不绝，对随园的美食也是赞不绝口。

袁枚发现这个商机后，决心将随园的饮食生意做大，于是一边继续扩大食宴的规模，一边亲自撰写了《随园食单》，教别人如何做菜，一时间赚得盆满钵满，实现了口碑金钱双丰收。

流量有了，名气有了，业余时间老袁还干起了老本行，接些文案工作。后期还在园内开设学堂，开班授课；将园内的田地、山林、池塘出租，坐收租金。这经商头脑真的是让人膜拜，营销方案可以说是教科书级别的了！

宋徽宗：喝茶喝出国家一级茶艺师水平

宋徽宗做皇帝没做出什么名堂，喝茶倒是喝出了门道。他的代表作《文会图》，描绘的就是北宋时期文人政客品茗雅集的场景，可见在当时，宋徽宗最喜欢的雅事便是以茶会友，组局品茶了。

他还尤其爱斗茶，兴致高时还亲自参与表演斗茶，用茶匙在茶汤中画出山水画的花纹，茶艺之高超，简直是拉花界的大师。

为了进一步宣扬茶文化，他潜心研究茶道，针对宋朝的茶叶发展情况，著成茶书《大观茶论》，成了古今中外第一个著茶书的皇帝。

他不遗余力的推广，也让宋代成了茶饮活动最盛行的时代。

在艺术方面，宋徽宗有着极高的造诣，乐律、书画、茶艺无不精通。也许比起做皇帝，做个艺术家才是他的正确打开方式。

韩愈：靠副业赚回体面

作为"唐宋八大家"之首的韩愈，在刚做官那会儿，俸禄低微，再加上他还要养家糊口，也是压力山大，只能硬生生靠副业维持生计，而他的副业就是帮人写墓志铭。

唐朝时期流行一种"连墓志铭都要攀比"的坏风气：对有钱有权的人来说，写给亲人的墓志铭也是炫耀家世的重要机会。

韩愈虽然官位不高，但好歹手握《师说》等点击量10W+爆文，再加上这活儿门槛较高，需要名气，还需要文笔和书法加持，所以，当时的达官贵人都喜欢请韩愈执笔，有的甚至非他不可。这样一来，他就成了墓志铭金牌写手。

他接到的最大一单，是在50岁的时候给唐宪宗李纯立碑，写下了《平淮西碑》，得到了相当于20万元的润笔费。

不同于别人的跨界副业，韩愈可谓把正业和副业做到了完美结合，虽然写的是墓志铭，但也提升了写作水平，对自己的文学事业也是颇有助益的。

"斜杠"要使对力

历史上的"斜杠青年"不胜枚举，比如大家都熟知的美食家苏东坡、设计师兼时尚达人鲁迅、会写诗的建筑学家林徽因，等等。

但真正的"斜杠力"，不是说一个人会很多技能，只有把每一项技能都发展成自己的事业，或让副业辅助自己的主业，这才是有用的"斜杠力"。

虽然说技多不压身，但如果只是玩票性质的"斜杠"，反而耽误了正业，那就有点儿本末倒置了。科学撬动杠杆，才能给生活创造更多的可能性。

针锋相对的气度
□顾 农

诸葛亮同当时占据中原的最大实力派曹操是针锋相对的敌手。他在《出师表》里说自己的政治目标是"攘除奸凶，兴复汉室"，所谓"奸凶"，就是指曹操及其接班人。

凡是针锋相对的两派，在提到对方的时候，往往容易多用贬义词，狠骂一通，或讽刺挖苦，总之没有什么好话。诸葛亮的高明之处在于，他对敌方的优点也看得很清楚，并不惜予以充分的肯定。例如他说过，曹操打仗太厉害了，"智计殊绝于人，其用兵也，仿佛孙、吴"（《后出师表》），然后才说，天下没有常胜将军，曹操也吃过若干败仗。

曹操的儿子曹植是一流的才子，长于诗赋、论文，为一时之杰。诸葛亮很看重他的才华。曹植有一篇历史评论文章《汉二祖优劣论》，结论说汉光武帝刘秀的水平远高于汉高祖刘邦。诸葛亮则写过一篇《论光武》，首先大段地引用曹植的文章，充分肯定刘秀"策虑深远"的水平，随后又指出，曹植为了颂扬刘秀，贬低了他手下的那些将军，"欲美大光武之德，而有诬一代之俊异"，这样立论就不免有些片面了。诸葛亮在这里心平气和地讨论问题，风度很好。

待人接物，一分为二，永远是必要的。

不努力学习的人是玩不好的

□ 九 物

小说里总爱给男主角一个"大神"的设定,比如高级技术研发人员打起游戏来也是一流的。

印象最深的是一本小说里,男二号为了欺负男主角,当着女主角的面要跟他一起打桌球,没想到男主角游刃有余,把把赢。

女主角惊呆了,悄悄问他:"你之前还骗我说没打过。"男主角无辜地点点头:"我真的没打过啊,但是我会算。"接下来,他用三角函数等知识分析了他打下的每一杆球。

有时候不得不承认,真正的"学霸",玩起来也会比别人好。

其实以前我根本不这么认为,觉得人的精力和时间都是有限的,直到后来,身为"学渣"的我一次次被现实关上了有趣的大门。

第一次切身感受,是在上海看展时。那次展会的主题是童趣,我心想这个我最在行了,便趾高气扬地走了进去。

果然,里面各种想象力丰富的设计我都能迅速理解,于是我一手拿手机拍照,一手在本子上"唰唰唰"地记,手忙脚乱陶醉间,差点儿撞上一伙人。

我吓得赶紧跑开,他们人高马大,金发碧眼,是外国人。

这样的景象在上海我早就见怪不怪了,但我还是忍不住一个劲儿瞅中间那位"大胡子"。他津津有味、手舞足蹈地边看边指边说话,脸上挂着一种喜爱孩子的人特有的和善,神情里又透着专业。

那一刻我当然想凑上去"偷师",可惜竖起耳朵听了半天,只听懂了一些非常基础并且没用的单词,比如"yes""very",简直是一场大型的英语听力考试翻车现场。

正巧旁边路过一个小姐姐,她明显听懂了他的话,看了他们一眼,跑上去插了几句话。

说不遗憾是假的,看完偌大的展会,我走在天桥上,心中一直感叹,这年头,不努力学习,连聊八卦的资格都没有。

不知道你们有没有那种经历,喜欢的东西近在眼前,但你就是买不到,每当这种时候,我都会果断关上网页,眼不见为净。

曾经的我怎么都想不到,"玩物丧志"路上最大的绊脚石,居然是学习不好。

如果只是语言关就算了,但"学渣"在玩的路上,困难绝对比晚上站在喜马拉雅山顶看到的星星还多。

玩的形式多了,有时会需要自己动手去修复甚至制作玩具,这时候,化学、物理知识就齐上阵了。

一个玩具的电路坏了,看别人修起来得心应手,可轻松了,我也兴致勃勃地拿起材料,心里却直发怵。至于初中时做得超拿手的"点亮灯泡"的物理实验,从我踏进高中校门坚定地选择文科时就还给老师了。

于是，我只能不停地拽着我爸说："发条的原理是什么？""咦，为什么这样放就不会坏了呢？""快来帮我看看这个机关是怎么回事！"

有一次看《一席》里一位Automata（机械玩具）的制作师讲解机关分解图，我反复看了5遍还是不懂，曾经嘲笑别人是"十万个为什么"的我，终于流下了羞愧的泪水。

不仅这些小众玩物如此，我那一箱当下学生中流行的解谜书，对我同样没友好到哪儿去。

我玩的第一本是历史背景的，翻开第一页，我就被迫开启2倍速般手忙脚乱了。本身就不聪明，还偏偏对很多历史知识都一知半解，年代更是记混、记错，每次都得比别人多查几次资料，才有希望解开谜题，玩到下一关。

曾经看着65分的历史成绩安慰自己"人要活在现在，看向未来"的我，终于看清了现实，当即换了本《唐人街探案》玩。

我心想玩这个总不需要什么知识储备了吧？但是，坚持到第三关我就傻眼了，真的太难了。

学习不好的人，不仅逻辑性不强，还没有钻研和注重细节的精神，好不容易顺着线索找到嫌疑人的藏身之处，却偏偏卡在最后一步，判定不出3张图哪张才是对的。最后翻出答案一看，原来线索里提到的，是3个地方名称中的一个字，组合起来才是标准答案。

玩游戏的我，多么像学习起来囫囵吞枣的我！

人的一些劣根性，是会伴随自己一辈子的，以前我不相信，觉得学习不够好可能是我不适合上学，我更爱做别的事儿，但做起自己喜欢的事，依旧带上了从前的坏习惯。

不够仔细，急性子，也没法分配好生活和玩的时间，更是做不到有条不紊地规划和统筹剧情线索，3分钟新鲜劲儿一过，一些零碎的线索小物就被弄丢了，连给自己重新开始的机会都没留。

还没有跟别人说过，我的另一个目标是做"玩物"设计师，可能

诗歌

我多想在诗句中吸入整个世界，它变换着面容，草叶难以捕捉的颤动，树木转瞬而昏暗的庄严，愤怒生了翼的干燥的沙子，叽喳如鸟儿——

这整个世界，美好而脆背，

如同古尔河岸的树木。

在那里我听到第一声轰隆的雷雨。

它让笔直的枝干绵羊般温驯，我看见树冠——

轰隆雷声的绿色模塑。

而雨沿着陶土的斜撑奔跑，被箭镞驱赶，生出分枝的触角，

一如好奇的猎人阿克泰翁。

半途中它落到我的脚边。

——[俄]阿尔谢尼·塔尔科夫斯基《雨》

是小孩子的玩具，也可能是成年人爱玩儿的桌游之类的，为此我还买了一大堆专业书。到现在为止，同期借来的漫画书都看光了，那些书的塑封很多还没拆开。

偶尔打开一本，看一会儿就没劲儿了，三天打鱼，两天晒网，完全没有钻研精神和耐心。喜欢是真的喜欢，偷懒不想付出也是真的。

我有一阵子特别担心，未来的我会举着玩物设计行业的人的视频，跟别人据理力争："你看他，40岁从头开始都可以，我才20岁为什么不行？"大概话说到一半，自己就没底气了。

小时候，大人总爱教育我们，学习好的孩子在哪里都能学好，在闹市区、菜市场都行。以前我对这些不屑一顾，现在觉得，似乎的确是这样。

有学习精神的人无论什么年龄、学什么，都可以学好，而在应试教育下我们学过的大部分内容，看似没有用，但往后的日日夜夜，它们会化为空气中触摸不到的水分子，让你能保持清爽、优雅和美貌，阳光一照，还能折射闪耀。

多好，生活在微光里。

你细品一幅画面，往后你走在山河间，别人都绞尽脑汁做攻略、查地图，而你轻轻松松便规划好路线，随口聊起那里的地理和人文环境，那种微妙的美好顿时显山露水。

即便你什么都不说，但长久积累的学识早已开阔了你的眼界、建立了你的圈子，让你大方得体，吸引许多人靠近你，你会有更多机会体验更好玩儿的事。

总之，越玩儿越好。

素以养绚

□沈长洪

"素以为绚"这个成语源自《论语·八佾》。子夏问曰:"巧笑倩兮,美目盼兮,素以为绚兮,何谓也?"子曰:"绘事后素。"

在古代中国没有发明纸张前,都是以丝绸作画。素,指的就是没有染色的丝绸。而人的眼睛是心灵的窗户,人们往往通过一双美丽的眼睛来认定一个女孩是否美丽。而孔子却说,彩绣、绘画虽美,前提是必须在白的绢帛上,才有了之后的绚烂呈现。孔子的话,按现在的解读,就是看待一个人,不能只看外表,更要看其内心是否丰盈。而一个人内在丰富质朴,才是最重要的,也是最美的。

邻居有个女孩,并不是十分惊艳,但她目光纯净,见人有礼貌,张口前先微笑,每天阳光开朗的样子很受周围人喜爱。大家都说,这样的女孩才是最美的。"素以为绚兮"提倡的其实是一个美学观念:简洁、质朴的美,才值得拥有。去年小区新搬来了一位老人,个子矮矮的,其貌不扬,除了每天买买菜就是打打太极。当疫情暴发,所有人恐慌无助时,老人却主动请缨当了小区的志愿者。很多人劝她,年纪大了,这么危险的工作还是让年轻人来做。而她笑笑说:"我是名医生,现在虽然退休了,但防护常识可没丢,这个时候正好用得上!放心,我会照顾好自己。"那一刻,老人在我心里一下子高大起来。看着老人质朴的笑容,我不由得心生敬意。

在《论语·八佾》中,孔子与子夏的谈话,把"素以为绚兮"上升到了做人的高度。那就是我们要守住本分的底线。这个本分就是素,就是质朴的本质。老子《道德经》中曾说:"见素抱朴,少思寡欲,绝学无忧。"因为"五色令人目盲、五音令人耳聋、五味令人口爽",如今每每提及世风日下,其实就是指人失去了初心,以及质朴的生命本质。

素以为绚,其实也是一种人生态度。

人生并没有我们想象中漫长,在有限的生命里,人与人之间应该互相尊重,彼此关爱;人与人的距离也要适度。假若人与人之间只是互相奸诈,无限索取,在人生这张白纸上胡乱涂鸦,越是繁杂,艳丽,反而失去了美丽和生动。

作家黎戈在文章里写道:"平淡的生活,更足以滋养笔底波澜,素以为绚,其实是素以养绚。"我也曾在书中看到一篇文字,写得非常有味道。大意是,每个女人都应该有一座庭院,院子不仅要静谧安和,也要有四时花开。也许在现实中这座庭院不能拥有,那我们就建在心灵上,并在里面种上理想、追求、乐观、努力的态度,如同松柏,四季青翠,盈盈可喜。让平淡的生活变得活色生香,使人生变得有意义;让日子平淡如水,却是上善若水。

素以为绚兮,其实可以是素以养绚!